THE QUEEN OF CRIME
繁體中文版
20週年
紀念珍藏

白羅的初期探案

著——阿嘉莎・克莉絲蒂
譯——許愛君、宋新

Poirot's Early Cases

通俗是一種功力

吳念真（導演、作家）

通俗是一種功力。絕對自覺的通俗更是一種絕對的功力。

這樣的話從我這種俗氣的人的嘴巴說出來，大概很多人要笑破褲底了。不過，笑完之後請容我稍稍申訴。這申訴說得或許會比較長一點，以及，通俗一點。

小時候身材很爛，各種遊戲競爭完全任人宰割，唯一隱遁逃避的方法是躲起來看書或聽大人瞎掰。那年頭窮鄉僻壤的小孩能看的書不多，小學二年級時最喜歡的是超大本的《文壇》，老師借的。看著看著，某天老師發現我的造句竟出現：「捧著：朝陽捧著一臉笑顏為群山剪綵」這樣亂七八糟的文字，就拒絕再讓我看那些超齡的東西了。

老師的書不給看，我開始抓大人的書看。一種是厚得跟磚塊一樣的日文書，對我來說那完全是天書，但插圖好看，經常有限制級的素描。另一種書是比較薄的，通常藏得很嚴密，只是裡面有太多專有名詞、重複的單字和毫無限制的標點，比如「啊啊啊」、「……！！！」

老讓我百思不解。有一天，充滿求知欲地詢問大人竟然換來一巴掌後，那種閱讀的機會和樂趣也隨著消失了。

所幸這些閱讀的失落感，很快從大人的龍門陣中重新得到養分。講到這裡，我似乎先得跟一個村中長輩游條春先生致敬，並願他在天之靈安息。

我所成長的礦區，幾乎全是為著黃金而從四面八方擁至的冒險型人物，每人幾乎都有一段異於常人的傳奇故事。這些故事當事人說來未必精采，但一透過游條春先生的嘴巴重現，有時連當事人都聽得忘我，甚至涕泗縱橫，彷彿聽的是別人的故事。

條春伯沒當過日本兵，可是他可以綜合一堆台籍日本兵的遭遇，一如連續劇般從入伍、受訓、逃亡荒島，面對同鄉同袍的死亡，並取下他們的骨骸寄望帶回故鄉，乃至骨骸過多搞不清哪是誰的等等，讓聽的人完全隨他的敘述或悲或笑，彷彿跟他一起打了一場太平洋戰爭。此外他也可以把新聞事件說得讓一個三、四年級的小孩，到現在仍記得當時腦中被觸動的畫面。例如當年瑠公圳分屍案的凶手做案之後帶著小孩到安東街吃麵（這讓我一直以為台北的安東街是條專門賣麵的街道），還有甘迺迪總統被暗殺、賈桂琳抱住她先生、安全人員跳上飛快的車子保護賈桂琳……當然，這記憶全來自條春伯的嘴巴而不是報紙。我的記憶全是畫面，有畫面，是因為條春伯說得精采，說得有如親臨他至死都還搞不清地理位置的達拉斯命案現場。

於是這小孩長大後無條件地相信：通俗是一種功力，絕對自覺的通俗更是一種絕對的功力。透過那樣自覺的通俗傳播，即使連大字都不識一個的人，都能得到和高階閱讀者一樣的感動、快樂、共鳴，和所謂的知識、文化自然順暢的接軌。也許就是因為這些活生生的例子，俗氣的自己始終相信：講理念容易講故事難，講人人皆懂、皆能入迷的故事更難，而能隨時把這樣的故事講個不停的人，絕對值得立碑立傳。

條春伯嚴格地說是有自覺的轉述者，至於創作者，我的心目中有兩個。一個是日本導演山田洋次，一個是推理小說家阿嘉莎·克莉絲蒂。

山田洋次創造了寅次郎這個集合所有男人優點跟缺點的角色，在以《男人真命苦》為名的系列下，總共完成百部左右的電影。它們的敘述風格、開頭、結尾的方法不變，唯一改變的是故事，是時代，是遍歷日本小鄉小鎮的場景。數十年來，看《男人真命苦》幾已成為日本人每年的一種儀式，一如新春的神社參拜。

數十年前訪問過山田導演，他說，當他發現電影已然有它被期待的性格時，電影已經不是導演自己的。他說：當所有人都感動於美人魚的歌聲時，你願意為了讓她擁有跟你一樣的腳，而讓她失去人間少有的嗓音嗎？

人間少有的嗓音與動人的歌聲，都來自山田導演絕對自覺的通俗創造。

再如阿嘉莎·克莉絲蒂，如果我們光拿出她說過的故事和聽過她故事的人口數字，就足以嚇死你。五十多年的寫作生涯，她總共寫出六十六本長篇推理小說，外加一百多篇短篇小說和劇本。其中有二十六本推理小說被改編，拍了四十多部電影和電視劇集。作品被翻譯成一百零三種文字的版本，銷量超過二十億本。

夠了。你還想知道什麼？知道二十億本的意義是什麼嗎？二十億本的意義是全世界平均三個人就有一個人讀過她的書，聽過她說的故事。

說來巧合，她和山田洋次一樣，創造出個性鮮明的固定主角（當然，前前後後她弄出來好幾個），然後由他（或是她）帶引我們走進一個犯罪現場，追尋真正的罪犯。

故事就這樣？沒錯，應該說這是通常的架構。那你要我看什麼？不急，真的不急，克莉絲蒂會慢慢冒出一堆足夠讓你疑惑、驚嚇、意外，甚至滿足你的想像力、考驗你的耐心和智商的事件來。

推理小說不都是這樣嗎？你說得沒錯，大部分是這樣，不一樣的是……對了，她像條春伯，像山田洋次，她真會說，而且她用文字說。

文字的敘述可以讓全世界幾代的人「聽」得過癮、「聽」個不停，除了聖經，也許就是克莉絲蒂。她不是神，但她真的夠神。

數十年前，台灣剛剛出現她的推理系列中譯本，那時是我結婚前，常有同齡的文藝青年來我租住的地方借宿，瞄到我在看克莉絲蒂，表情詭異地說：「啊？你在看三毛促銷的這個喔？」

我只記得他抓了一本進廁所，清晨四點多，他敲開我的房門說：「幹，我實在很討厭那個白羅……再拿一本來看看，我跟你說真的，要不是你的書，我真的很想把那個矮儸壓到馬桶吃屎！」

我知道他毀了，愛吃又假客氣，撐著尊嚴騙自己。克莉絲蒂再度優雅地撕破一個高貴的知識份子的假面具，她的手法簡單，那手法叫通俗，絕對自覺的通俗，無以倫比、無法招架的功力。

昔日的文藝青年如今跟我一樣，已然老去，但不時還會看到他寫一些充滿理念和使命感極重的文章，在報紙和雜誌上出現。我知道他要說什麼，只是常常疑惑他想跟誰說；同樣，我記得他說過什麼，但轉眼間忘記他說了什麼。但請原諒我，幾十年前那個晚上，他在我家看完的那兩本克莉絲蒂的小說內容，我可還記得清清楚楚。

也許有一天再遇到他的時候，我會問他之後是否還看過克莉絲蒂其他的書，如果沒有，我會跟他說，想讀要趁早，因為你會老、會來不及。至於白羅那個矮儸，大概永遠不會消失。哦，對了，還有一個叫瑪波，你說不定會來不及認識……

老派偵探之必要

冬陽（推理評論人，台灣推理作家協會理事長）

「讀者非常喜歡白羅這個人物，表示『那個開朗的小個子，過氣的比利時名偵探』。顯然白羅是這本小說受歡迎的一個原因，雖然白羅可能不贊同用『過氣』二字來形容他。」知名編輯兼作家經紀人約翰・柯倫（John Curran）在《阿嘉莎・克莉絲蒂的秘密筆記》一書如是說，文中提到的「這本小說」，正是克莉絲蒂初試啼聲、名偵探赫丘勒・白羅優雅登場的《史岱爾莊謀殺案》，一部於一個世紀前出版的偵探推理作品。

百年光陰的淬鍊顯然證明了白羅絕無過氣的疲態，連帶讓我聯想起電影《金牌特務》（*Kingsman*）上映後，大眾熱議西裝如何能帥氣俊挺歷久不衰——或許可以從這個切入角度，在這裡跟老書迷、新讀友探究這個蛋頭翹鬍子偵探（我沒有影射哪款洋芋片食品喔）的魅力所在。

且讓我們話說從頭。

「我敢打賭你寫不出好的推理小說。」一九一六年，阿嘉莎．米勒（克莉絲蒂婚前的舊姓）在媽媽的打字機上敲擊，打算回應姊姊梅姬這挑釁的話語。她努力嘗試，但故事寫得不好，於是改從身旁熟悉的事物著手——比方說毒藥。阿嘉莎在藥房工作過，曾在某個夜裡驚醒，匆匆回到調劑室重新配置，因為她不記得有沒有漏做一個重要步驟，否則病患就要去見閻王了——噢，這似乎是個謀殺好點子。

阿嘉莎還記得姨婆對她的叮嚀：要注意他人覬覦她珍藏的首飾，時時留意是不是有人偷偷拉長了耳朵聽她們的竊竊私語。小阿嘉莎不但執行得徹底，還把這個習慣寫進小說裡。同時她還注意到，因為世界大戰爆發，家鄉托基湧入許多比利時難民，不如讓一個逃難到英國的比利時退休警官擔任偵探？一定很有趣！

啊，偵探小說顧名思義，只要塑造出一個教人印象深刻的偵探，大概就成功一半。這個人物必須要有特色、有個性，甚至是怪癖，而且聰明又自負。好幾個名字浮現在她腦海裡：莫里斯．盧布朗（Maurice Leblanc）筆下的怪盜紳士亞森．羅蘋、卡斯頓．勒胡（Gaston Leroux）創造的新聞記者胡爾達必，當然還有那最最知名的夏洛克．福爾摩斯——連帶創造一個華生型的助手好了。該怎麼安排呢……

於是，一位偵探的樣貌漸漸成形：五呎四吋的小個兒，蛋型臉上蓄著保養得宜、梳理有型的鬍子，衣著一塵不染，漆皮鞋擦得錚亮。他有嚴重的潔癖，說話不時夾雜法語，喜歡成雙成對的東西，喜歡方的不喜歡圓的（雞蛋為什麼不是方的呢？），口頭禪是「動動灰色的腦細胞」。阿嘉莎心想，他應該要有個像福爾摩斯一樣響亮的名字，取名「赫丘勒斯」怎麼樣？希臘神話中的大力士。姓氏叫白羅，不過搭赫丘勒斯這個名字好像不配……改一下，赫丘勒．白羅好像不錯？就這麼定了吧！

白羅很聰明，懂得觀察入微沒錯，但這並不表示他就得是台獨尊腦袋、缺乏情感的冰冷思考機器，尤其要在人物關係錯綜複雜的莊園宅邸查案追凶，交際手腕得高明些才行。他不是在謀殺發生、屍體出現後才開始像頭獵犬四處嗅聞，而是憑藉旺盛的好奇心與強烈的同理心接觸各種人事物，進而探入被害者、犯罪者、各個看似無辜但多少都和事件沾上邊的關係者的心靈深處，佐以現今稱作鑑識、法醫等等科學鐵證（哎，證據人人知道，可是要怎麼跟真相合理地連結到一塊，這就是名偵探的功力啦），讓原本叫人束手無策的事件得以畫下完美句點。也因此，白羅偶爾能預測進而制止罪案的發生，甚至對殘酷但值得憐憫的罪行網開一面，這樣才合乎人性不是嗎？

婚後以阿嘉莎．克莉絲蒂為名，推出《史岱爾莊謀殺案》後深獲好評，相隔六年的《羅傑艾克洛命案》更是引發街談巷議，而克莉絲蒂全球暢銷前十大作品中，還包括《東方快車謀殺案》、《尼羅河謀殺案》、《ＡＢＣ謀殺案》、《藍色列車之謎》、《底牌》、《五隻小豬之歌》，合計八部皆由白羅擔綱演出。讀者不只喜愛這個聰明角色，還臣服於平實流暢的文筆及相對顯得衝突的複雜劇情，冷酷的謀殺動機隱藏在細膩的人際關係裡，穿透看似單純、帶點童話氣息的表象後，端賴名偵探明察秋毫、撥亂反正。尤其讓一個比利時人在英國土地上辦案，是克莉絲蒂的小心思，因為「英國人總是不信任外國人，也不相信睿智」（語出英國偵探俱樂部主席馬丁．愛德華茲〔Martin Edwards〕），讀者同兇手一樣輕忽不設防，卻也得到了參與鬥智競賽的意外驚奇和美好滿足。

這樣的閱讀感受，我稱之為「老派偵探之必要」，因為它純粹簡約，經得起反覆咀嚼，猶如前述的西裝革履，在潮流更迭的時間長河裡維持恆久的優雅風範——呼應吳念真先生寫在「策畫者的話」中的一段文字，那不是惺惺作態的高傲睥睨，而是「絕對自覺的通俗，無以倫比、無法招架的功力」所致。

不信？往下讀去就知道。而且我敢打賭，你有很高的比例會將整個白羅系列嗑完，然後是瑪波小姐系列以及其他系列，當然也不可能錯過像名列暢銷首位的《一個都不留》這類獨立之作……

註　克莉絲蒂推理全集一至三十八冊為「神探白羅系列」，三十九至五十二冊為「神探瑪波系列」，五十三至八十冊包含鬼豔先生、湯米與陶品絲、雷斯上校、巴鬥主任等名探故事。

獻詞

阿嘉莎．克莉絲蒂是世界讀者最眾，也最廣受喜愛的女作家。
身為克莉絲蒂的孫兒，我相信奶奶會非常樂見這次出版，
因為她極以自己作品中的趣味與娛樂為豪。
歡迎所有喜歡本系列的台灣新讀者參與這場饗宴！

——馬修．培察（Mathew Prichard）

白羅的初期探案

目錄

01

凱旋舞會

Poirot's Early Cases

白羅過去曾在比利時當過警察首長，他會和「史岱爾莊謀殺案」牽連上，純屬偶然。他的成功使他名聲遠揚，於是他決定投擲他的一生歲月來破解謎案。那時我剛好在索姆河戰役中受了傷，無法繼續服役，便和他一起住在倫敦。他處理過的多數案件，我都握有第一手資料，於是有人建議我挑選一些最有意思的案子記錄下來。所以我想最好還是從當時引起了社會廣泛注意的那樁離奇案件說起。我指的是「凱旋舞會謎案」。

也許這個案子並不像那些撲朔迷離的案子，可以完全展現白羅獨特的辦案手法，但它的轟動、它所涉及的大人物，以及報刊雜誌對它連篇累牘的報導，不讓它成為一個轟動的案件實在也難。將白羅對該案的解謎始末公諸於眾，是再合適不過的了。

那是一個春光明媚的早晨，我們正坐在白羅的房裡。我的朋友像往常一樣衣冠楚楚，正歪著他那顆蛋形的腦袋，精雕細琢地將一種新的刮鬍膏塗在鬍子上。性格帶點無傷大雅的虛榮，是白羅的一個特點，那和他酷愛秩序、講求方法的怪癖一樣齊名。我想得出了神，手上的《每日新聞薈萃》不覺滑到地上。這時，我聽見白羅在叫我：「我的朋友，你想什麼想到出神啊？」

「說實話，」我答道，「我正在想凱旋舞會那件怪異的案子。報上全是它的新聞。」

我邊說邊把報紙撿起來，用手指彈著報紙。

「是嗎？」

「這個案子愈讀愈讓人感到疑雲重重！」我愈講愈起勁。「誰殺了克朗蕭爵士？珂珂．

考特尼死在同一個晚上是不是巧合？她是故意服用了過量的古柯鹼，或者只是個意外呢？」我停下來，然而又演戲般地加了一句：「這些就是我在問自己的問題。」

但讓人感到有些惱怒的是，白羅對此竟不屑一顧，他還在照著鏡子，嘴裡咕噥著：「真絕，這種新乳膏真是愛鬍者的美容聖品！」他瞥見了我的眼神，趕緊加了一句：「是呀……那你有答案嗎？」

我還沒來得及回答，門開了，房東說傑派探長來了。

這位蘇格蘭警場的警官是我們的老朋友了，我們熱情地相互問候。

「啊！我的好傑派，」白羅喊道：「什麼風把你吹來了？」

「噢，白羅先生，」傑派坐下來，向我點頭招呼。「我正在調查一件案子，我想你會感興趣，所以我過來看看你是否想一起參與。」

白羅對傑派的能力一直很讚賞，儘管他對他的缺乏條理深感遺憾。但就我而言，我覺得傑派最有能耐的地方，就是他能在請人幫忙時，讓人感覺是他在幫別人的忙。

「是凱旋舞會。」傑派慫恿道，「好啦，你一定想參與！」

白羅看著我笑。

「倒是我的朋友海斯汀一定會想加入。他剛剛還對這個話題滔滔不絕呢！不是嗎，我的朋友？」

「好吧，先生，」傑派紆尊降貴地說道，「你也得參與進來。我可以告訴你，能了解這種案子的內部消息將是你的光榮。好吧，說正經的，我想你已知道這個案子的梗要內容了，白羅先生，是嗎？」

「只是從報紙上得知……然而記者的想像力有時是會誤導的。再跟我說一次整個事件的經過吧。」

傑派舒適地蹺起二郎腿，開始說道：「正如大家和他妻子都知道的那樣，克朗蕭爵士上個星期二舉辦了一個盛大的凱旋舞會——儘管現在那些花個兩毛五分錢就可進去的舞會也都這麼叫，但這個是真的，是在『巨像堂』舉行的，整個倫敦的人都在忙這件事情，包括克朗蕭爵士和他那一幫人。」

「他的檔案資料呢？」白羅打斷說，「我是說他的個人北——不對，你們是怎麼說的？個人背景？」

「克朗蕭爵士是第五代子爵，二十五歲，未婚，對演藝界的事非常熱中，有謠言說他和奧爾巴尼劇院的考特尼小姐訂了婚。她的朋友都叫她『珂珂』，據說，她是一個非常迷人的年輕小姐。」

「好，繼續說。」

「克朗蕭爵士的那一幫人共有六位：他本人；他的叔叔，尤斯塔斯．貝爾特尼伯爵；一位漂亮的美國寡婦馬拉比夫人；年輕演員克里斯．戴維森和他的妻子；最後還有最重要的珂珂．考特尼小姐。如你所知，那是個化裝舞會，克朗蕭一行打算表演古代的義大利喜劇還是叫什麼的。」

「即興喜劇，」白羅嘟囔著，「我知道。」

「總之，戲裡的服裝是從尤斯塔斯．貝爾特尼收集的一套瓷俑藏品中照搬下來的。克朗蕭爵士扮成剃光頭的丑角哈利奎因；貝爾特尼扮成滑稽的矮胖子普奇內羅；馬拉比夫人扮成他的妻子；戴維森夫婦扮成穿白短褂、塗白臉、頭戴高帽的男女丑角皮埃羅夫婦；考特尼小姐當然也就扮演光頭丑角的情人科倫芭茵。

「好了，那天晚上稍早，很明顯出了一些問題。克朗蕭爵士悶悶不樂，舉止也怪怪的。當他們一行人一起到男主人事先訂下的小房間吃晚飯時，大家都注意到他和考特尼小姐互不說話。她不斷哭泣，好像精神處於崩潰邊緣。那一頓飯大家都吃得不舒服。當他們退席離開時，有人聽見她對克里斯．戴維森說，請他送她回家，因為她『對這個舞會感到噁心』。那位年輕演員猶豫了一下，掃了一眼克朗蕭爵士，把他們兩個都拉回到吃晚飯的地方。

「但他讓他們和解的努力白費了，於是他叫了一輛計程車，將當時還在抽泣的考特尼小姐送回她的寓所。雖然她非常生氣，卻沒有向誰傾訴，只是一遍又一遍地說她『要讓克朗蕭後悔莫及！』這是我們之所以推斷她的死不是意外的原因──很薄弱的一點原因。當戴維森撫慰她並讓她安靜下來之後，回巨像堂的時刻已嫌太晚，於是戴維森就直接回到他位於切爾西的住所。不一會兒他的妻子也回家了，將他離開後不久所發生的悲劇告訴了他。

「當舞會進行的時候，克朗蕭爵士好像愈發鬱鬱寡歡。他刻意避開他的夥伴，因此那個晚上他們幾乎沒怎麼看見他。大約凌晨一點三十分，盛大的舞會即將開始，大家都得卸去面具，他的軍中同僚迪格比中尉——中尉知道他扮成哈利奎因——注意到他站在一個包廂裡朝下看。

「『你好，克朗蕭！』他喊道，『下來，大家一塊兒樂樂！你簡直就像一隻喝醉的貓頭鷹，在上面沒精打采地閒蕩什麼呢？下來吧！狂歡舞會就要開始了。』

「『好吧！』克朗蕭應道，『等等我，要不然，那麼多人我找不到你！』他說完之後，隨即轉身離開了包廂。迪格比中尉和戴維森夫人一起等著他。但好些時候過去了，克朗蕭沒出現。最後迪格比等得不耐煩了。

「『這傢伙是不是以為我們會等他一晚上？』他大聲說道。

「就在那時候，馬拉比夫人走過來了，他們把這情況跟她說了一下。

「『好啦，』這位漂亮的寡婦活潑地嚷道，『他今晚就像一頭受了傷的熊一樣。讓我們搞清楚是怎麼回事。』

「他們開始找他，卻找不到，後來馬拉比夫人想到他可能會在他們吃晚飯的那個房間。他們去了那兒。好慘啊！克朗蕭爵士的確在那兒，但躺在地上，胸口插了一把餐刀。」

傑派停了下來。白羅點點頭，以專家的口吻津津有味地說道：「有意思！沒有線索表明誰是罪犯？怎麼會有呢！」

「嗯，」探長繼續說道：「其餘的你都知道了。這是場雙重悲劇。第二天，所有報紙都用大標題報導了另一件事，大意是：考特尼小姐，一位很受歡迎的女演員，被人發現死在床上。死因是服用了過量古柯鹼。那麼這是意外還是自殺呢？我們傳喚了她的女傭，她承認考特尼小姐吸毒成癖。因而被裁決是意外死亡。然而我們也不能排除自殺的可能性。她的死很不幸，因為我們無從知道前一天晚上他們吵架的原因。順便提一下，死去的克朗蕭爵士身上有一個塗釉的小盒，盒面寫有『珂珂』，盒裡還剩一半古柯鹼。考特尼小姐的女傭認出那是女主人的東西，她走到哪兒帶到哪兒，因為裡面裝著她離不開的毒品。」

「克朗蕭爵士吸毒嗎？」

「絕對不吸。他對吸毒反感極了。」

白羅點點頭，若有所思：「但既然盒子在他手中，那表示他知道考特尼小姐吸毒。這有點意思，是不是，我的好傑派？」

「哦。」傑派應了一聲，不置可否。

我輕輕笑了起來。

「嗯，」傑派說道，「事情就是這樣。你怎麼看？」

「還有沒有其他線索？」

「噢，還有這個。」

傑派從他的口袋裡拿出一個小小的東西遞給白羅。那是個翡翠綠絲綢做的絨球，有不少撕碎的線頭吊在上面，就好像被猛力撕扯過一樣。

「我們在爵士手裡發現了這個東西，他的手緊緊地握著它。」探長解釋道。

白羅將它遞了回去，未加評論，然後問道：「克朗蕭爵士有仇敵嗎？」

「沒有。他好像是一個很受歡迎的年輕人。」

「他死後誰會受益？」

「他的叔叔，尤斯塔斯·貝爾特尼伯爵。他將會繼承封號和地產。有一兩件可疑的事情對他不利。好些人說，曾聽到吃晚飯的小房間裡有激烈的爭吵聲。其中有尤斯塔斯·貝爾特尼的聲音。要知道，在爭吵中抓起桌上的餐刀去殺人是有可能的。」

「貝爾特尼對這件事怎麼說？」

「他說當時有一個侍者喝得爛醉如泥，他正在訓斥他。而且時間是在接近凌晨一點，而不是一點半。要知道，迪格比中尉的證據將時間鎖得很準，他和克朗蕭說話和發現屍體之間只有十分鐘。」

「我想，扮成滑稽矮胖子的貝爾特尼先生，一定是裝成駝背，衣服上還有褶子飾邊？」

「衣服的具體細節我不清楚。」傑派說著好奇地看著白羅。「不過，我看不出那和這案子有什麼關係。」

「沒有關係嗎？」白羅微笑著，帶著一絲嘲諷。他眼裡閃著光，這眼光我熟悉極了。他繼續輕聲說道：「在那個吃晚飯的小房間裡有一道簾子，是不是？」

「是的，可是……」

「簾子後面足夠藏一個人，是不是？」

「是的……事實上，後面有一個凹室，但你是怎麼知道的？你沒有去過那個地方，不是嗎，白羅先生？」

「不，我的好傑派，簾子是我想出來的。沒有這個簾子，這場戲就演不下去了。戲總要演下去。告訴我，他們沒去叫醫生嗎？」

「當然立刻叫了醫生。但一切都無法挽回了。他一定是當時就死了。」

白羅點點頭，但很不耐煩。

「好了，好了，我明白。這位醫生是否在驗屍審訊時上台作證了。」

「是作證了。」

「那他沒說症狀有些奇怪嗎？屍體有沒有什麼讓他覺得奇怪之處呢？」

傑派緊緊盯著這個小個子。

「是的，白羅先生。我不知道你想說什麼，但他的確說過肢體已經僵硬，他也不知道該如何解釋！」

「啊哈！」白羅說道，「啊哈！我的上帝！傑派，這很值得玩味，是不是？」

我看得出來這沒能讓傑派感到玩味。

「如果你是指毒殺，先生，誰會先毒死一個人然後再把刀捅進去呢？」

「是很荒謬。」白羅平靜地表示同意。

「那有沒有什麼你想看一看的，先生？如果你想檢查一下現場的話——」

白羅揮揮手。

「不用。我唯一感興趣的事情你已經告訴我了，那就是克朗蕭爵士對吸毒的看法。」

「那沒有你想看的東西了？」

「只有一件。」

「什麼？」

「那套瓷偭，他們的服飾是從那模仿來的。」

傑派眼睛瞪得大大的。

「嗯，你這人真有意思！」

「你能替我安排一下嗎？」

「如果你願意，我們現在就去伯克利廣場。貝爾特尼先生——或者，我現在得改稱爵爺大人了——是不會反對的。」

我們立刻乘計程車出發。新克朗蕭爵士不在家，但在傑派的要求下，我們被帶進「瓷器室」，那兒各種珍品琳琅滿目。傑派四下看看，顯得無能為力。

「我不知道你如何找到你想要的東西，先生。」

但白羅已將一把椅子拉到壁爐架前面，像一隻靈巧的小鳥般跳了上去——在鏡子上方，一個小架子上面，立著六個瓷器小人。白羅一邊仔細檢查，一邊評論：「正是這個！古老的義大利喜劇。三對人物！光頭丑角哈利奎因和他的情人科倫芭茵；皮埃羅和他的老婆穿著白色和綠色的衣服，很是高雅；普奇內羅和他的老婆穿著紫色和黃色的衣服。普奇內羅這對瓷人十分精緻——褶子飾邊和荷葉邊，駝背和高帽子。是的，正如我想的那樣頗為精緻。」

他將小瓷人小心放回原處，然後跳了下來。

傑派有些不高興。但很明顯，白羅什麼也不想解釋，這位警探只得盡可能裝出對這事不介意了。我們正準備離開的時候，房子的主人回來了，傑派做了介紹。

第六代克朗蕭爵士，五十歲左右，溫文爾雅，面容英俊。他的眼神浮蕩，還帶著裝腔作勢者的倦怠無力，很明顯是經年沉溺酒色。我立刻就對他心生厭惡。他很優雅地和我們打了招呼，說他對白羅的探案技巧早已如雷貫耳，並隨時聽候吩咐。

「據我所知，警方已全力以赴。」白羅說。

「但我擔心我侄子的死亡之謎永遠也解不開。整個事件顯得十分撲朔迷離。」

白羅緊緊地盯著他：「你知道你的侄子有什麼仇敵嗎？」

「絕對沒有，這我敢肯定。」他停了一會兒，繼續說：「如果你有什麼問題要問的話……」

「只有一個。」白羅很嚴肅，「那天的戲服——和你的小瓷人身上的完全一樣嗎？」

「完全一樣。」

「謝謝你，先生。這就是我想搞清楚的。再見。」

§

「接下來要做什麼？」當我們沿街匆匆走著的時候，傑派問，「我得向警場報告。」

「那好，我不留你了。我還有一件小事情要處理，然後……」

「怎麼樣呢？」

「就可以結案了。」

「什麼？你是在開玩笑吧！你知道誰殺了克朗蕭爵士？」

「那是當然。」

「是誰？尤斯塔斯·貝爾特尼嗎？」

「啊，我的朋友，你知道我有一個小小的弱點！我總是想將線索抓在我自己的手裡，直到最後一刻。但你不用擔心，時機一旦成熟，我就會說明一切。我不需要搶功，這個案子是你的，條件是，你得讓我以自己的方式來處理結局。」

「那很公平，」傑派說道，「我的意思是，如果會有結局的話！但你保證守口如瓶，是不是？」

白羅笑而不答。

傑派說：「好啦，我得回蘇格蘭警場了。」

他沿著街道大步快速地消失了。白羅則叫了一輛計程車。

「我們現在去哪兒？」我好奇地問道。

「去切爾西找戴維森夫婦。」

他將地址告訴了司機。

「你覺得新的克朗蕭爵士怎麼樣？」我問道。

「我的朋友海斯汀怎麼看呢？」

「出於本能我根本就不相信他。」

「你認為他是故事書裡描述的那種『惡毒的叔叔』，是嗎？」

「你不這樣看嗎？」

「我，我覺得他對我們很友好。」白羅一副不置可否的樣子。

「但他有動機！」

白羅看著我，頗為悲傷地搖搖頭，而且喃喃自語，好像在說什麼「毫無條理」。

戴維森夫婦住在一幢公寓的三樓。戴維森先生不在，但是他夫人在家。我們被帶進一個狹長而低矮的房間，裡面掛著不少東方人花花綠綠的東西。屋裡的空氣很不新鮮，讓人感到十分壓抑，還有一股嗆人的香味。戴維森夫人很快就來了。她個子不高，皮膚白皙，若不是淡藍色的眼睛裡流露出狡黠和精明，她的纖弱實在是楚楚動人，惹人愛憐。

白羅向她說明我們和案子的關係，她搖搖頭，顯得很悲傷。

「可憐的克朗蕭……珂珂也很可憐！我們兩個都非常喜歡她。對她的遭遇我們感到非常悲痛。你想問我什麼？我還得再講一遍那個恐怖之夜的事情嗎？」

「噢，夫人，請相信我，我不會無端折磨你的感情。事實上，傑派探長已經說明了我想知道的一切。我只是想看看那晚舞會上你穿的服裝。」

這位女士看上去有些詫異。白羅繼續平靜地說：「夫人，您明白，我是按照我自己國家的做法。我們總是要重建案發現場的。我很可能會做一個實際的模擬，如果這樣的話，您知道，服裝就是很重要的一環。」

戴維森夫人還是顯得有些疑慮。

「當然，我聽說過什麼重建案發現場的事。」她說，「但我不知道你們對細節是如此苛求，不過我這就去拿衣服。」

她離開房間，不一會兒又回來了，手裡拿著一束高雅的白綠色相間緞子。白羅接過來，仔仔細細地看過之後，遞了回去，同時鞠了一躬。

「謝謝，夫人！我想你不慎丟了一個綠色絨球，縫在肩頭上的。」

「是的，開舞會時掉了下來，我把它撿起來，交給可憐的克朗蕭，讓他替我保管。」

「那是在晚飯後嗎？」

「是的。」

「也許，是悲劇發生以前不久吧？」

戴維森夫人淺色的眼睛掠過一絲驚恐。她很快說道：「噢，不，早在那之前。事實上，是剛吃過晚飯不久。」

「我明白了，好，就這樣吧！我不再打擾你了，夫人，再見。」

§

「好了，」從屋裡出來的時候，我說，「那解釋了綠絨球之謎。」

「我看不見得。」

「咦，怎麼說？」

「你看見我檢查那衣服了吧，海斯汀？」

「那又怎樣呢？」

「好，丟掉的綠絨球不是自然掉落的，而戴維森夫人卻說是自然掉下的。正好相反，它是被剪掉的，我的朋友，是被人用剪刀剪掉的，線頭都很整齊。」

「我的天！」我大叫道：「這變得愈來愈複雜了。」

「恰恰相反，」白羅平靜地回答說，「事情愈來愈簡單了。」

「白羅，」我喊道，「將來有一天，我會殺了你！你那把一切都認為很簡單的習慣，實在讓人忍無可忍。」

「但當我解釋之後，我的朋友，事情難道不總是簡單的嗎？」

「是的。我氣的正是這一點！我總覺得早知如此我也能破解。」

「你可以的，海斯汀，你可以的。如果你的思維有點條理的話！若是沒有條理……」

「好了，好了。」我匆忙打斷他，因為我太了解白羅了，說到他喜歡的話題時，他會口若懸河。我說：「說吧，下面要怎麼做？你真的要重建案發現場嗎？」

「不，不。這齣戲已經結束了。但我建議加上一幕——丑角戲？」

§

白羅定在下星期二來進行這場神祕的演出。演出前的準備讓我困惑不已。他在屋子一端豎起一面白色屏風，屏風兩側有厚厚的簾子。接著，一個帶著照明設備的男子來了；最後，一群演員進了臨時被改建成化妝室的白羅臥室。

快到八點時，傑派到了，情緒不是很好。我想這位官方警探大概不太同意白羅的計畫。

「有點誇張，就跟他所有的想法一樣。但，這也無礙，就像他所說的，這可能會省去我們很多麻煩。處理這種案子他很高明。當然我也獲得了同樣的線索……」我覺得傑派根本在歪曲事實。「但，我答應讓他以自己的方式把戲演完。啊！大夥兒來了。」

爵士大人首先到場，他陪著馬拉比夫人，在此之前，我還沒見過她。她是個很漂亮的黑髮女人，看上去很緊張。戴維森夫婦隨後。克里斯．戴維森我也是第一次見到。一眼就看得出來，他很英俊，個子很高，皮膚淺黑，有一種演員所特有的從容風度。

白羅為這票人安排了座位，面對著屏風。一盞明亮的燈照著屏風，白羅將其他電燈都關了，屋裡除了屏風之外，一切都在黑暗之中。這時白羅的聲音在黑暗中響起。

「先生們，女士們，我來解釋一下，六個人物將依次通過屏風。你們對這些人物都很熟悉。皮埃羅和他的老婆；丑角普奇內羅和他優雅的老婆；漂亮的科倫芭茵在輕快地跳舞；鬼怪哈利奎因，人們是看不見的！」

這些說明剛結束，演出就開始了。白羅提到的每一個人物都依次跳到屏風前面，在那兒擺好姿勢停了一會兒，結束後就下台。然後燈又亮了，大家都鬆了口氣，每個人都很緊張，但不知道害怕什麼。對我來說，整個節目非常乏味。若是罪犯就在我們中間，而白羅指望他在看見一個熟悉的人物時會精神崩潰的話，很明顯他是失敗了——它必定是要失敗的。然而，白羅卻沒有一點心慌意亂，他跨前一步，滿臉笑容。

「嗨，先生們，女士們，可不可以請你們一一告訴我，我們剛才看到了什麼？您先開始怎麼樣，爵士？」

這位紳士看上去大惑不解。「我不大明白您的意思。」

「你就告訴我剛才看見了什麼。」

「我……哦……嗯，好像看見了六個人物從屏風前面經過，穿著打扮都代表著某個古代義大利喜劇的人物，或者……嗯，代表著那天晚上的我們。」

「別管那天晚上，爵士，」白羅打斷他，「你前半部分的話正是我所需要的。夫人，您同意克朗蕭爵士的話嗎？」

他轉身對著馬拉比夫人。

「我……嗯……是的，當然。」

「你也同意你看見了代表義大利喜劇的六個人物？」

「呃……當然。」

「戴維森先生，你也同意嗎？」

「是的。」

「夫人呢？」

「是的。」

「海斯汀？傑派？你們都同意嗎？」

他轉身看著我們，臉色很蒼白，眼睛綠瑩瑩的，跟貓眼一樣。

「但，你們全錯了！你們的眼睛欺騙了你們——正如舞會那晚一般。人們不總是說：用眼睛看東西，看到的並不總是事實。人們應該用心靈的眼睛去看，用腦子去看！那麼，你就會明白今晚和舞會那晚，你們看見的是五個人，而不是六個人！你們看！」

燈又滅了。一個人影跳到屏風前面，是皮埃羅。

「誰？」白羅問道，「是皮埃羅嗎？」

「是的。」我們齊聲說道。

「再看！」

那個人影很快脫去皮埃羅的寬鬆服裝。聚光燈中出現了光彩奪目的哈利奎因！就在同時，人們聽見了一聲驚叫，伴隨一張椅子倒下的聲音。

「你他媽的，」戴維森吼道，「你他媽的是怎麼猜出來的？」

接著出現了手銬聲和傑派鎮靜而官氣十足的聲音：「你被捕了，克里斯·戴維森，你被指控謀殺克朗蕭爵士……你現在所說的一切都會被用來當作呈堂證供。」

§

一刻鐘之後，一頓小巧精美的晚餐出現在飯桌上。白羅滿面春風，一邊盛情款待大家，一邊回答大家急切提出的問題。

「這很簡單。那顆掉落的綠絨球表明它是從謀殺者的衣服上扯下來的。我排除了皮埃羅的老婆——因為如果要將餐刀捅得很深，需要很大的力氣——而將皮埃羅定為罪犯。但皮埃羅在謀殺發生前兩小時就離開了舞會。所以要嘛就是他後來回到舞會上殺了克朗蕭爵士，要嘛——好吧，就是他在離開之前就殺了他！那樣可能嗎？那天晚飯後誰見過克朗蕭爵士？只有戴維森夫人。我猜她的話是杜撰出來的，目的是要解釋那丟了的絨球。而絨球當然是她從自己的衣服上剪下來替代她丈夫衣服上丟了的那個。所以一點三十分在包廂裡看見的哈利奎因一定是假冒的。一開始，我曾考慮過貝爾特尼是罪犯的可能性。但穿著那麼複雜精緻的衣服，很明顯他不可能同時扮演普奇內羅和哈利奎因兩個角色。而戴維森，一個和死者差不多身高的年輕男子，又是一個職業演員，這就很簡單了。

「但有件事讓我不解。毫無疑問，一名醫生不可能沒注意到一個死了兩小時和一個剛死了十分鐘的人之間的區別！好吧，這位醫生的確注意到了！但警方並不是把他帶到屍體跟前問他：『這個人死了多久？』相反的，在未見到屍體前，他被告知死者十分鐘前還活著，因此他就只在驗屍時對屍體四肢反常的僵硬評說了一下，而且對這件事，他也無從解釋。

「我的推論進展得十分順利。戴維森在晚飯之後就殺死了克朗蕭爵士，正是在他將他拉回吃晚餐的房間的時候，情況正如你們所知。然後他和考特尼小姐一起離開，將她送到她的寓所門前，而非如他所說進去試圖安慰她。隨後他急忙趕回巨像堂——但是扮成了哈利奎因而不是皮埃羅。這很簡單，他只需將外面的衣服脫掉。」

死者的叔叔俯身向前，滿臉困惑地問道：「要是這樣的話，他來參加舞會的時候，就已經準備好了要殺我侄子。他有什麼動機呢？動機！我看不出他有什麼動機。」

「啊！這就得談一談第二個悲劇了——也就是考特尼小姐的死亡。有個簡單的事情大家都忽略了。考特尼小姐是古柯鹼中毒，而她的毒品存放在克朗蕭爵士屍體身上發現的塗釉小盒裡。那麼她是從哪兒得到足以致死的毒品劑量呢？只有一個人能提供給她——戴維森。這就說明了一切。它說明了她和戴維森夫婦的友誼，以及她為什麼要戴維森送她回家。克朗蕭爵士堅決反對吸毒，而他發現她是個癮君子，並且懷疑戴維森提供她毒品。毫無疑問，戴維森否認這一切，但克朗蕭爵士下定決心要在舞會的時候從考特尼小姐那兒弄清真相。他可以原諒這個不幸的女孩，但他絕不會憐憫靠走私毒品謀生的人。戴維森面臨著事跡敗露和身敗名裂的危機，因此他去參加舞會的時候，就已下定決心不惜任何代價也得滅口。」

「那麼珂珂的死是不是一個意外事故呢？」

「我猜這是戴維森精心策畫的一個事故。她對克朗蕭氣憤不已，一開始是因為他的責難，後來是因為他將古柯鹼拿走了。戴維森給了她更多古柯鹼，很可能建議她增加劑量以示對『頑固克朗蕭』的挑戰！」

「還有，」我說，「那個凹室和簾子，你是怎麼知道的？」

「嗨，我的朋友，那最簡單不過了。侍者們總在進出那個小屋，所以，很顯然屍體不可能躺在發現它的地方。屋裡一定得有個地方可以把屍體藏起來。因此我推斷有一個簾子，後面有一個凹室。戴維森將屍體拖到那兒。接下來，他來到包廂，讓大夥兒注意到『克朗蕭爵士此時在包廂裡』。他在離開之前，將屍體又拖了出來。這是他的一個妙招。他是個聰明的傢伙！」

不過，從白羅綠瑩瑩的眼睛裡，我無疑讀出了這樣的話：「但怎麼樣也沒有赫丘勒·白羅聰明！」

02

克拉漢廚師奇遇記

Poirot's Early Cases

在我和赫丘勒．白羅住在一起的那段日子裡，每天早晨，我都習慣為他大聲讀出《布萊爾日報》的標題。

《布萊爾日報》總想盡辦法要搞出聳人聽聞的消息。舉凡搶劫和謀殺的報導絕不會不清不楚地擺在報紙的內頁，相反的，它們總出現在頭版頭條，以全欄標題抓住你的目光。

艾斯康丁銀行職員失蹤，帶走了價值五萬英鎊的可轉讓證券。

已婚男子把頭伸進煤氣烤箱，不幸的家庭生活。

芳齡二十一歲的美麗打字員失蹤，艾德娜．菲爾德去哪兒了？

「給你，白羅，有很多可以選擇。一位艾斯康丁銀行的職員，一起神祕的自殺，一個失蹤的打字員——你想接哪一宗？」

白羅情緒平靜地搖頭：「我的朋友，沒有一件特別吸引我。我想過個安閒自在的一天，要把我從椅子上誘惑起來，一定得是件有趣的事。你知道，我有必須親自處理的要事。」

「比如說？」

「比如，整理衣物，海斯汀。如果我沒有錯，我那套灰色西服上有一塊油漬——雖然只是小小一塊，但足以使我煩惱了。還有那件冬天穿的外衣……我得把它泡在基廷斯洗衣粉裡。還有我想，是的，我是該刮刮鬍子了；然後我還必須塗些潤髮油。」

「好吧，」我邊說邊走到窗口，「我懷疑你能否完成這些亂糟糟的計畫。門鈴響了，你有客戶來了。」

「除非事關國家，否則我是不會受理的。」白羅莊嚴地宣布道。

片刻之後，一位身材矮胖的紅臉女士破壞了室內的寧靜。她急匆匆爬上樓，所以可以很清晰聽到她氣喘吁吁的聲音。

「你是白羅先生嗎？」她問道，一屁股坐到椅子上。

「是的，女士，我是赫丘勒·白羅。」

「你和我想像的一點兒都不一樣。」這位女士說，目光不甚欣賞地望著白羅，「報上說你是一位聰明過人的偵探。是你花錢讓他們這麼寫的？還是他們主動寫的？」

「這位女士！」白羅說著站了起來。

「很抱歉，真的，但你知道現在的報紙是怎麼回事。開始時你被一篇很好的標題所吸引：『一位新娘告訴她未婚朋友的話』，讀下去後，內容只不過是你如何在化妝品店買到一種日常的東西，並用它製作洗髮乳。空洞無物，只是譁眾取寵。希望沒有冒犯你。我現在就告訴你我希望你為我做什麼：我要你尋找我的廚師。」

白羅目瞪口呆。在我的記憶中，僅此一次，他伶俐的口齒毫無用武之地。我轉過身去，掩飾我難以抑制的笑容。

「都怪這些亂七八糟的失業津貼，」女士繼續道，「讓僕人心生別念，竟想改行去當打字員什麼的。我說啊，真該取消這種津貼。我真想知道我的僕人們還有什麼可抱怨的——每週下午和晚上都有休息時間，週日隔週工作，衣服送出去洗，和我們吃一樣的菜色，從來沒讓他們用過一丁點兒的人造黃油，只使用最好的黃油。」

她停下來喘口氣。

白羅抓住這個機會站起來，十足傲慢地說：「女士，恐怕你犯了個錯誤，我不對公共政策進行調查。我是個私家偵探。」

「我知道。」我們的客人說，「我不是告訴你，我希望你為我尋找我的廚師嗎？她週三離開的，一句話也沒跟我交代，到現在還沒回來。」

「對不起，女士，我不受理這種特別的案子，再見。」

我們的客人輕蔑地哼了一聲。

「這樣啊，嗯，好傢伙？你也太驕傲了，是吧？只受理政府機密和伯爵夫人的珠寶案嗎？告訴你，每個僕人的每件小事，對我這種身分的人來說，都像飾物一樣重要。不可能每個人都是身戴寶石和珍珠、乘小轎車外出的優雅女士。好廚師就是好廚師，當你失去一位好廚師，對我們而言，就如同那些優雅的女士丟失了她們的珍珠一樣。」

有一會兒，白羅似乎難以在他的崇高尊嚴和人道情懷之間做抉擇。最後，他笑了笑，並重新落座。

「太太，你是對的，我錯了。你的話言之成理。這宗案子對我而言是個新經驗，我從來沒有尋找過失蹤的家僕。就在你到來之前，我才祈求老天讓我碰到一宗國家大事級的案件，看來這就是了。來吧！你說你這位寶石般的廚師是週三離開的，而且一直沒回來。那就是前天吧？」

「是的，那天是她的休息日。」

「但是，太太，她很可能出了什麼事，你沒有到醫院打聽嗎？」

「我昨天也是這麼想，但是今天早晨，天哪，她叫人來取她的箱子，卻仍然沒有留下隻言片語給我！如果我在家的話，我是不會讓人把箱子取走的——就憑她這樣對待我！可是我那時剛出門準備去肉鋪。」

「你能向我描述她的模樣嗎？」

「她是個中年婦人，肥胖，頭髮已經有些灰白了，十分穩重。她前一份工作做了十年。她的名字叫伊莉莎．鄧恩。」

「你沒有在週三那天和她……發生過爭執吧？」

「從來沒有。所以才說這事很奇怪。」

「太太，你總共有幾名僕人？」

「兩位。還有一個是接待女僕，名叫安妮，是位很好的女孩；她有點容易忘事，整天想著年輕小夥子。但是，就工作而言，她是一位好僕人。」

「她和廚師兩人相處得好嗎？」

「當然，她們總有情緒起伏的時候。但是，總體而言，相處得相當不錯。」

「這女孩不能提供任何線索嗎？」

「她沒說什麼……不過，你知道僕人的，他們全是一個鼻孔出氣。」

「好吧，我們來調查這件事。太太，你說你住在哪兒？」

「在克拉漢，艾伯特王子路八十八號。」

「好的，太太，我們就此道別。今天你一定會在貴府見到我。」

托德太太（這就是這位新朋友的名字）走了。白羅有些懊悔地望著我。

「唉，唉，海斯汀，這就是我們的曠世奇案——克拉漢廚師失蹤案！絕對絕對不能讓我們的傑派聽到這件事！」

然後，他繼續加熱熨斗，用一張吸墨紙小心翼翼地除去灰色西服上的油漬。很遺憾，他的鬍子只好留到另一天刮了。然後，我們出發去克拉漢。

艾伯特王子路的兩旁都是些整潔的小房子，外型全都十分相似，皆有花邊窗簾遮擋住窗戶，門上是擦得雪亮的銅門環。

我們按了八十八號的門鈴，一個穿著整潔、臉蛋漂亮的女僕為我們開了門。托德太太來到門廳迎接我們。

「別走，安妮，」她叫道，「這位先生是個偵探，他待會兒會問你一些問題。」

安妮一臉驚恐、興奮交織的神情。

「謝謝你，太太，」白羅邊鞠躬邊說，「我想現在就問你女僕一些問題——單獨的——如果可以的話。」

我們被帶到一間小畫室。就在托德太太一臉不情願地離開房間後，白羅開始他的盤問。

「你知道，安妮小姐，你的意見對我們十分重要，只有你才能使這個案子清楚明瞭，沒有你的幫助，我根本無法進行。」

女孩臉上的驚恐消失了，愉快興奮的表情則更為明顯。

「我保證，先生，」她說：「我會把我知道的事統統告訴你。」

「很好。」白羅滿面笑容地望著她，表示讚賞。「現在首先講講你的看法是什麼？你是個絕頂聰明的女孩——這立刻就能看出來。對於伊莉莎失蹤一事，你的看法是什麼？」

由於受到鼓勵，安妮竟然開始激動起來。

「是白人人口販子幹的，先生，我一直是這麼說的！廚師總是警告我提防他們。『無論那些人多麼具有紳士風度，絕對不能吃他們一口糖，聞什麼香水！』這是她對我說的。現在他們抓了她！這一點我敢肯定。很可能她已被運往土耳其或是東方某個地方，我聽說那裡的人喜歡胖子。」

白羅令人敬佩的不動如山。

「但是那樣的話——這確實是個妙想——她會派人來取她的行李箱嗎？」

「嗯，我不知道，先生。她還是需要自己的東西吧，即使是去了外國。」

「是誰來拿行李的，是一個男人嗎？」
「是卡特．佩特森，先生。」
「是你整理箱子的嗎？」
「不，先生，箱子早已整理好，密碼鎖也鎖上了。」
「啊！這有趣了。這表明她週三離開這幢房子時，早已決心不再回來。你明白了嗎？」
「明白了，先生。」安妮看上去有些吃驚。「我從未這樣想過。但還是有可能是人口販子幹的，不是嗎，先生？」她沉思著又補充道。
「這毫無疑問！」白羅認真地說道，「你們兩人睡在同一間臥室嗎？」
「不，先生，我們住不同的房間。」
「伊莉莎是否曾經向你抱怨過她目前的工作？你們在這兒都很愉快嗎？」
「她從來沒有說過要離開這兒。這地方不錯……」女孩猶豫了一下。
「放心說，」白羅和藹地說，「我不會告訴你的主人。」
「嗯，當然了，先生，我們女主人是有點怪脾氣。但是我們的伙食不錯，食物很多，又沒有限制。我們總有熱的東西吃，有不少踏青郊遊的機會，有數不清的戶外餐會。不管怎麼說，如果伊莉莎真想換個工作，她也不會就這樣離開，我敢保證。她起碼會做完一個月，不然主人會扣除她一個月的薪水！」
「那麼，工作不太累吧？」

「嗯，女主人有些挑剔……總是不停在角落找灰塵。還有那位房客，我們總是叫他『付錢的客人』。但他只有用早餐和吃晚飯時才在，跟我們主人一樣。他們整天在城裡忙。」

「你喜歡你的男主人嗎？」

「男主人還不錯……不太講話，有點兒吝嗇。」

「你還記得伊莉莎出去之前所說的話嗎？」

「是的，我記得。『如果他們沒把燜桃子吃光的話，』她說，『我們就拿來當晚餐，再配點培根和炸馬鈴薯。』她特別喜歡燜桃子。如果他們不是那樣抓走她的話，我是根本不會起疑的。」

「週三是她放假外出的日子嗎？」

「是的，她週三外出，我週四外出。」

白羅又問了幾個問題，然後說他挺滿意的。安妮出去了。托德太太急匆匆進來，滿臉的好奇。我敢說，她對於我們要她離開這個房間、不讓她聽到安妮和我們的對話，一直有些耿耿於懷。但是，白羅很謹慎且有技巧地使她安心下來。

「說來實在不容易，」他解釋說，「太太，迫不得已地要你這種有著超人智慧的女人，耐心忍受我們偵探使用這種繞圈子的方法。能對愚蠢的行為表示出耐心，這對於機智聰穎的人來說是相當難的。」

就這樣，他平息了托德太太的不快，讓她開始講起丈夫的事，並因此獲得了一條信息：

他在城裡的一家公司工作，每天要到六點以後才能到家。

「他一定也對這樁莫名其妙的事感到焦慮不安，是不是？」

「他從不擔心，」托德太太說，「『得了，再請一位不就好了，我親愛的。』這就是他所說的，竟那麼平靜，真讓我有些困惑。『一個忘恩負義的女人，』他說，『不要也罷。』」

「那麼其他人的反應呢，夫人？」

「你是指辛普森先生，我們『付錢的客人』嗎？嗯，只要能好好吃頓早餐和晚飯，他才不管別的事呢。」

「他的職業是什麼，夫人？」

「他在一家銀行工作。」

她繼而提到了銀行的名字。我有些吃驚，這讓我想起《布萊爾日報》的那篇報導。

「是一個年輕人？」

「二十八歲左右吧。是個沉靜的好青年。」

「我想和他說幾句話。如果可以的話，也想和你丈夫談談。今天晚上我再來一趟。我冒昧地建議你稍稍休息一下，太太，你看起來略顯疲態。」

「我當然知道！先是擔心伊莉莎的事，然後昨天幾乎一整天都在拍賣會買東西，你應該可以想像那裡的情況，白羅先生。一會兒是這件事，一會兒又是那件事，房子也還有很多雜事，因為，當然啦，安妮是無法全部承擔的了；而且目前情況如此不穩定，她很可能會萌生……唉，面對這一切，我累壞了！」

白羅輕聲說了些同情的話，然後我們就離開了。

「真是個奇怪的巧合，」我說，「那個叫戴維斯的潛逃行員，和辛普森就在同一家銀行工作。你認為這會有什麼關聯嗎？」

白羅笑了笑。

「一個是盜款的職員，一個是失蹤的廚師，很難看出這兩者有什麼關係，除非戴維斯拜訪過辛普森，見到廚師並愛上了她，並勸她和他一起遠走高飛！」

我大笑，但白羅一副嚴肅認真的樣子。

「他可能更居心不良，」白羅有些責備地說，「記住，海斯汀，如果你要過逃亡生活，一個好廚師要比一張漂亮的臉蛋更有幫助！」他稍停片刻又繼續說：「這是宗奇怪的案子，充滿矛盾，我頗感興趣——是的，我確實感興趣！」

那天晚上我們再次造訪艾伯特王子路八十八號，見到了托德先生和辛普森。前者是位四十多歲、下巴瘦長、雙頰凹陷的憂鬱男人。

「啊，是的，」他閃爍其詞地說，「伊莉沙，是的，我認為她是個好廚師。她很節儉，我相當強調節儉。」

「你能想出她為何突然離開你們的原因嗎？」

「噢，嗯，」托德先生含糊地說，「僕人嘛，你知道的，我妻子有些過分擔心。過分擔心讓她精疲力盡了。事實上解決方法十分簡單。『再找一個，我親愛的。』我跟她說，『再找一個。』就是這麼簡單。凡事要往前看。」

辛普森先生也不能幫什麼忙。他戴著眼鏡，是一個安靜而不引人注目的年輕人。

「我想我一定見過她，」辛普森說，「是一個上了年紀的婦女，是不是？我經常見到另一位僕人，叫安妮，不錯的女孩，她很熱心。」

「那兩個人彼此關係好嗎？」

辛普森先生說他無法確定，他想應該是的。

「唉，沒有得到什麼有趣的線索，我的朋友。」當我們離開那幢房子時，白羅這麼說。由於托德太太又突然高聲講述了那天早晨她所說的話，所以我們離開的時間被耽誤了。

「你失望嗎？」我問白羅，「你是不是期望能聽到一些東西？」

白羅搖搖頭。

「有當然最好，」他說，「但我認為那幾乎不可能。」

下一個進展是白羅在第二天早晨收到了一封信。他讀了信，氣得臉都發紫了。他把信遞給我。

托德太太抱歉地說，她還是不麻煩白羅先生了。在與她丈夫就此事討論之後，她發現，請偵探調查一件純粹的家庭事務是很愚蠢的。隨信附上托德太太應付的一基尼諮詢費用。

「嘿！」白羅氣憤地叫道，「他們竟想就這樣甩掉赫丘勒．白羅！我同意調查他們這件芝麻綠豆大的煩惱事，是給他們面子，很大的面子啊——而他們就這樣草草打發我！我不會弄錯，這是托德先生的筆跡。但是我要說『不』！一百個『不』！我要花我自己的基尼，哪怕是需要三千六百個基尼！我一定會查個水落石出！」

「是。」我說，「但是怎麼做呢？」

白羅稍稍平靜了一下。

「首先，」他說，「我們在報紙上登廣告。讓我想一想……是的，像這樣：『請伊莉莎．鄧恩盡速與本地址取得聯繫，事關私人利益』。海斯汀，在你所能想到的報紙上刊登這個廣告。然後，我自己來做些小小調查。去，去，一切盡速處理！」

直到晚上我才又見到白羅。他竟放下身段告訴我他所做的事。

「我在托德先生的公司做了調查。他週三去上班了。據反映，他是個性情不錯的人——就這些。然後是辛普森，他週四生病了，沒有去銀行，但是週三他在銀行。他和戴維斯只是普通朋友，沒有什麼不尋常的，從那裡查不出什麼。這下，我們必須依靠廣告了。」

廣告如期在所有重要的日報上刊登出來了。按白羅的指示，要每天登，一連刊登一個星期。他對這宗乏味的廚師失蹤案，表現出不尋常的熱情，但我知道他認為此事乃事關個人榮譽，非得堅持到最後並取得成功不可。在此期間有幾件非常有趣的案子送到他這兒來，但他全謝絕了。每天早晨他會衝過來拿他的信件，認真地查閱一番，然後嘆口氣放下它們。

但我們的耐心終於得到了回報。在托德太太來過後的下一個週三，我們的房東通知我們，說一位叫伊莉莎·鄧恩的人來訪。

「終於來了！」白羅叫道，「讓她上來，立刻，馬上！」

接到這樣的指示，我們的房東匆匆出去，一會兒回來，領進了鄧恩小姐。我們要找的人正如他人所描述的那樣：高高的個子，壯壯的身材，十分穩重。

「我來是因為看到廣告，」她解釋說，「我想一定是發生誤會了——也許你不知道我已經得到遺產了。」

白羅專注地研究著她。他揮揮手，拉過一把椅子。

「事情的真實情況是這樣的，」他解釋說，「你以前的女主人托德太太，十分關心你，她害怕你會出什麼事。」

伊莉莎·鄧恩看上去非常吃驚。

「那麼她還沒有收到我的信？」

「她沒有收到隻字片語。」白羅停頓一下，然後勸說道：「告訴我事件原委，好嗎？」

伊莉莎·鄧恩不需要什麼鼓勵，立刻開始了長篇大論的陳述。

「週三晚上返家的途中，一位先生在我快抵達屋子前叫住了我。他個子高高的，留著鬍子，戴一頂帽子。『是伊莉莎·鄧恩小姐嗎？』他問。『是的，』我回答說。『我到八十八號找過你。』他繼續說，『他們告訴我會在這兒遇見你。鄧恩小姐，我是特地從澳大利亞來找你的。你是否知道你外祖母結婚前的名字？』『她叫珍．埃莫特。』我說。『正是。』他說，『是這樣的，鄧恩小姐，你也許從來沒聽說過這件事。你的外祖母有個很好的朋友，名叫伊莉莎．利奇。她在澳大利亞嫁給了一位很富有的移民，但她的兩個孩子都夭折了，所以她繼承了她丈夫的全部財產。幾個月前，她去世了。根據她的遺囑，她留給你她在那裡的房子和一筆可觀的錢。』

「這讓我感到十分驚奇。有那麼一會兒，我產生了懷疑。這點一定被他看出來了，因為他笑著說道：『鄧恩小姐，你很警覺，這樣做是對的。這是我的證明文件。』他說著遞給我一封署名墨爾本律師赫斯特和克羅雀寫的信，以及一份證明文件。他本人就是克羅雀。『但是還有一兩個條件，』他說，『我們的委託人有些古怪，你知道。她要求說，明天十二點以前那幢房子就得過戶（位在坎伯蘭）。另一個條件根本不算什麼——僅僅是，你不能是個僕傭。』聽完這些話，我的臉沉下來。『噢，克羅雀先生。』我說：『我是個廚師呀。你去找我時他們沒有告訴你嗎？』『唉呀呀，我完全沒有想到。我認為你可能在做陪侍或是家庭教師。這太遺憾了，確實很遺憾。』

「『我會不會得不到一分錢呢？』我焦慮地問。他想了一下，說：『總有規避法律的辦法，鄧恩小姐。』他還說：『作為律師我們是知道這一點的。解決的辦法是，你今天下午就辭去這份工作。』『但這個月還沒滿呢！』我說。『我親愛的鄧恩小姐，』他微笑著說，『如果捨得下一個月的工資，你隨時都可以離開你的雇主。你的女主人要是知道這種情況，她會諒解你的。困難的是時間！你一定得趕上十一點零五分由國王十字街北上的火車。我可以預先為你墊付十英鎊左右的票錢。你可以在火車站給你的雇主寫個字條，我會親自把字條交給她並解釋這一切。』我同意了。於是，一個小時後，我便坐在火車上。我的心情慌亂不安，茫然失措。當我到達卡萊爾時，很懷疑這件事會不會是我們常在報上讀到的詐騙事件。但是當我按他給我的地址找到地方時，有些律師就在那兒等我，完全沒問題。我可以獲得一幢相當不錯的小房子，每年還有三百英鎊的收入。這些律師知道得不多，他們是收到倫敦一位先生寄給他們的一封信，交代他們把房子和頭半年的一百五十英鎊交給我。克羅雀先生隨後把我的東西送過來，但是沒有提及女主人說了什麼話。我想她一定是生氣了，而且嫉妒我的好運氣。她還扣下我的行李箱，只用紙包著送來了我的衣服。但是，當然了，如果她沒收到我的信的話，她是會認為我有些冷酷無情。」

白羅極為認真、專心的聽完了這個長長的故事。現在他點點頭，似乎心滿意足了。

「謝謝你，小姐。這件事確實如你所說有些誤會。請允許我酬謝你費心跑這麼一趟。」他遞給她一個信封，「你馬上就回坎伯蘭嗎？給你一個小小的忠告：別忘你的烹飪才藝。萬一事情出了差錯得重回原點，有些技藝可依靠總是好的。」

「這麼輕易就受騙了。」當我們的來訪者離去時，白羅低語道，「但是，也許她這階層的人很多都這樣。」此刻白羅的神情變得嚴肅了。「來，海斯汀，不能再耽誤時間了。叫一輛計程車，我給傑派寫個便條。」

當我叫來計程車時，白羅已經在台階上等著我了。
「我們要去哪兒？」我焦急地問。
「首先，叫人送這個便條去。」
做完這件事後，我回到計程車上，白羅把地址告訴司機。
「克拉漢，艾伯特王子路八十八號。」
「我們現在要去那兒嗎？」
「當然。但說實話，我怕我們晚了一步。我們的鳥可能早已飛走了，海斯汀。」
「誰是我們的鳥？」
白羅笑了笑。
「是那位相貌平平的辛普森先生。」
「什麼？」我大吃一驚。
「噢，得了，海斯汀，別告訴我現在你還摸不著頭緒！」
「廚師是被騙離這幢房子的，這一點我知道。」我感到十分好奇。「但為什麼？為什麼辛普森希望廚師離開呢？她是知道他什麼底細嗎？」
「廚師什麼都不知道。」
「那麼……」
「但是他想得到她的某樣東西！」

「錢？那份澳大利亞遺產嗎？」

「不，我的朋友。是一個極為特別的東西。」他稍停片刻後又嚴肅地說，「是一個損壞了的鐵箱子。」

我斜眼望著他。他的話太難理解了，以致我懷疑他是在開我玩笑。但是他完全是一副嚴肅認真的樣子。

「如果他需要箱子，他可以去買一個啊！」我大聲說道。

「他不想要一個新的箱子，他想要一個有使用者的箱子，一個不會令人起疑的箱子。」

「等等，白羅，」我叫道，「這真讓人如墜五里霧中。你是在和我開玩笑吧？」

他望著我。

「你就是缺少辛普森的頭腦和想像力，海斯汀。你看，週三晚上，辛普森騙走了廚師──準備一張印好的證件和打好的文件，對他來說是輕而易舉的事，他也願意付一百五十英鎊和一年的房租，來確保他的計畫萬無一失。鄧恩小姐沒有認出他來──他戴了假鬍子、帽子，還有那稍帶澳大利亞口音的偽裝，也完全欺騙了她。這就是這週三發生的事──外加一件小事，那就是辛普森先生獲得了價值五萬英鎊的可轉讓證券。」

「辛普森？不是叫戴維斯的嗎──」

「讓我說完好嗎，海斯汀！辛普森知道盜款一事週四下午會敗露，所以沒去銀行，但是他躲起來，等著戴維斯出來吃午飯。也許辛普森向戴維斯承認了盜款之事，並告訴戴維斯他會把證券還回去。不管怎麼說，他說服戴維斯和他一起來到克拉漢。那一天女僕休息，托德太太去搶購特價商品，所以房子裡沒有人。他心裡打的如意算盤是：一旦盜款之事被發現，大家又發現戴維斯失蹤了，不言自喻，戴維斯就會被認為是竊賊！而他辛普森先生則是完全安全的，他可以平平靜靜地在第二天回去上班，如平常一般，當他的誠實職員。」

「那麼戴維斯呢？」

白羅意味深長地揮揮手，慢慢地搖搖頭。

「這件事無情得令難以相信，但又能有什麼解釋呢？我的朋友，對於謀殺者來說，困難的問題是如何處置屍體——而辛普森已事先計畫好了。那天聽到某件事時，我立刻感到不對勁：雖然伊莉莎．鄧恩那天出去時是準備晚上就要回來的（她說燜桃子的那段話可證明），但當他們來拿她的箱子時，箱子已經打點好了，而且還上了密碼鎖。那是辛普森給卡特．帕特森捎了口信，要他週五去拿的，而辛普森事先於週四下午便整理好箱子了。這哪會有什麼可疑的地方呢？一個女僕離開了並派人來取她的箱子，箱子已經貼上標籤並寫上了她的名字。它很可能被送往倫敦附近的一個火車站。週六下午，辛普森偽裝成澳大利亞人，領取了箱子，他又貼上了新的標籤，寫上新的地址，把它寄到另外一個地方。這一次又是『留在此處直到有人來取』。當有關當局開始懷疑並持充分的理由打開箱子時，只能獲得如下的線索：一個留小鬍子的殖民地居民，在倫敦附近的一個車站寄出了這個箱子。沒有人會將它與艾伯特王子路八十八號產生任何聯想。啊，我們到達目的地了。」

白羅的預言是正確的。辛普森幾天前已離開了。但是他無法逃脫法律制裁。在無線電報的幫助下，警方在奧林匹亞號上發現了辛普森，他正準備前往美國。

一個寄給亨利．溫特格林先生的鐵箱，引起了格拉斯哥火車站人員的注意。箱子被打開了，裡面是戴維斯可憐的屍體。

托德太太的一基尼支票從未兌現，相反的，白羅把它裱上了框，掛在客廳牆上。

「它對我來說是一個小小的警示，海斯汀。永遠不要藐視小東西和小人物。一個失蹤的僕人竟牽引出一樁冷酷無情的殺人案件。對我來說，這是我所處理過最有趣的案件之一。」

03

康沃爾郡謎案

Poirot's Early Cases

「彭傑利太太來訪。」女房東通知完就謹慎地退開了。

以往是有過不少看上去不可能向白羅諮詢的人來訪，但在我看來，就屬這位站在門邊撥弄著羽毛領圈的女人最不可能了。她看來普通到極點，瘦削、憔悴，大約五十歲，穿著鑲邊的外衣和裙子，頸子上戴著金飾，灰白的頭髮上壓著不協調的帽子。你每天會在鄉村小鎮的路邊碰到一百個這樣的人。

看得出她很尷尬。白羅走上前去，和藹可親地和她打招呼。

「太太！請坐，請坐。他是我的朋友，海斯汀上尉。」

那位女士坐了下來，不確信地喃喃道：「你是白羅先生，偵探白羅？」

「請指教，太太。」

但我們的客人還是說不出話來。她嘆了一口氣，擰著手指，臉變得愈來愈紅。

「有什麼事要我幫忙嗎，太太？」

「嗯，我想，就是……你知道……」

「說吧，夫人，請說吧。」

受到如此鼓勵，彭傑利太太稍微鎮定些了。

「是這樣的，白羅先生……我不想讓警察介入。不，我絕對不會找警察！儘管這樣，我還是為了一些事情而非常苦惱。但我不知道我是否應該……」她突然停了下來。

「我，我和警察沒關係，我的調查是絕對保密的。」

彭傑利太太抓住了這個字眼。

「保密──那正是我需要的。我不想扯出閒言閒語，不要鬧得滿城風雨，或者在報紙上大肆宣揚。他們報導這種事情的方式很惡毒，非得鬧到人家祖宗八代都抬不起頭來才肯罷休。況且這事我也不是很肯定──這只是我一個可怕的想法，我想不去理它，但做不到。」她停下來吸了口氣，「也許我是冤枉了可憐的愛德華。做妻子的有這樣的想法真是不應該。但這種可怕的事情現在也常常見諸報端。」

「請問……你是在說你丈夫嗎？」

「是的。」

「你懷疑他──什麼？」

「我甚至都不想說了，白羅先生。但你應該也在報紙上讀過這樣的消息──那些可憐的人一點也不懷疑。」

我開始對這位女士會不會講到重點感到絕望了，但白羅卻耐心地循循善誘。

「夫人，說吧，不用害怕。想一想，如果我們能證明你的懷疑是沒有根據的，那會是多麼快樂啊！」

「沒錯，再怎麼也比這樣胡亂猜疑要好。噢，白羅先生，我非常害怕被人下毒。」

「你為什麼會這樣想呢？」

彭傑利太太不再沉默寡言了，她開始詳細列舉，好像在向一位醫生陳述病情。

「吃完飯之後感到疼痛和噁心，是嗎？」白羅若有所思地說，「你看了醫生，是不是，太太？他怎麼說？」

「他說是急性胃炎，白羅先生。但我看得出來他也很困惑不安，而且他一直在換藥，但總是不見效。」

「你有沒有跟他談過你擔心的事？」

「沒有，完全沒有，白羅先生，這樣會在鎮上傳開的。也許真的是胃炎。但是很奇怪，每次愛德華週末不在，我就好了。甚至弗蕾塔也注意到了——她是我丈夫的外甥女，白羅先生。還有那瓶除草液，花匠說從來沒用過，但卻只剩半瓶。」

她懇切地望著白羅。他對她笑了笑，以示撫慰，並伸手去拿鉛筆和筆記本。

「那我們就依照程序來，太太。嗯，你和你丈夫住在——哪裡？」

「波加威，康沃爾郡的一個小鎮。」

「你們在那兒住了很長時間了嗎？」

「十四年了。」

「你們家包含你和你丈夫。有小孩嗎？」

「沒有。」

「但有個外甥女，我想你剛才說過，是不是？」

「是弗蕾塔．斯坦頓。她是我丈夫的妹妹的孩子。過去八年，她一直和我們住在一起

——直到一星期之前。」

「噢，一星期之前發生了什麼事？」

「我們不愉快有一段時間了；我不知道弗蕾塔是怎麼了，她變得十分粗魯無禮，脾氣壞得嚇人，上星期她又突然發火並且出走了，自個兒在鎮上租了房子獨居。從那以後，我就沒見過她。最好等她平靜下來，拉德納先生這麼說。」

「拉德納先生是誰？」

彭傑利太太又露出了一點尷尬。

「噢，他……他只是一個朋友。一個非常不錯的年輕人。」

「他和您的外甥女之間有什麼嗎？」

「絕對沒有。」彭傑利太太強調說。

白羅改變了話題。

「我想你和你丈夫，很富有，是嗎？」

「是的，挺過得去的。」

「錢是你的，還是你丈夫的？」

「噢，全是愛德華的，我自己沒積蓄。」

「你明白，太太，要公事公辦，就得面對嚴峻事實。我們得找出做案動機。你丈夫不會只是為了打發時間而給你下毒。你知道他有什麼理由必須除掉你嗎？」

「不就為了那個為他工作的金髮蕩婦，」彭傑利太太的火氣突然上來了，「我丈夫是個牙醫，白羅先生，他老是說，他需要一個留著短髮、穿著白色工作服的聰明女孩，替他與病人預約，並且幫他配製補牙的材料。有些風言風語說他們行為不軌，當然他向我發誓什麼都沒有。」

「那瓶除草液，太太，是誰買的？」

「我丈夫。大約是一年前。」

「你的外甥女，她自己有沒有錢？」

「一年大約有五十英鎊收入。要是我離開愛德華，我想她會很高興回來替他看屋子。」

「這麼說你考慮過要離開他？」

「我才不想讓他為所欲為。婦女再也不是受壓迫的奴隸了，白羅先生。」

「我欣賞你的獨立精神，太太；但我們得現實一點。你今天會回波加威嗎？」

「是的，我買的是來回票。早上搭六點的火車出發，下午搭五點的火車回去。」

「好！我手頭沒有什麼重要的事情，我可以全心解決你這件事。明天我就去波加威。我們可不可以說海斯汀是你的一個遠房親戚，是你二表妹的兒子？我呢，是他一個古怪的外國友人。這段時間，你只能吃你自己準備或是你監視下做出來的東西。你有一個可以信任的女傭嗎？」

「潔西是個好女孩，這我肯定。」

「那就明天見，太太，祝你精神愉快。」

§

白羅鞠躬把這位女士送出去，若有所思地坐回椅子上。然而他不是很專注，他看見剛才她絞擰不安的手指時，扯下來的兩片羽毛圍巾碎片。他仔細地撿起來，放進了廢紙簍。

「海斯汀，這個案子你覺得如何？」

「依我看，很難辦。」

「是的，如果這位女士的判斷正確的話。但那是真的嗎？那不是買了除草液的丈夫都要倒楣了？如果他們的妻子有胃病，或者性格有些歇斯底里，那就有得吵了。」

「你認為她說的屬實嗎？」

「噢，我不知道，海斯汀。但我對這個案子有興趣，非常有興趣。你知道，它確實沒有什麼特別之處，去他的歇斯底里，照我看，彭傑利太太不是一個歇斯底里的女人。是的，如果我沒搞錯的話，這是一個非常不幸的人間悲劇。告訴我，海斯汀，你認為彭傑利太太對她丈夫的感情怎樣？」

「忠誠但夾雜著恐懼。」我說。

「但，一般來說，一名婦女可能會指控世界上任何一個人，但絕不會指控她的丈夫。在任何情況下，她都會相信他。」

「另外那個女人，使事情變得複雜了。」

「是的，在嫉妒的刺激下，愛會變成恨。但是恨應該使她去找警察，而不是來找我。她想要鬧大……一個醜聞。不，不，讓我們動動腦子。她為什麼來找我？想證明她的懷疑是錯誤的嗎？或者想證明她的懷疑是正確的？啊，有些事情我還沒弄清楚。我們的彭傑利太太，她是個超級演員嗎？不，她是真心的，我敢發誓她是真心的，所以我對這個案子很感興趣。請你查查去波加威的火車班次好嗎？」

§

我們乘那天最適合的班次，一點五十分從派汀頓出發，七點剛過就到了波加威。旅途無事，我一路舒適地小睡，到站時，才猛然醒來趕緊下了火車，踏上這個荒涼小站的月台。我們帶著行李到了公國飯店，稍稍吃了一點東西，白羅建議出去轉轉，拜訪我們的「表親」。

彭傑利的房子和馬路有一段距離，屋前有個老式的菜園。晚風中飄蕩著紫羅蘭和木犀的香味，將暴力和這傳統的風光聯繫在一起好像是不可能的。白羅按了門鈴並且敲了門。沒人應答，他繼續按門鈴。這次稍微等了一會兒，一個衣冠不整的傭人開了門。她眼睛紅紅的，並在使勁擰鼻子。

「我們想見彭傑利太太，」白羅解釋道，「我們可以進去嗎？」

女傭死盯著我們，魯莽地答道：「你們沒聽說嗎？她死了。今天晚上死的——大約半小時前。」

我們站在那兒盯著她，傻了。

「她怎麼死的？」最後我問道。

「有些人可以告訴你。」她很快朝後看了一眼，「要不是得有人待在屋裡陪著太太，我今晚就打包走了。但我不會放她在那兒沒人看著。我不應該多說什麼，我也不會說什麼——但大家都知道，全鎮都傳開了。如果拉德納先生不給內政部長寫信，別人也會寫的。醫生想怎麼說就怎麼說。但我今晚確實親眼看見主人從架子上拿下除草液的啊！當他轉過身來，看見我在看他時，他不也嚇了一跳嗎？而夫人的粥那時就放在桌上，已經準備好給她端去了。只要還在這個屋子裡，我再也不會碰一點點食物了！要不然我也會死掉。」

「給你女主人看病的醫生住在哪裡？」

「亞當斯大夫住在海伊街街角，第二幢屋子。」

白羅很快轉過身去，他臉色慘白。

「笨蛋，罪孽深重的笨蛋，我就是這樣的人，海斯汀。我一直吹噓我的腦子有多靈光，而現在我害死了一條人命。她來找我，我本可以救她的。我作夢也沒想到這麼快就會發生事情。天啊，請饒恕我，我真的沒想到會發生事情，她的故事好像不是真的。醫生家到了，我們看看他能告訴我們什麼。」

§

亞當斯醫生是小說中典型那種臉色紅潤的好好鄉村醫生。他很禮貌地接待了我們。但提到我們此行的目的時，他臉上的紅色轉成了紫色。

「胡說八道，全是胡說八道！我是負責這個病例的醫生哪！胃炎，單純、一般的胃炎。這個鎮是八卦的溫床，總有很多喜歡散布醜聞的老婦聚在一塊兒，製造一堆老天才知道的謠言。他們從報紙上讀些不入流的報導，然後就幻想鎮上也有人會被下毒。他們在架子上看見了一瓶除草液，於是，他們的想像力就沒有限制了。我了解愛德華・彭傑利，他連他祖母的狗都不會毒死的，為什麼他要毒死妻子？有道理嗎？」

「醫生先生，有一件事你也許不知道。」

於是白羅非常簡短扼要地講述了彭傑利太太的拜訪經過。不會有人比亞當斯醫生更驚訝了，他的眼睛幾乎都要掉了出來。

「天哪！」他喊道，「這可憐的女人一定是瘋了。為什麼她不跟我說？那才是正確的做啊。」

「好讓自己受到嘲弄？」

「不會，不會，我想我還是很開明的。」

白羅微笑看著他。很明顯，醫生雖然不想承認，但他十分心神不寧。當我們離開時，白羅突然笑起來。

「他跟牛一樣固執。他說是胃炎，就得是胃炎！儘管這樣，他還是很不安。」

「我們下一步要做什麼？」

「回到飯店，然後在你們英國鄉下的床上過一個恐怖之夜。令人不敢恭維喔，廉價的英國床！」

「那明天呢？」

「什麼也不做。我們得回鎮上，等待事情的發展。」

「真無聊。」我失望地說，「要是事情沒有進展呢？」

「會的！我向你保證。我們的老醫生可以愛給多少證明就給多少證明，可是他不能阻止幾百人的議論。我可以告訴你，他們的議論會有一些結果的！」

開往小鎮的火車是第二天上午十一點出發。去車站之前，白羅說想去看看弗蕾塔．斯坦頓小姐，死者向我們提起過的外甥女。我們很快找到了她的住處。和她在一塊兒的有一位個子高高、皮膚淺黑的年輕男子，她有些慌亂地向我們介紹說他是雅各布．拉德納先生。

弗蕾塔．斯坦頓小姐是康沃爾郡傳統典型的漂亮女孩——黑頭髮，黑眼睛，臉色紅潤。在她那黑眼睛裡，有種目光讓人感到最好沒事不要惹她。

「可憐的舅媽，」當白羅自我介紹並且說明來意之後，她說道：「真是令人悲傷。今天早上我一直在想，我要是對她更和善、更有耐心一點就好了。」

「你也受了不少苦，弗蕾塔。」拉德納打斷她。

「是的，雅各布，但我的脾氣很急，我知道。不管怎麼說，舅媽還是太傻了。我應該笑一笑就好，不該把它放在心上。她覺得舅舅要毒死她，那實在是無稽之談。每次他給她送去食物之後，她就感到身體不適。但我相信這只是出於心理作用。她一心覺得她會不舒服，然後，自然變成如此了。」

「你們不和的主要原因是什麼，小姐？」

斯坦頓小姐遲疑了一下，看著拉德納。那位年輕男士很快領會了。

「我得走了，弗蕾塔。晚上見。再見，先生們。我想，你們是不是要去火車站？」

白羅回答說是的，拉德納就走了。

「你們訂婚了，是嗎？」白羅問道，臉上帶著狡黠的笑。

弗蕾塔．斯坦頓的臉紅了，並且承認了。

「那才是舅媽真正的問題所在。」

「她不同意你們結婚？」

「噢，也不是這樣說。但你知道，她——」女孩停了下來。

「怎麼樣？」白羅輕聲鼓勵道。

「這樣說她很不厚道，畢竟她現在已經死了。但我不告訴你的話，你永遠也不會明瞭。舅媽迷上了雅各布。」

「真的？」

「是的，這不是很荒唐嗎？她已經五十多歲了，而他還不到三十！但事實就是這樣，她被他迷得暈頭轉向！最後我只得告訴她，他是在追我……但她還是深陷在裡面。我的話她根本一個字也不相信，還很粗魯地侮辱我，於是我發了脾氣。我把這事和雅各布仔細談了，我們都認為我最好是搬出來住一陣子，等到她清醒過來。可憐的舅媽，我想她失衡了。」

「很可能是的。謝謝你，小姐，你把事情交代的很清楚。」

§

讓我感到有點驚訝的是，雅各布在街上等著我們。

「我可以猜出弗蕾塔跟你們講了些什麼，」他說道，「發生這件事很不幸，對我來說也很是尷尬，你們應該想像得到。不必我說，這實在一點也不關我的事。一開始，我很高興，因為我想這位老婦會幫我和弗蕾塔的忙。整件事情都很荒唐，而且令人非常不快。」

「你和斯坦頓小姐什麼時候結婚？」

「我想很快了。嗯，白羅先生，跟你說實話，我比弗蕾塔知道的更多一點。她相信他的舅舅是無辜的，但我不這麼認為。只是我可以告訴你一件事：我怎麼也不會把知道的事說出來，以免多事。我不想讓我妻子的舅舅受到審判，然後因謀殺罪絞死。」

「你為什麼跟我說這個？」

「因為我聽說過你，並且知道你是個聰明人。很有可能你會查清真相，抓住他的。但我向你呼籲——那樣有什麼好處呢？那可憐的女人已是救不了了，而且她是最不願意鬧出醜聞的人；要是這樣，她在九泉之下也無法瞑目。」

「也許你這點是對的。那麼你希望我別聲張，是不是？」

「那是我的想法。我坦白地向你承認，在這點上我很自私。我的事業正在起步——我的服裝生意頗有起色。」

「大多數人都是自私的，拉德納先生，但不是每個人都會坦率地承認。我會照你說的去做——但我也坦率地跟你講，這件事情要想不聲張是不可能的。」

「為什麼？」

白羅豎起一根手指。今天是個市集日，我們正通過一個市集，從裡面傳出的聲音很是繁忙、喧鬧。

「人們的聲音——那就是為什麼了，拉德納先生。啊，我們得快點了，要不然就要誤了火車。」

§

「非常有意思，是不是，海斯汀？」當火車駛出車站時，白羅說道。

他從口袋裡掏出了一把小梳子、一面小鏡子，仔細地整理他的八字鬍。由於剛才我們跑得很急，他的鬍子已經不那麼對稱了。

「你好像是這麼看的，」我回答道，「對我來講，這一切很邪惡，很討厭。沒什麼神祕可言。」

「我同意你的說法，沒有什麼神祕可言。」

「我想我們可以相信那個女孩所說的，她舅媽被迷得神魂顛倒，是不是？對我來說，那是唯一可疑的地方。她是一位很不錯、很穩重的女人。」

「那沒什麼奇怪的，很正常。如果你仔細讀報的話，你會發現，經常有些很不錯、很穩重的中年婦女，會離開與她共同生活了二十年的丈夫——有時候，還會離開自己的孩子，就是為了與比她年紀小許多的年輕男子生活在一起。你崇拜女人，海斯汀，你會拜倒在漂亮並衝你微笑的女人面前；但說真的，你並不了解她們。婦女在生命的遲暮，總會有一段渴望浪漫、渴望冒險的瘋狂時刻——要不然就會太晚了。身為一個受人尊敬的小鎮牙醫夫人，她更有可能如此。」

「你是說——」

「一個聰明的男人利用了這種機會。」

「我不認為彭傑利很聰明，」我自言自語道，「他弄得全鎮謠言四起。但我覺得你是對的。兩個唯一可能知道內情的男人，拉德納和那個醫生，都不想聲張這件事。不管怎麼說，他成功了。我希望我們能見見那傢伙。」

「這願望不難達成。我們下一趟來，就假裝臼齒疼。」

我很感興趣地看著他。

「我希望知道你認為這個案子有意思在哪裡？」

「用你的一句話，就可以貼切地概括我的好奇所在，海斯汀。在和那個女傭談過話後，你有沒有注意到，她原本說她什麼也不說，結果卻說了許多。」

「噢！」我疑惑地說道，然後又回到前述的話題：「我搞不懂，你為什麼不想去見彭傑利？」

「我的朋友，我只給他三個月時間。然後，若我想看他就可以看他——在審判席上。」

§

這一次，我想白羅的預言是錯了。時光流逝，我們的康沃爾郡謎案沒有任何進展。我們忙於其他事務，我幾乎把彭傑利太太死亡一事給忘了。直到報紙出現一則簡短的消息，才又突然讓我想起了這件事。報上說，內政部長下令要掘出彭傑利太太的屍體。

幾天後，各家報紙的頭版頭條都是「康沃爾郡謎案」。好像這事仍舊傳言不斷，尤其是那個鰥夫要和他的祕書馬克斯小姐訂婚的消息宣布之後，風言風語比以往更多了，最後有人向內政部長請願，將屍體掘了出來，並在屍體裡發現了大量的砷——彭傑利先生被捕，並被指控謀殺元配。

白羅和我參加了初步的訴訟程序。證據都不出意料：亞當斯醫生承認砷中毒的症狀很容易被誤診為胃病症狀；內政部的調查人員也出示了他的證據；女傭潔西滔滔不絕地告知許多資訊，其中大部分都被駁回，而這些資訊都對囚犯不利。弗蕾塔．斯坦頓小姐作證說，每次舅媽吃了舅舅準備的食物之後，都會不舒服。雅各布．拉德納講了在彭傑利太太被害那天，他是如何不期然發現彭傑利將除草液的瓶子放回食具室的架子上，而那時彭傑利太太的粥正放在旁邊的桌子上。然後，馬克斯小姐，那位金髮祕書被傳喚。她流著淚，歇斯底里，並且承認她和老闆之間有曖昧關係，他答應她，若是他妻子有任何不測，他就娶她。彭傑利未做抗辯，還押送審。

§

雅各布．拉德納跟我們一起走到我們的住處。

「你知道，拉德納先生，」白羅說道，「我是對的，人們的聲音是壓不住的，而且都意見一致，所以這個案子不聲張是不可能的。」

「你是對的，」拉德納嘆了口氣，「他有沒有可能僥倖脫身？」

「嗯，他暫時未做抗辯。正如你們英國人所說的，也許他有什麼『錦囊妙計』。請進來吧！」

拉德納接受了邀請。我叫了兩杯威士忌、兩杯蘇打水和一杯巧克力。點巧克力的舉動引起了服務人員的驚恐，我很懷疑他們端不端得出來。

「當然，」白羅繼續說道，「這方面我有很多經驗。我看我們這位朋友只有一個逃脫的機會。」

「是什麼呢？」

「若你在這張紙上簽上你的名字。」

他突然變戲法似地掏出了一張寫滿字的紙。

「這是什麼？」

「你謀殺彭傑利太太的告白書。」

沉默了一陣之後，拉德納笑了。

「你一定是瘋了！」

「不，不，我的朋友，我沒瘋。你來到這裡，開始做一點小生意；你正缺錢。彭傑利先生很有錢，你遇到了他的外甥女，她對你有好感。但若與她結婚，彭傑利給她的賀金對你來說是不夠的。你得除掉她舅舅和舅母，然後錢就會是她的，因為她是他們唯一的親戚。你做得真高明！你向那位相貌平常的中年婦女求愛，讓她成了你的愛情奴隸。你慢慢向她洗腦，讓她懷疑自己的丈夫。她先是發現丈夫在欺騙她，然後在你的暗示下，她發現他想毒死她。你經常在他們家，你有機會把砷放進她的食物裡。但你很小心，當她丈夫不在的時候，你從不這麼做。她是個女人，不會把她的懷疑放在心裡不說，她和她的外甥女談，毫無疑問，她也和她的其他女朋友談。你唯一的難題就是，如何分別和這兩個女人保持關係。但這個也不是太難。你對她舅媽說，為了消除她丈夫的懷疑，你得假裝向他外甥女求愛；另一方面，你並不需要說服那位年輕的女士，她打死不相信她的舅媽會成為她的情敵。

「但後來彭傑利太太下定決心，沒告訴你就來諮詢我。如果她確定丈夫想毒死她，她就有理由離開他，與你雙宿雙飛——她以為你希望她這麼做。但這一點也不合你的意。你不想讓一個偵探在一旁刺探。這時一個有利的時機出現了，那天彭傑利先生正在為她的妻子準備粥的時候，你碰巧在屋子裡，於是你放進了致命的劑量。其餘的就很容易了。表面上你說希望不要聲張這件事，私下卻悄悄煽動人們的情緒。但你忘掉了有一個赫丘勒．白羅，我聰明的小朋友。」

拉德納臉色慘白，但他還想蠻橫地將事情應付過去。

「很有趣，也很高明，但你為什麼跟我說這些？」

「先生，因為我代表的不是法律，而是彭傑利太太。因為她，我給你一個逃脫的機會。在這張紙上簽上名字，然後你就可以有二十四小時的時間可運用——二十四小時後，我會將它交給警察。」

拉德納猶豫了一下。

「你什麼也證明不了。」

「是嗎？我是赫丘勒．白羅哪！看看窗外，先生，街上有兩個人，他們已經接到命令監視你。」

拉德納走到窗邊，將百葉窗拉開，罵了一聲退了回來。

「看見了嗎，先生？簽吧，這是你最好的機會。」

「我怎麼知道你會不會——」

「信守承諾？赫丘勒．白羅是說話算話的。你會簽名的，是嗎？好的，海斯汀，請將左邊的百葉窗拉上一半，那是拉德納先生可以順利離開的信號。」

拉德納匆匆跑走了，他的臉色蒼白，邊走邊罵。白羅輕輕地點點頭。

「懦夫一個！我早就知道。」

「在我看來，白羅，你犯罪了。」我憤怒地嚷道，「你總強調不要感情用事，而現在，你卻全然感情用事地將一個危險的罪犯放走。」

「這不是感情用事，這是交易！」白羅回答說，「你不明白嗎，我的朋友？我們一點證據也沒有！難道光憑我在證人台上對著十二位執拗的康沃爾人講：『因為我，赫丘勒．白羅認為如此！』就行嗎？他們會嘲笑我的。我們唯一的機會就是嚇唬他，讓他坦白；外面那兩個遊手好閒的人又剛好派上用場。把百葉窗放下來吧，海斯汀，沒有必要拉上了，那只是我演出的一部分。

「總之，我們得遵守諾言。我是不是說了二十四小時？對可憐的彭傑利先生來說真是太長了——但這是他應得的。別忘了，他欺騙了妻子。你知道，我非常重視家庭倫理。啊，很好，二十四小時——然後呢？我對蘇格蘭警場有絕對的信心。他們會逮住他，我的朋友，他們會逮住他的。」

04

小強尼歷險記

Poirot's Early Cases

「希望你能理解一個母親的心情。」

韋弗利太太大概已經是第六次這麼說了。

她懇求地望著白羅。我的矮個子朋友總是同情悲傷的母親，他做了個手勢，讓韋弗利太太放心。

「是的，是的，我完全能理解。要對白羅老爹有信心。」

「警方——」韋弗利先生開始說。

他妻子揮揮手打斷他：「我不會再跟警方合作了。我們曾經相信過他們，可是結果呢？我聽說過很多關於白羅先生的事，還有他精采的事蹟，我覺得他或許能幫助我們。一位母親的心情——」

白羅用一個很有說服力的手勢迅速制止了那張喋喋不休的嘴。看得出韋弗利太太是真情流露，但與她的精明不太相配。這會兒，她的面部表情相當刻板。後來我聽說她是一個著名鋼鐵製造商的女兒，她父親從一個辦公室小弟奮鬥到他目前的顯赫地位。我覺得她稟承了她父親的許多特質。

韋弗利先生身材高大，面色紅潤，看來和藹快活。他雙腿叉開站著，十足鄉紳架式。

「我想你已熟知事件始末了吧，白羅先生？」

問這問題幾乎是多餘的。幾天來，報紙上全是小強尼被綁架的新聞，內容聳人聽聞。小強尼是馬庫斯・韋弗利的三歲兒子及財產繼承人。韋弗利先生住在薩瑞的韋弗利莊園，是英格蘭最古老的家族之一。

「當然，重點我都知道了。但是，先生，請你再為我敘述整個故事。如果可以的話，請講詳細些。」

「嗯，我想整件事情，大約是發生在十天前。那時我收到一封來歷不明的匿名信——太可惡了！來信者厚顏無恥地要求我付給他兩萬五千英鎊——兩萬五千英鎊呢，白羅先生！如果我不同意，他恐嚇說要綁架小強尼。我毫不在意地把那封信扔進廢紙簍，認為那只是個愚蠢的惡作劇。五天後我收到另一封信，它寫道：『付錢來，否則你的兒子二十九日會被綁走。』那天是二十七號。艾達很擔心，但我很難把它當回事。他媽的，我們是在英國耶，這兒沒有發生過綁架兒童勒索贖金的事。」

「當然啦，這種事是不常見。」白羅說，「請繼續，先生。」

「嗯，可是艾達一直吵我，所以——感覺有點兒像傻瓜——我就把這件事交給蘇格蘭警場了。他們也沒認真看待這件事，他們和我一樣，認為這是個愚蠢的玩笑。二十八號我又收到一封信。『你還沒付錢。你的兒子明天十二點會被帶走。二十九號，你要支付五萬英鎊贖回他。』我又開車來到蘇格蘭警場。這次他們認真點了。他們判斷這封信是個瘋子寫的，而且很可能會按信上說的時間行事。他們向我保證他們會負責應有的一切防範措施。麥尼爾和一支幹練的警隊會於次日來韋弗利莊園守護。

「我心情很輕鬆地回到家。因為我們一直有被圍困的感覺。我下令不得讓陌生人進來，而且誰也不許離開房子。晚上平靜地過去了，沒有意外之事發生。但是第二天一早，我妻子十分不舒服，情況很不對勁。我叫來戴克斯醫生。她的症狀令醫生滿腹狐疑。他雖猶豫不決地說她中毒了，但我明白他心中確是這麼認為。他向我保證她沒有危險，但是需要臥床一兩天。我回到自己的房間，驚訝地發現我的枕邊有一張用大頭針別著的便條，筆跡和先前那幾封是一致的，而且只有三個字：『十二點』。

「我承認，白羅先生，這時我看到一個紅色身影！這房子裡只有一人是穿紅衣服的——一個僕人。我把他們都叫上來，左右開弓痛罵了他們——他們還是沒有互相揭發。多虧我妻子的祕書柯林斯小姐告訴我，她看到強尼的保母清早悄悄地溜到大馬路上去了。我為此事責備保母時，她痛哭失聲，承認把孩子留給了女僕，自己偷偷跑去見朋友——是個男人！非常不檢點的行為！她否認別了便條在我的枕頭上——也許她講的是實話，我不知道。但萬一孩子的保母也參與此事，我可不能甘冒風險。我敢肯定有個僕人涉及此事。最後我發了脾氣，把這批人，包括保母和所有的人都解雇了。我給他們一小時的時間收拾行李離開我家。」

當韋弗利先生想起當時的憤怒之情，雙頰不禁泛紅。

「先生，那豈不有點失策嗎？」白羅說，「你知道，說不定反而落入敵人的圈套。」

韋弗利先生瞪著他。「那倒未必。既然讓所有的人打包滾蛋是我的主意，接下來我便給倫敦發了電報，讓他們當晚送過來一批新人。同時，留下來的全是我信任的人：譬如我妻子的祕書柯林斯小姐，男管家崔韋爾——我還是個孩子的時候，他就和我在一起了。」

「這位柯林斯小姐，她在你們家有多長時間了？」

「只有一年，」韋弗利太太說，「對我來說，她是一位無價的祕書兼侍伴，而且是位很有效率的管家。」

「保母呢？」

「她和我們在一起有六個月了。推薦她的人對她有很高的評價，儘管如此，我並不怎麼喜歡她，不過小強尼倒是很喜愛她。」

「然而，我想當事情發生時，她早已離開了。韋弗利先生，請你繼續，好嗎？」

韋弗利先生繼續他的敘述。

「麥尼爾警官十點半到了，那時候僕人們已全部離去，他說他對我這樣的安排相當滿意。外邊的花園裡部署了很多人，監視著通向房子的所有道路。而且他向我保證，如果這不是個騙局的話，我們一定會抓到那個神祕的來信者。

「我把小強尼帶在身邊，他、我及警官三人一同待在被我們稱為會議室的房間。警官還特別把門鎖上。那兒有一座古老的大鐘，當指針指向十二點時——我不介意承認我非常不安。一陣呼呼聲後，時鐘開始打點。我緊緊抓住小強尼，我有種感覺，有個人會從天而降。鐘聲敲完最後一響，正在此時，外面一片混亂——吵鬧聲、跑步聲，警官猛地打開窗戶，一位警察跑了過來。

「『我們抓住他了，先生，』他氣喘吁吁地說，『他偷偷地從灌木叢裡進來，一副吊兒郎當的模樣。』

「我們衝到露台上，有兩位警官抓著一個衣衫襤褸、流氓模樣的人，他扭來扭去徒勞地想逃，一名警官拿出一個從他身上截獲的包裹，裡面是棉絮襯底和一瓶哥羅芳（麻醉藥）。看到它我熱血沸騰。還有一張便條，是寫給我的，我打開它，上面寫著：『你早該付款，為了贖回你的兒子，現在需要五萬英鎊，儘管你們萬分小心，但正如我所說的，他將在二十九號被劫走。』

「我開懷大笑，那是輕鬆的笑，但就在此時，我聽到一輛汽車的嗡嗡聲和一聲喊叫。我回過頭，一輛又矮又長的灰色小汽車正急速地沿大路向南方的小屋開去，開車的人在叫喊。但並不是叫喊聲讓我驚恐，而是看到小強尼那亞麻色的鬈髮。孩子在車裡，坐在他身旁！

「警官狠狠地咒罵了一句：『那孩子不到一分鐘前還在這兒！』他叫道。他的目光掃視著我們，我、崔韋爾、柯林斯小姐全在場。『你最後一次見到他是什麼時候，韋弗利先生？』

「我開始回憶，試圖記起些什麼。那位警察叫我們的時候，我和警官一起出去了，全然忘記了小強尼。

「然後一個聲音讓我們大吃一驚。是村裡教堂的鐘在報時，警官驚叫一聲，拿出他的手錶，正好是十二點。我們一起衝向會議室，那兒的鐘顯示著十二點十分。一定是有人故意調過它了。因為據我們所知，這鐘從來沒有跑快或跑慢過，它是個精確的時鐘。」

韋弗利先生停止了述說，白羅微笑了一下，並把被那焦急父親弄歪了的墊子扶正。

「這是個有意思的小謎案，讓人費解，卻很吸引人。」白羅低語道，「我很高興為你調查此事。確實，計畫得十分出色。」

韋弗利太太責備地望著他，說：「但是我的兒子……」她慟哭起來。

白羅很快調整了自己的表情，看起來又是一副認真、同情的樣子。

「他是一定安全的，女士，他不會受到傷害，你放心，那些惡棍會加倍小心照料他。他對他們來說可是隻孵金蛋的火雞呢！」

「白羅先生，我確信現在只有一件事可做——付錢。一開始我是反對這樣做的，但是，一位母親的心情——」

「剛才我們好像打斷了韋弗利先生的敘述。」白羅立刻大聲說道。

「我想其餘的事，你從報紙上已經知道得一清二楚了。」韋弗利先生說，「當然，麥尼爾警官立刻打了電話，將那輛車和那個人的模樣傳達到各處。一開始似乎都進展得不錯。他們發現了一輛與描述相符的車，車上有一個男人和一個小孩，穿越過很多村子，很顯然是朝倫敦的方向開去。他們曾在一個地方停下來，據說，孩子在哭叫，顯然很害怕他的同伴。最後麥尼爾警官傳來消息說，車被截住了，那人和孩子都被扣留下來。我總算鬆了口氣。然而，你知道後來發生的事情了，那個男孩不是小強尼，那個男人是個熱中駕車的旅行者，他很喜歡孩子，他是在離我們大約十五英里一個叫作伊登韋爾的村子上，讓這個正在玩耍的孩子上車的——他是好心讓那孩子搭便車。真要感謝那些過於自信的笨警察，所有的線索都消失了。如果不是他們跟錯車，現在可能已找到小強尼了。」

「別激動，先生。警察可都是些勇敢、有頭腦的人所組成的。他們犯錯是很自然的，畢竟這是個聰明的計畫。至於他們在莊園當場逮到的那個人，據我了解他是堅持否認涉案，說是有人把便條和包裹交給他，讓他送到韋弗利莊園，給他東西的那個人付了他一張十便士的鈔票，並允諾如果他在十一點五十分準時把東西送到，還會再給另一張。他穿過園子走到屋子這裡，敲了側門。」

「我一個字也不相信，」韋弗利太太激動地說，「全是謊話！」

「的確，這是一個不能令人信服的故事。」白羅沉思道，「但是目前為止，他們對這個看法尚未動搖。我還知道，他已經提出了控訴？」

他的目光在質問韋弗利先生，後者的臉又變得相當紅了。

「那人竟然說謊，說他認出崔韋爾是給他包裹的那個人。『只不過那傢伙把鬍子刮掉了。』崔韋爾是在這兒出生的人欸！」

對於這位鄉紳的義憤，白羅微微一笑。「但你自己不也懷疑住在這房子裡的某個人，是這起綁架案的同夥？」

「是的，但不會是崔韋爾。」

「那麼你呢，夫人？」白羅突然轉向她問道。

「如果有任何人真的曾把信和包裹交給那個流氓的話，也不可能會是崔韋爾，我絕對不相信。他說那人是十點鐘交給他的，但十點鐘時崔韋爾和我丈夫在吸菸室。」
「先生，你是否看清楚車裡那個人的臉？它是在哪種程度上與崔韋爾相似？」
「相距太遠了，我看不清他的臉。」
「據你所知，崔韋爾是否有兄弟？」
「他倒是有幾個兄弟，但都去世了。最後一個是在戰爭中陣亡的。」
「我還不太清楚韋弗利莊園的地形。汽車朝南邊的小屋開去，那還有另一個出口嗎？」
「是的，我們叫它東屋，從房子的另一邊可以看見它。」
「這看來似乎很奇怪，竟然沒有人看到汽車開進來。」
「右邊有條通道，是通往小教堂的，有很多車經過那裡。那人一定是把車停在一個方便的地方，然後趁人們騷動起來、注意力被吸引到別處時，跑向了房子。」
「或者，他早已在房子裡。」白羅自言自語道，「有沒有什麼他可以藏身的地方？」
「嗯，當然，事先我們並沒有對整幢房子做徹底的檢查。似乎沒有什麼必要。我想他可能藏在某個地方。不過是誰放他進來的呢？」
「我們以後再談這一點，一次談一個重點，我們得有條不紊慢慢來。這房子裡沒有什麼別的藏身之處嗎？韋弗利莊園是個老地方，有時候是會有所謂『祭司的密室』。」
「天哪，確實有個密室，客廳裡有扇木板後面是通到那裡的。」
「在會議室附近嗎？」

「就在門外。」

「原來！」

「但除了我和妻子之外，沒有人知道它的存在。」

「那崔韋爾呢？」

「嗯，他可能聽說過。」

「柯林斯小姐呢？」

「我從未向她提起過。」

白羅想了一分鐘。「好吧，先生，下一件事就是，我要去韋弗利莊園一趟。如果我今天下午到，你方便嗎？」

「噢，請盡快些，白羅先生！」韋弗利太太大聲說道，「請把這個再讀一遍。」

她把那天早晨對方送到韋弗利夫婦手中的最後一封信塞到白羅手中。就是這封信，讓她急速前來尋找白羅。信中狡詐又明確地對付錢方式做出指示，在信的結尾還威脅說，任何背信行為都會招致孩子喪命。很明顯，對金錢的熱愛與韋弗利太太自然的母愛，兩者發生了衝突，而最終後者勝利了。

白羅在韋弗利先生離開之後，又把韋弗利太太多留了一分鐘。

「夫人，請你講實話，你是否和你丈夫一樣信任管家崔韋爾？」

「我對他沒有什麼成見，白羅先生。我不認為他會與此事有關。但是，好吧，我承認我從沒喜歡過他，從來沒喜歡過！」

「另外一件事，夫人，你能把保母家的地址告訴我嗎？」

「在哈墨史密斯，內瑟瑞爾大街，一四九號。你不會以為……」

「我從不『以為』。我只是動用我的小小灰色腦細胞。而且，有時——只是有時，我會有些小小的靈感。」

門關上之後，白羅走向我。

「所以，那位夫人從未喜歡過管家，很有趣是不是，海斯汀？」

我沒被他的問題誤導。白羅已經多次欺騙我，現在我已經學會小心謹慎了。陷阱是無所不在的。

在精心打點好門面後，我們動身前去內瑟瑞爾大街。幸運的是，潔西．威瑟小姐在家。她三十五歲，有一張討人喜歡的臉，是位能力出眾的女人。我無法相信她會與此事有關。她對自己被解雇感到十分憤恨，但也承認是她做錯了。她和一位油漆工訂了婚並即將結婚，而他碰巧在附近做工，她便跑去見他。這事似乎很自然。我不太理解白羅，在我看來，他所問的問題都與本案無關，那些問題主要是與她在韋弗利莊園的日常生活相關，說實話，這些內容讓我甚感乏味，所以當白羅起身告別時，我挺高興的。

「綁架是件容易的事，我的朋友。」他說，並且一邊叫住哈墨史密斯大街上的一輛計程車，他叫車開到滑鐵盧火車站去。「那個孩子在這三年間的任何一天，都有可能輕而易舉地被綁走。」

「我認為這對我們並沒有多大幫助。」我冷漠地說。

「恰恰相反，它對我們有很大幫助，而且非常大！還有，既然戴上了領夾，海斯汀，至少要把它戴在領帶的正中間嘛，目前，它至少偏右十六分之一寸。」

韋弗利莊園是個不錯的古老莊園，最近已被用心地修復過，整理得頗有品味。韋弗利先生領我們到會議室、露台以及與此案有關的各個地方。最後，在白羅的請求下，他按了牆上的一個按鈕，一扇木板徐徐開啟，通過一個暗道，我們來到「祭司的密室」。

「你看，」韋弗利說，「這兒什麼也沒有。」

小屋子空空如也，地上連個腳印也沒有。白羅彎著腰全神貫注地注視著角落裡的一個痕跡。我也走過去。

「你認出這是什麼了嗎，我的朋友？」

那裡有四個連在一起的印跡。

「一隻狗！」我叫道。

「是一隻非常小的狗，海斯汀。」

「是一隻博美犬。」

「比博美犬還小。」

「布魯塞爾小種犬？」我不是很肯定地說道。

「甚至比布魯塞爾小種犬還小，是愛狗人俱樂部都不知道的一個犬種。」

我望著他臉上激動和滿意的神情。

「我是對的，」他低語道，「我就知道我是對的，來，海斯汀。」

我們走出暗道來到客廳，暗道的木板在我們背後闔上，一位年輕的士從過道另一端的一扇門裡走出來，韋弗利先生把她介紹給我們。

「這位是柯林斯小姐。」

柯林斯小姐大約三十多歲，舉止輕快、警覺。她的頭髮是淡黃色，有些發暗，戴著一副夾鼻眼鏡。

在白羅的請求下，我們來到一間小晨室。白羅仔細地向她詢問了僕人——特別是崔韋爾的情況，她承認她不喜歡那個管家。

「他很愛裝腔作勢。」她解釋說。

然後他們開始談論二十八號晚上韋弗利太太所吃的食物。柯林斯小姐說她在樓上的房間客廳裡吃了同樣的菜，但沒有不舒服的感覺。她正要離開的時候，我輕輕地推了一下白羅。

「那隻狗。」我低聲說。

「啊，對了，那隻狗！」他滿面笑容。「這兒有養狗嗎，小姐？」

「外邊的狗房裡有兩條獵犬。」

「不，我是說小狗，寵物狗。」

「不，沒有這種狗。」

白羅允許她離開，然後，按了鈴。他對我說：「她說謊了，那位柯林斯小姐。處在她的位置，我或許也會如此。現在叫管家來。」

崔韋爾是個沉穩的人。他泰然自若地講完了他的敘述。基本上與韋弗利先生說的故事是一樣的。他承認他知道這個密室。

直到最後離開時，他都是一副很威嚴的樣子。我迎上白羅探詢的目光。

「這一切你做何解釋，海斯汀？」

「你自己呢？」我避開他的問題。

「瞧你變得多有戒心了。除非給你刺激，否則你那些灰色腦細胞永遠不會自己動起來。噢，但是我不會戲弄你！我們一起來推敲。哪些疑點是不容易解決的呢？」

「有一點我不懂。」我說，「為什麼綁架小孩的人要從南屋出去，而不從沒有人會看到他的東屋出去呢？」

「非常好的懷疑，海斯汀，很出色的懷疑。我會把它和另一點結合在一起，那就是，為什麼綁架者要事先警告韋弗利夫婦？為什麼不直接綁架了孩子然後就要脅贖金呢？」

「因為他們希望能不真正動手而獲得贖款。」

「當然，人們不可能僅僅是受到威脅就付錢。」

「同時，他們想把注意力吸引到十二點上來，以便那流氓被抓住時，另一個人可以從藏身處出來，無聲無息地帶走孩子。」

「這並不能解釋他們把本來十分容易的事搞得很複雜的原因。如果他們不具體指定時間或日期，等待機會不是更容易些？例如某一天當孩子和保母在外邊時，用汽車把他帶走。」

「是的。」我有些疑惑地承認。

「這就是說，有人故意製造事端。現在讓我們從另一面看看這個問題。每件事都表明，在這房子裡有個同夥。第一點，韋弗利太太莫名其妙地中毒；第二點，別在枕頭上的便條；第三點，把鐘撥快了十分鐘。這一切都是在這房子裡發生的。另外一個事實是──你可能沒注意到──密室沒有灰塵，用掃帚掃過了。

「現在，這房子裡有四個人。我們可以不考慮保母，雖然她有可能做出其他三件事，但她不可能去打掃密室。四個人，韋弗利夫婦、管家崔韋爾和柯林斯小姐。我們首先來說說柯林斯小姐。我們沒有什麼對她不利的資料，只是我們對她了解甚少。她顯然是一位很聰明的年輕女性，而且她來這兒才一年。」

「你說過，關於狗的問題，她撒了謊。」我提醒他。

「啊，是的，那狗，」白羅古怪地笑了笑，「現在讓我們接著說說崔韋爾。有幾樁可疑的事對他不利。第一，那流氓說是崔韋爾在村裡把包裹交給他的。」

「但在這一點上，崔韋爾可以提出不在場證明。」

「即使如此，他也有可能給韋弗利太太下毒、可能把便條別在枕頭上，可能撥快時鐘、可能把密室掃乾淨。可是另一方面，他是在這兒出生長大的，一直給韋弗利夫婦做僕人，看起來他絕對不可能參與綁架主人兒子的勾當。絕對不會這樣！」

「那麼，其他人呢？」

「我們必須符合邏輯地前進，儘管這事似乎有些荒誕。我們稍微檢討一下韋弗利太太。她富有，錢是她的，是她的錢修復了這幢破舊的房子；她沒有理由綁架自己的兒子，然後再用自己的錢付贖金。而她丈夫的處境則不同。他只是有個富有的妻子，這和自己富有是不同的——事實上，我有種感覺，那位女士很不喜歡花錢，除非有一個非常好的理由。然而你立刻可以看出，韋弗利先生是個生活十分放蕩的人。」

「這不可能……」我結結巴巴地說。

「並不是絕對不可能。是誰叫僕人走的？是韋弗利先生。他可以寫便條，他可以給妻子下毒，可以把時鐘指針撥快，可以與他忠實的僕人崔韋爾製造一個絕妙的不在場證明。崔韋爾從來也沒喜歡過韋弗利太太，他忠於他的主人，願意絕對服從他的命令。有三個人與本案有關：韋弗利、崔韋爾和韋弗利的某個朋友。這就是為什麼警察也犯了錯誤，他們對那個駕駛灰色轎車帶個不是小強尼的男人，沒有進一步盤問，而這人就是那第三個人。他在鄰近的一個村子裡接了一名小孩，一名有著亞麻色鬈髮的男孩。他準時將車從東屋開進來並從南屋開出去，揮著手，大喊大叫。別人看不到他的臉和汽車牌照號碼，所以顯然人們也看不到孩子的臉。然後他留下一個誤導的線索，開車駛向倫敦。同時，崔韋爾也做完了他該做的事，他安排一個粗人送來了包裹和便條。那人不太可能認出他來，崔韋爾戴了假鬍子，如果他還是被認出來，他的主人也會為他提供不在場證明。至於韋弗利先生，當外邊的喧鬧一開始，警官衝出去時，他便迅速將孩子藏到密室去，也跟著警官出去了。到了那天晚些時候，趁警官走了，柯林斯小姐也不在時，他輕而易舉地用自己的車把孩子送到某個安全的地方。」

「但是關於那條狗呢？」我問，「還有柯林斯小姐的謊言？」

「那是我一個小小的玩笑。我問她房子裡有沒有寵物狗，她說沒有。但毫無疑問一定有幾個的——在育嬰室！你知道，韋弗利先生在密室放了玩具，那就是為了讓小強尼高興，以便保持安靜。」

「白羅先生——」韋弗利先生走進房間，「發現什麼情況沒有？找到孩子被帶到哪去的線索沒有？」

白羅遞給他一張紙。「這是地址。」

「但這是一張白紙。」

「我等著你為我寫下地址。」

「什麼——」韋弗利先生的臉變成了紫紅色。

「我了解了一切，先生。我給你二十四小時把孩子送回來，以你的天才頭腦，我相信你完全可以擔負起解釋他何以失蹤的任務。不然的話，恐怕韋弗利太太最後還是會知道這件事的前因後果。」

韋弗利先生跌坐在一把椅子裡，雙手掩面。

「他和我的老保母在一起，在十英里以外的一個地方。他很快樂，也被照料得很好。」

「這一點我毫不懷疑。如果我不相信你其實是個好父親，我也不願意給你這個機會。」

「這醜聞——」

「是啊，你的姓氏歷史悠久，風評也甚佳，不要再損害它了。晚安，韋弗利先生。啊，順便給你一句忠告：應該把角落掃一掃。」

05

雙重線索

Poirot's Early Cases

「但最重要的是——不能公開。」

這句話馬庫斯・哈德曼先生可能已經說了第十四次了。在他的談話中，「公開」這個詞彙就跟主題一樣貫穿始終。哈德曼先生的個子不高，短小敦實，指甲修得很精緻，聲音是哀怨的男高音。他小有名氣，喜歡追求時髦的生活。他富有，卻不是富豪，沉溺於社交娛樂，在這方面揮霍無度。他的愛好是收藏，頗有收藏家的魄力：古老的網眼織品、古老的風扇、古代的珠寶，無不搜羅。對馬庫斯・哈德曼來說，粗陋或現代感的東西完全不適合他的口味。

白羅和我緊急應召來到這裡，看見這個小個子男人正在痛苦的煎熬中猶豫不決。因為某些原因，他很憎惡報警，而不報警，又難道眼睜睜任由自己的珍貴收藏品一去不回？權衡之下，他想到了白羅。

「我的紅寶石，白羅先生，還有據說曾經是卡薩琳・麥迪西的翡翠項鍊，噢，翡翠項鍊！」

「你能不能講講它們丟失的情況？」白羅輕聲建議道。

「我正在講啊。昨天下午，我開了一個小茶會，很不正式的那種，大概有六、七人。最近我已經開過一兩個小茶會了，我可以說，這些茶會都很成功。這次還有一些很好的音樂聆賞——因為裡面有納科拉，鋼琴家；凱瑟琳・伯德，那位澳大利亞女低音歌唱家——就在大工作室裡舉行。嗯，下午剛過不久，我為我的客人展示我收藏的中世紀珠寶。我將它們保存在那邊牆上的小保險箱裡。為了展示這些寶石，裡面弄得就像是一個小陳列櫃一樣，背景是彩色的天鵝絨。隨後我們又看了風扇，它們放在壁櫃裡。然後我們一起回去工作室聽音樂。直到大家都走了之後，我才發現保險箱被盜了！我一定是沒有關好，然後有人就利用了這個機會將它洗劫一空。紅寶石，翡翠項鍊……白羅先生，它們是我一生最重要的收藏！要是能找回來，我什麼都願意給！但是不能公開！你是完全明白這一點的，是不是，白羅先生？我自己的客人，我的朋友是小偷！那將是一個可怕的醜聞！」

「當你們去工作室的時候，誰是最後一個離開這間房間的？」

「強斯頓先生。你也許認識他？他是南非的百萬富翁。他剛剛在帕克街租下一棟名叫艾博特伯里的住宅。我記得他在後面逗留了一會兒。但，不可能，噢，絕對不會是他！」

「當時你的客人當中，有沒有人用任何藉口回到這間屋子？」

「我想到了，白羅先生。有三個人。薇拉．羅薩柯夫伯爵夫人，伯納德．帕克先生，和朗科恩女爵。」

「請介紹一下他們的情況。」

「羅薩柯夫伯爵夫人是一位很迷人的俄國女士，她是前政權的成員，最近來到這個國家。她原本已經跟我說了再見，因此後來發現她在這裡很著迷地看著裝著風扇的壁櫃時，我有些吃驚。白羅先生，你知道，我愈想愈覺得奇怪。你說呢？」

「非常可疑。再說說其他人。」

「嗯，帕克只是來拿一個裝微型畫的盒子，我很想把這些微型畫給朗科恩女爵看。」

「那朗科恩女爵呢？」

「你一定知道她，朗科恩女爵是一位中年婦女，性格堅毅，她大部分時間都致力於各種各樣的慈善活動。她回來是為了拿她的手提包。」

「好，先生，我們有四個可能的嫌疑犯。那位俄羅斯伯爵夫人，那位英國貴夫人，那位南非百萬富翁，和伯納德·帕克。順便問一下，帕克先生是誰？」

這個問題好像讓哈德曼先生很尷尬。

「他是……呃，他是一個年輕人。嗯，事實上，只是我認識的一個年輕人。」

「我猜也是，」白羅嚴肅地問說，「這個帕克先生，他是幹什麼的？」

「他是一個鄉下年輕人……不是——如果我可以這樣說的話——不是很合潮流。」

「請問他怎麼會成了你的朋友？」

「嗯，呃，我託他做過一兩件事情。」

「繼續說，先生。」白羅說。

哈德曼可憐兮兮地看著他。很明顯他不願繼續說下去。但白羅還是沉默著，無動於衷，他只得讓步。

「你知道，白羅先生……誰都知道我對古代珠寶很感興趣。它們有些是祖傳的遺物——請記住，這些祖傳遺物是不可能公開出售，也不會賣給商人的。但如果私下賣給我就不一樣了。帕克負責安排交易，他和雙方聯繫，這樣就可以避免尷尬。他把這類訊息傳達給我。比如，羅薩柯夫伯爵夫人從俄國帶來了一些家傳珠寶，她急於想賣掉。這個交易就由伯納德．帕克來安排。」

「我明白了，」白羅若有所思地說，「那你絕對相信他嗎？」

「我沒有理由不相信他。」

「哈德曼先生，這四個人當中，你自己懷疑誰？」

「噢，白羅先生，這是什麼問題！就像我告訴你的那樣，他們是我的朋友，我誰都不懷疑——要嘛就是誰都懷疑，你想怎麼說就怎麼說。」

「我不同意。你懷疑他們當中一個人。不是羅薩柯夫伯爵夫人，不是帕克先生，那是不是朗科恩女爵？或者強斯頓先生？」

「你把我逼到死角了，白羅先生，你的確把我逼到死角了。我很不想爆出醜聞。朗科恩女爵屬於英國最古老的家族之一；但這是真的，很不幸這是真的，她的姑媽，凱瑟琳女爵，有一個很令人苦惱的毛病——她所有的朋友都知道這一點——她的女傭得常常將茶匙或者其他什麼東西，盡快給失主送回去。你這就明白我的難處了！」

「也就是說，朗科恩女爵有一個姑媽是偷盜狂？很有意思。請允許我檢查一下保險箱，好嗎？」

哈德曼先生同意了，於是白羅將保險箱的門拉開，檢查它的內部。裡面只有鋪著天鵝絨的架子。

「就算現在門也很不好關，」當他把門拉來拉去的時候，白羅喃喃道，「這是為什麼？啊，這兒有什麼？一隻手套，卡在鉸鏈裡。一隻男人的手套。」

他將它舉起來給哈德曼看。

「那不是我的手套。」後者宣稱。

「啊哈！還有別的東西！」

白羅靈巧地彎下腰去，從保險箱底撿起了一個小東西。是個黑色雲紋綢做的扁香菸盒。

「我的香菸盒！」哈德曼先生喊道。

「你的？應該不是，先生。這不是你的名字的縮寫。」

他指著交織在一起的兩個銀灰色字母。

哈德曼將它拿在手裡。

「你是對的，」他說道：「這很像我的，但第一個字母不同。一個『B』和一個『P』。我的天哪！是帕克！」

「看上去像，」白羅說道，「真是個粗心的年輕人——尤其如果手套也是他的。那就是雙重線索了，不是嗎？」

「伯納德・帕克！」哈德曼喃喃道，「真讓我鬆了口氣！嗯，白羅先生，追回珠寶這件事就交給你了。如果你覺得合適，就把這件事交給警察——如果你確信他就是罪犯的話。」

§

「你看到了嗎，我的朋友？」在我們一起離開屋子的時候，白羅對我說：「這個哈德曼先生，他對有爵位的人有一套原則，對普通人又有另一套原則。我，還沒有被封為貴族，因此也就站在普通人這邊了。我同情這位年輕人。整個事情有點蹊蹺，是不是？哈德曼懷疑朗科恩女爵；而我懷疑那位伯爵夫人和強斯頓；而一文不名的帕克先生卻是我們的目標。」

「你為什麼懷疑那兩個人呢？」

「當然！要做一個俄羅斯難民，或者一位南非百萬富翁是很簡單的。任何一個女人都可以宣稱自己是俄羅斯伯爵夫人；任何人都可以在帕克街買一幢房子，然後稱自己是一個南非百萬富翁。誰會說他們不是呢？我們現在正經過伯里街。我們那位粗心的年輕朋友住在這裡。就像你所說的，我們打鐵趁熱吧。」

伯納德．帕克先生在家。他躺在一些靠墊上，穿著十分誇張的紫色和橘黃色晨衣。他有著女人氣十足的小白臉，說話裝腔作勢，口齒不清。我非常不喜歡他。

「早安，先生，」白羅輕快地說，「我從哈德曼先生那兒來的。昨天茶會的時候，有人將他的珠寶偷走了。請問你，先生……這是你的手套嗎？」

帕克先生的反應好像不是很快。他盯著手套看著，好像是使勁在想。

「你在什麼地方發現的？」他最後問。

「這是不是你的手套，先生？」

帕克先生好像做了一番決定。

「不，不是的。」他宣稱。

「還有這只香菸盒，是你的嗎？」

「當然不是，我通常帶著一個銀色的。」

「很好，先生。那我把這件事交給警察處理了。」

「噢，我要是你的話，就不會這麼做。」帕克先生有些擔心地喊道，「警察那幫人非常沒有同情心。等一下，我會過去看看老哈德曼。喂……噢，等會兒。」

但白羅主意已定，走了出去。

「夠他考慮的了，是不是？」他咯咯笑道，「明天我們看會發生什麼事情。」

但命中注定，那個下午就有人又提醒我們這件哈德曼的案子了。當時一點預示也沒有，門就突然開了，一股旋風打破了我們的清靜。她戴著一撮螺旋形的紫貂皮（當天的天氣跟英國的六月天無差）和一個滿是羽毛的帽子。看得出薇拉．羅薩柯夫伯爵夫人很難纏。

「你是白羅先生嗎？你到底做了什麼？你指控那個可憐的男孩？這實在很無恥、很令人氣憤。我了解他，他是一個懦夫，一個傻瓜……但他絕不會偷東西。他為我付出一切，難道你們以為我會站在一邊看著他受折磨、受人宰割嗎？」

「夫人，告訴我，這是他的香菸盒嗎？」白羅舉起那個黑色雲紋綢菸盒。

伯爵夫人停了下來，她細看了一下。

「是的，是他的，我很清楚。那又怎麼樣？你是在屋裡找到的嗎？我們都在那兒。我想他是那時候丟的。啊，你們這些警察比蘇聯的紅衛隊還壞……」

「那這是他的手套嗎？」

「我怎麼會知道？手套都一樣。別想阻止我……我一定得設法救他，替他恢復名聲。你得收下……我會賣了我的珠寶，給你很多錢的。」

「夫人——」

「那就這樣說定吧？不，不，不要爭了。可憐的男孩！他來找我，滿眼是淚。『我會救你的，』我說，『我會去找這個人的——這個妖魔，這個怪物！把這事交給薇拉吧。』那就說定了，我走了。」

就像她來的時候一樣，她不拘禮節地從這間屋子飛速離開，留下外國香水嗆人的味道。

「什麼女人啊！」我大聲說道，「還有那是什麼毛皮大衣啊！」

「啊，是的，那是真的。一個假的伯爵夫人會有真的毛皮大衣嗎——開一個小玩笑，海斯汀。不，我想她是真正的俄羅斯人。嗯，嗯，這麼說，伯納德少爺去向她訴苦了。」

「那個香菸盒是他的，我想知道那隻手套是不是也——」

白羅笑著從他的口袋裡掏出另一隻手套，並把它放在第一隻手套旁邊。毫無疑問，它們是同一副。

「你從哪兒得到第二隻的，白羅？」

「從伯里街他家大廳的桌上，和一根手杖放一起。帕克先生的確是個粗心的小夥子。好了，好了，我的朋友，我們得完成工作。為了形式上的需要，我得去拜訪一下帕克街。」

不用說，我陪著我的朋友去了。強斯頓不在家，但我們見到了他的私人祕書，並得知強斯頓不久前才從南非來，以前從未來過英國。

「他對寶石很感興趣，是不是？」白羅大膽問了一句。

「說『金礦開採』會更符合一點。」祕書笑道。

隨後，白羅若有所思地離開了。到了那天晚上，讓我感到十分驚訝的是，我發現他在認真研究一本俄語語法書。

「天哪！白羅！」我叫道，「你學俄語是為了與伯爵夫人交談嗎？」

「她一定聽不懂我的英語，我的朋友！」

「但毫無疑問，白羅，出身良好的俄國人必定都會說法語，不是嗎？」

「你知識真豐富，海斯汀！那我就不用再對俄語字母的玄妙之處大傷腦筋了。」

他戲劇化地將書扔掉。我不是很高興。他的眼裡有一種我很熟悉的光芒。無庸置疑，那表示他對自己很是滿意。

「也許，」我探試地說：「你仍懷疑她是否是真的俄國人。你要考考她？」

「啊，不，不，她確實是個俄國人。」

「哦，那……」

「若你真想在這個案子上有所表現，海斯汀，推薦你讀《俄語入門》，它非常有用。」接著他笑了，沒再說什麼。我從地上撿起那本書，好奇地翻閱著，但對白羅講的話還是一點也不明白。

第二天早晨沒有任何消息，但我的朋友好像並不為此煩惱。吃早飯時，他說他想在那天早上去拜訪哈德曼先生。

這個交際場中的老手在家，他看上去比前一天要鎮靜一些。

「噢，白羅先生，有什麼消息嗎？」他急切地問道。

白羅遞給他一張紙。

「這就是偷珠寶的人，先生。我把這些事交給警察處理好嗎？還是你比較喜歡由我來追回珠寶，不要讓警察參與其中？」

哈德曼先生盯著那張紙。最後他恢復了說話能力。

「太令人吃驚了。我當然不想這事爆出醜聞。我全權委託你了，白羅先生。我相信你一定會很謹慎。」

我們招來一輛計程車，白羅讓計程車開到卡爾頓飯店。我們求見羅薩柯夫伯爵夫人。一會兒後，我們被領到樓上伯爵夫人的套房。她穿著圖案誇張的長便袍，張開手臂迎接我們。

「白羅先生！」她喊道，「你成功了，是嗎？為那個可憐的孩子洗清罪名了，對吧？」

「伯爵夫人，你的朋友帕克先生絕不會被捕的。」

「啊，你是一個聰明的小男人！太棒了！而且這麼快就成功了。」

「不過，我答應哈德曼先生今天把他的珠寶送回去。」

「是這樣嗎？」

「因此，夫人，如果你能立刻把它們交給我，我會不勝感激。不好意思催你，但我讓計程車等著呢……以防萬一，我得去蘇格蘭警場一趟；我們比利時人，夫人，是很節儉的。」

伯爵夫人點燃了一根菸。好一陣子，她坐著一動也不動，吹著菸圈，並一直盯著白羅。然後她大笑起來，並且站起身。她走到寫字檯前，打開抽屜，拿出一個黑色絲質皮包，輕輕地將它扔給了白羅。當她說話的時候，語調非常輕快而且平靜。

「正好相反，我們俄國人是揮霍無度的，」她說道，「不幸的是，想那樣的話，得很有錢。你不用看了，它們都在裡面。」

白羅站起身來。「我佩服你，夫人，你反應敏捷，而且動作很快。」

「哼！既然你的計程車在等著你，我還能如何呢？」

「你真寬大，夫人。你在倫敦要待很長時間嗎？」

「可能不會——因為你。」

「請見諒。」

「也許，我們還會在別的地方見面。」

「希望如此。」

「但我——不希望！」伯爵夫人笑著喊道：「我向你表示敬意。在這世界上，沒有幾個人是我害怕的。再見，白羅先生。」

「再見，伯爵夫人。啊……請原諒，我忘了，請允許我歸還你的香菸盒。」

他鞠了一躬，把我們在保險箱裡發現的那只黑色雲紋綢菸盒遞給了她。她面不改色地接了過去，只是抬了一下眉頭，低聲說了句：「我知道了！」

§

「這女人真厲害！」在我們下樓的時候，白羅激動地喊道：「我的天哪！這女人真厲害！一句爭辯也沒說，一句抗議也沒有，也毫無一點虛張聲勢！只是很快地掃了一眼，她就正確地評估了形勢。我告訴你，海斯汀，一個女人接受失敗能像那樣——只是很隨便地笑一下——以後一定大有作為的！很危險，她很有膽量；她……」他被重重地絆了一跤。

「如果你能減慢速度，看著你正在走的路，那會保險一點。」我做了上述建議後問道：「你什麼時候開始懷疑伯爵夫人的？」

「我的朋友，那是因為那隻手套和那個香菸盒——雙重線索，我們可不可以這麼說？——讓我不解。伯納德．帕克很有可能會丟掉這東西或那東西，但同時丟了兩樣是不太可能的。啊，不，那就太不小心了！同樣的，如果有人要把它們放在那兒陷害帕克的話，一個就夠了。所以這使我得出這樣的結論：這兩個當中有一個不是帕克的。一開始我以為香菸盒是他的，而那隻手套不是他的。但當我發現他的另外一隻手套後，我就明白是另外一回事了。那麼香菸盒又是誰的呢？很明顯，它不會是朗科恩女爵的，縮寫不對。那會不會是強斯頓的？唯一的可能是他在這兒用假名。我和他的祕書見了面，於是一切就很清楚明瞭了。對強斯頓的過去她直言不諱。那麼就是伯爵夫人了？大家都知道，她從俄羅斯帶了一些珠寶來，所以她只要把偷來的寶石從嵌座上拿下來，失主是不是還能認出來，那是非常值得懷疑的。還有什麼比從大廳裡拿來一隻帕克的手套，然後把它塞進保險箱更簡單呢？但，當然，她不是故意把自己的香菸盒丟在那裡的。」

「但如果香菸盒是她的，上面為什麼會有『BP』？伯爵夫人的姓名縮寫是『VR』。」

白羅溫柔地看著我微笑。

「正是，我的朋友；但在俄文字母裡，B是V，而P是R。」

「嗯，你不能指望我猜到那個，我不懂俄語。」

「我也不懂，海斯汀。那就是我買了那本小書，並且敦促你去看看的原因。」

他嘆了口氣。

「一個了不起的女人。我有一種感覺，我的朋友——一種非常肯定的感覺——我還會碰上她，只是不知道下次會在什麼地方碰上她。」

06

梅花K奇遇

Poirot's Early Cases

「真實事件，」我將《每日新聞薈萃》放到一邊說道：「往往比小說還離奇！」

這句話也許並非我所獨創。但它好像激發了我朋友的熱情。這個小男人將他蛋形的臉歪向一邊，仔細地從他細心熨出直線的褲子上，拂去純粹是出自想像的灰塵，並且說道：「多麼深刻啊！我的朋友海斯汀是一個多麼偉大的思想家啊！」

對這無緣無故的嘲諷，我沒有惱怒，只輕輕拍著我剛放到一邊的報紙。

「今天早上的報紙你讀過了嗎？」

「讀了。而且讀完之後，我已重新將它對稱疊好，沒有像你那樣缺乏條理，一股腦就將它扔在地上。」

（白羅最糟糕的就是這個，條理是他的上帝，他甚至將所有的成功歸結於有條有理。）

「這麼說，你看到亨利・里德伯恩那個劇團經理的謀殺案了？就是這個謀殺案引發我說出那句話。真實事件不僅僅比小說更離奇，它還更具有戲劇性。想想那個殷實的英國中產階級家庭，奧蘭德一家，爸爸、媽媽、兒子、女兒，是這個國家成千上萬典型家庭中的一個。家裡的男人每天去城裡，女人照料家中所有事情。他們的生活十分平靜，也非常單調。昨天晚上，他們坐在史翠森鎮戴西米德村的家裡打橋牌，突然，什麼跡象也沒有，落地窗砰然打開，一個女人踉踉蹌蹌地走進屋裡。她那灰緞連衣裙上有一片鮮紅血跡。她說了一句：『殺人了！』就倒在地上，失去了知覺。他們可能看過她的不少照片，所以認出她是瓦萊麗・聖克萊爾，就是那個最近風靡倫敦的著名舞蹈演員。」

「這段話是你在滔滔不絕，還是《每日新聞薈萃》這麼說的？」白羅問道。

「《每日新聞薈萃》因為急著付印，所以只做了簡單的描述。這個事件的戲劇化元素立刻就吸引了我。」

白羅若有所思地點了點頭。

「哪裡有人類，哪裡就有戲劇上演。但……它不總在你認為會發生的地方出現，這點得記住。我也對這個案子很感興趣，因為我也可能會參與其中。」

「真的嗎？」

「是的。一位先生今天早上打電話給我，替莫雷尼亞公國的保羅王子和我約了一個時間見面。」

「但那和這個有什麼關係呢？」

「看來你沒有好好讀你那些可愛的八卦小報，上面有不少很有趣的故事。『一隻小老鼠聽說……』或者『一個小鳥想知道……』，看這兒！」

我順著他又短又粗的手指看去。「……這名外國王子是否真的與著名舞蹈演員關係匪淺！這位女士可喜歡她的新鑽戒？」

「現在再回到你那戲劇化的敘述上，」白羅說道，「聖克萊爾小姐在客廳的地毯上昏倒了，你說到這兒。」

我聳聳肩。「當她甦醒過來開始喃喃說話的時候，奧蘭德家的兩個男子就出去了。一個去找醫生來照料這位女士，很明顯她是受了驚嚇；另一個去警察局，並在錄完口供之後，陪著警察來到了心馳山莊——里德伯恩先生的宏偉別墅，就離戴西米德不遠。在那裡，他們發現了這個大人物——順便提一句，他在外聲名狼藉——他躺在書房裡，後腦勺像蛋殼一樣裂開了。」

「看來我是壓抑了你的其他才能，」白羅和藹地說道，「請原諒我，希望……啊，王子先生來了！」

通報者說我們貴賓的稱號是「費奧多伯爵」。他是一個長相古怪的年輕人，個子很高，表情很急切，有著無力的下巴和一雙狂熱者充滿激情的黑眼睛。

「白羅先生嗎？」

我的朋友鞠了一躬。

「先生，我的麻煩很大，比我能表達的要大……」

白羅揮了揮手。「我理解你的焦慮。聖克萊爾小姐是你一個很親密的朋友，是不是？」

王子簡單明瞭地回答道：「我希望娶她為妻。」

白羅從椅子上坐起來，他的眼睛睜大了。

王子繼續說道：「我和她應該不算是家裡第一樁皇室平民通婚的例子。我的兄弟亞歷山大已經違抗過父王的命令了。我們現在生活在一個開放的時代，不應再受以前階級偏見的束縛。此外，聖克萊爾小姐其實在階級上和我是平等的。你有沒有聽過她的身世來歷？」

「她的出身有許多浪漫的說法，這對一個著名的舞蹈演員來說是很平常的。我聽說她是一個愛爾蘭女傭的女兒；也聽說過這樣的說法——她的母親是一個俄國女公爵。」

「第一種說法當然是無稽之談。」這個年輕男人說道，「但第二種是真的。瓦萊麗雖然沒說出來，但我猜得到。她在很多地方都會不經意地顯示出來。我相信遺傳，白羅先生。」

「我也相信遺傳，」白羅若有所思地說道，「我碰過一些奇怪的事，你告訴我……先言歸正傳，王子先生，您想要我幹什麼？你害怕什麼？是可以不用隱瞞的事嗎？聖克萊爾小姐和這個案子有什麼牽連呢？她當然認識里德伯恩，是不是？」

「是的，他說他愛她。」

「那她呢？」

「她沒有什麼可對他說的。」

白羅敏銳地看著他：「她有沒有什麼理由害怕他？」

這個年輕男子有些猶豫：「發生過一件事。你認識札拉嗎？那個有特異功能的女人？」

「不認識。」

「她很棒，有機會你應該請教請教她。瓦萊麗和我上星期去找她了。她用紙牌為我們算命。她談到瓦萊麗的麻煩——未來的麻煩；然後她翻出了最後一張牌——他們叫它掩護牌。那是張梅花K。她對瓦萊麗說：『小心。有個人能夠左右你。你知道我是指誰嗎？』瓦萊麗的嘴唇都白了，點著頭說：『是的，是的，我知道。』不久後我們離開了。札拉對瓦萊麗說的最後一句話是：『小心梅花K。危險威脅著你！』我問瓦萊麗是怎麼回事，她不告訴我，只是要我放心，一切都沒事。但昨晚案發之後，我更加相信瓦萊麗在梅花K當中看見了里德伯恩，而她害怕的正是這個男人。」這位王子突然停了下來：「現在你明白我今天早上打開報紙時，有多緊張了吧。若是瓦萊麗一時失去了理智……噢，這是不可能的！」

白羅從座位上站起來，親切地拍拍那位年輕人的肩膀：「請你別折磨自己，將這件事情交給我處理。」

「你要去史翠森嗎？我想她還在那兒，在那幢房子裡——因驚嚇過度而精疲力竭。」

「我現在就去。」

「我已經透過大使館安排好了一切。什麼地方你都可以去。」

「那我們就出發吧！海斯汀，你跟我一塊兒去，好嗎？再見了，王子先生。」

§

心馳山莊是一個非常不錯的別墅，十足現代化和舒適。從大路上拐進山莊只需一點時間。山莊的漂亮後花園有好幾英畝大。

一提保羅王子的名字，開門的男管家就把我們帶到悲劇發生的現場。書房十分富麗堂皇，從前到後貫穿整個建築，兩邊各有一個窗戶，一個面對著前面的馬車道，一個面對著花園。屍體是在後窗的壁凹處發現的，不久之前被移走了，因為警察已經完成了勘查。

「真討厭。」我低聲對白羅說，「誰知道他們會毀了什麼線索？」

我的小個子朋友微笑道：「嗯，嗯，我得跟你說多少遍？線索是從腦子裡出來的！每個案子的解決方法都在腦子裡。」

他轉身對男管家說：「我想，除了屍體被移走之外，屋裡別的東西沒被動過，是吧？」

「沒有，先生，和警察昨天晚上來的時候一模一樣。」

「好，我看見窗簾被拉到窗戶壁凹的右邊，另一個窗戶的窗簾也是這樣。昨晚這些窗簾拉上了嗎？」

「是的，先生，每天晚上我都要拉上窗簾。」

「那麼里德伯恩先生一定是自己將窗簾又拉開了？」

「我想是這樣的，先生。」

「你知道你的主人昨晚要等一位客人嗎？」

「他沒說。但他要我們在晚飯之後別打擾他。你知道，先生，書房有個門通到別墅另一邊的露天平台。所以，他可以讓任何人進來。」

「他習慣那樣做嗎？」

男管家謹慎地咳嗽了一下：「我想是的，先生。」

白羅走向剛剛提到的那個門前。門沒鎖，他穿過去走到露台上，露台右邊和車道相連，左邊通向一堵紅磚牆。

「那是果園，先生。那邊有個門通到屋子裡面，但那個門總是在六點鐘後鎖上。」

白羅點點頭，重新回到了書房裡，男管家也跟了進來。

「昨天晚上的事情，你們一點都沒有聽到嗎？」

「嗯，先生，我們聽見書房裡有人說話，大概是快九點的時候。但這很平常，尤其那是個女人的聲音。但當然，如果我們在另外一邊傭人住的地方，就什麼也聽不到了。然後，大約十一點的時候，警察來了。」

「你聽見了多少人說話的聲音？」

「我不確定，先生，我只注意到女人的聲音。」

「啊！」

「請原諒我先告退，先生，因為瑞安醫生還在這兒，你們或許想見他。」

我們很快地接受了這個建議。一會兒之後，一位令人愉快的中年醫生就來了，並且給了白羅所需要的所有資訊。里德伯恩倒在窗戶附近，他的頭靠近大理石窗座。有兩處傷口，一處在眼睛中間，另一處，也是致命傷，在後腦門。

「他是仰面躺著的嗎？」

「是的，痕跡在那兒。」他指著地板上一小片黑色血汙。

「後腦的撞擊有可能不是撞在地板上造成的嗎？」

「不可能。無論是什麼武器，都會多少刺穿腦殼。」

白羅若有所思地看著前方。每個窗戶的斜面窗洞裡都有一個雕刻的大理石椅座，扶手被做成了獅子頭的形狀。白羅的眼睛亮了：「假設他向後倒在這個突出的獅子頭上，然後從那兒滑到地上，那會不會引起你所說的這種傷口呢？」

「是，會的。但是他躺的這個角度使那個推斷不能成立。此外，大理石椅上應該會有血跡才對。」

「有可能被洗掉了，是不是？」

醫生聳聳肩。「那是不太可能的。硬要把這個事件看成是謀殺案，對誰都沒有好處。」

「的確是這樣。」白羅道，「你認為這兩次襲擊可能是一名女子下的手嗎？」

「噢，我得說絕不可能。我想你是想到了聖克萊爾小姐，是嗎？」

「在我不能肯定之前，我誰也不想。」白羅輕輕說道。

他將注意力轉向打開的落地窗，而醫生繼續說道：「聖克萊爾小姐是從這裡逃走的。在樹木之間，你可以隱約看到那幢房子。當然，路邊有好多房子更靠近別墅，但碰巧那幢房子雖然離這兒有一段路，卻是這邊唯一能看見的房子。」

白羅走在前面，順著花園的路，走出山莊的鐵門。他穿過了一小片綠地，然後進入聖克萊爾小姐求救的這幢住宅的花園。這是一個樸實無華的屋子，總共占地約半英畝。有一小段台階通向一個落地窗。白羅衝著台階的方向點點頭。

「那就是聖克萊爾小姐走的方向。我們不像她那時急於請求幫助，所以最好還是繞到前門去。」

一個女傭給我們打開門，並把我們領進了客廳，然後去找奧蘭德夫人。很明顯，這間屋子自昨晚就沒有整理過。壁爐裡面還有灰燼，橋牌桌還放在屋子中間，夢家牌還攤在桌上，其他人的牌也扔在桌上。屋裡華而不實的裝飾品嫌多，牆上裝飾著好多這一家人的照片，相貌都相當醜陋。

白羅比我厚道地盯著這些照片看，並將一兩幅掛得有點歪的扶正了。

「這個家庭，關係很牢固，不是嗎？感情，取代了美貌。」

我表示同意，我的眼睛盯著一張全家福，裡面有一個有落腮鬍的男人，一位頭髮高聳的女士，一個結實、粗壯的男孩，兩個身上繫了太多蝴蝶結的小女孩。我認為這是奧蘭德一家早年的樣子，於是饒有興趣地研究起來。

門開了，一個年輕女士走了進來。她的黑頭髮梳得很整齊，穿著一件褐色運動上衣和一件花呢裙子。

她看著我們，露出探問的神色。白羅走上前去，說：「奧蘭德小姐嗎？很抱歉打擾你，特別是在你們經歷了這種事情之後。這一定非常令人不安。」

「是非常令人不安。」這位年輕女士謹慎地承認。

我開始感覺到，戲劇基因若是長在奧蘭德小姐身上，那可真是浪費了，她的缺乏想像力比任何悲劇都有過之而無不及。之後我更確信這個想法，因為她繼續說道：「屋裡這麼亂，真不好意思。傭人們傻傻的不知在興奮什麼。」

「昨晚你們坐在這兒，是嗎？」

「是的，晚飯後我們在玩橋牌，這時候……」

「對不起，你們那時已經玩了多長時間了？」

「嗯……」奧蘭德小姐考慮了一會兒：「我真的很難說。那時一定差不多十點了，我們已經打了好幾局了。」

「那你自己坐在哪兒？」

「對著窗戶。我和我媽是一方，剛打了一局無王牌。突然，一點預示也沒有，落地窗被撞開了，聖克萊爾小姐踉踉蹌蹌地走進屋裡。」

「你認出了她？」

「我隱約覺得她的臉孔很面熟。」

「她還在這兒，是嗎？」

「是的，但她不想見任何人，她仍感到精疲力竭。」

「我想她會見我的。請告訴她，我是應莫雷尼亞公國保羅王子的要求來這裡，好嗎？」

我想，提到王子的名字破壞了奧蘭德小姐的沉著冷靜。然而她什麼也沒說就離開去通報，且幾乎立刻就又回來了，說聖克萊爾小姐要在她的房裡見我們。

我們跟著她上了樓，走進一個大而明亮的房間。在窗邊的一個長沙發上躺著一名女子。當我們進去的時候，她轉過頭來。這兩個女人之間的區別，立刻給我留下了很深的印象，因為她們的五官和化妝是很相像的……但，噢，區別多大啊！瓦萊麗·聖克萊爾的每個眼神，一舉手一投足都富有戲劇性。她好像全身散發著浪漫的魅力。一個紅色的法蘭絨睡袍罩住她的腳，憑良心講，那是很普通的服裝，但她的個人魅力卻使它具有一種異國情調，看上去好似一件鮮豔的東方長袍。

她的大眼睛一動不動地看著白羅。

「你從保羅那兒來？」她的聲音和她現在的樣子很相配，圓潤而無力。

「是的，小姐。我來這兒是為他——和你效勞的。」

「你想知道什麼？」

「昨晚發生的事。」白羅又加了一句，「所有的事。」

她疲倦地笑了一笑。

「你認為我不會說實話嗎？我並不傻，我很清楚要想隱瞞什麼都是不可能的。那個死了的男人手裡握有我一個祕密，他曾拿那個來威脅我。因為保羅的緣故，我試圖和他談條件。我不能冒險失去保羅……現在他死了，我安全了。但儘管這樣，我並沒有殺他。」

白羅微笑著搖頭說：「沒必要告訴我那些事，小姐。現在跟我講講昨晚發生什麼事。」

「我建議給他一筆錢，他好像願意和我談判。他約我昨晚九點去心馳山莊。我知道那個地方，以前我去過那兒。我得從側門進書房，這樣傭人們就看不見了。」

「借問一下，小姐，但你一個人晚上在那兒不害怕嗎？」

不知道是我的猜想還是真的，在回答之前她遲疑了一下。

「也許我是害怕，但你知道，我不能讓別人跟我一塊兒去。而且我有些自暴自棄。里德伯恩把我帶進了書房。噢，好個男人！他死了我很高興！他耍我，就跟貓耍老鼠一樣。他奚落我，我跪下來懇求他，我要把所有珠寶都給他。但一切都是徒勞！然後，他提出了他的條件。也許你能猜出是什麼條件。我拒絕了，我告訴他我對他的看法，我痛罵他，而他仍然鎮定自若地微笑著。突然我停住了口，因為有一種聲音，從窗簾的後面傳來……他也聽見了。他走到窗簾邊，猛地拉開窗簾。一個男人藏在那兒——一個看上去很可怕的男人，像個流浪漢。他朝里德伯恩打了下去，然後，他再次打了他，里德伯恩就倒下了。那個流浪漢用他沾滿鮮血的手使勁抓著我。我掙脫開，衝過落地窗，拚命逃跑。奔跑中我看見這個屋子裡有燈光，就朝燈光跑來。百葉窗沒有拉上，我看見一些人在打橋牌。我幾乎馬上倒在屋裡。我只是呼吸急促地說了一聲『殺人了』，然後就失去了知覺……」

「謝謝你，小姐。這對你一定是個很大的精神打擊。至於那個流浪漢，你可以描述一下嗎？你記得他穿什麼嗎？」

「不記得……發生得太快了。但到哪我都能認出那個男人，他的臉已烙在我腦海裡。」

「還有一個問題，小姐。死者書房裡的另一個落地窗——那個面對馬車道的落地窗——

窗簾拉上了嗎？」

一種迷惑的神情第一次爬上這位舞蹈演員的臉。她好像是在努力回憶。

「怎麼，小姐？」

「我想……我幾乎可以肯定……是的，很肯定，它們沒有拉上。」

「那就奇怪了，因為另外那邊的就拉上了。不管它，這不重要。你在這兒還要待很長時間嗎，小姐？」

「醫生認為明天我就可以回城裡了。」她環視一下房間。奧蘭德小姐已經出去了。「這些人，他們非常好……但他們跟我不是同一個世界的人。我把他們嚇著了！對我來說……嗯，我不太喜歡中產階級！」

她的話語中隱約有些怨恨。

白羅點點頭說：「我明白。我的問題沒有讓你過於疲憊吧？」

「一點也沒有，先生。我只是希望讓保羅盡快知道我的消息。」

「那麼就再見了，小姐。」

就在白羅離開房間的時候，他停了一下，冷不防抓住一雙黑漆皮拖鞋。「這是你的嗎，小姐？」

「是的，先生。剛剛弄乾淨拿上來的。」

「啊！」在我們下樓的時候，白羅說道，「傭人們並沒有興奮得忘記把鞋子弄乾淨嘛，儘管他們忘了把壁爐清理一下。好了，我的朋友，一開始好像有一兩件事很有趣，但是我擔心，我很擔心，我們恐怕可以結束這個案子了。一切看上去都很明瞭。」

「那殺人犯呢？」

「赫丘勒．白羅是不捉拿流浪漢的。」我的朋友大言不慚地回答道。

§

奧蘭德小姐在客廳裡迎上我們。

「請你們在客廳等一會兒，我媽想跟你們說幾句話。」

客廳仍然沒有整理，白羅很悠閒地將牌收攏起來，用他那小小的、修飾得很講究的手洗著牌。

「你知道我在想什麼嗎，我的朋友？」

「不知道。你想什麼？」我急切地說道。

「我在想奧蘭德小姐打無王犯了一個錯誤，她應該打九墩黑桃。」

「白羅！真受不了你。」

「我的上帝，我不能總是談鮮血和暴力吧。」突然，他挺直身子。「海斯汀……海斯汀，看！這副牌沒有梅花K。」

「札拉！」我喊道。

「什麼？」他好像不明白我說什麼，只是機械似地將牌收好，裝進了盒子裡。他的表情很嚴肅。

「海斯汀，」他最後說道，「我，赫丘勒．白羅，差點要犯下一個大錯──一個很大的錯誤。」

我盯著他，卻一點也不明白。

「我們得重新開始，海斯汀。是的，我們得重新開始，但這次我們不能犯錯。」

一個端莊的中年婦女走進廳裡來，他的話被打斷了。她手裡拿著一些書。白羅向她鞠了一躬。

「據我所知，先生，您是聖克萊爾小姐的一個朋友，是嗎？」

「我是受她一個朋友所託前來的，夫人。」

「噢，我知道了。我想也許……」

白羅突然粗魯地揮手指著窗戶。

「百葉窗昨晚沒有拉下來嗎？」

「沒有……我想那就是聖克萊爾小姐能夠很清楚看見燈光的原因。」

「昨晚有月光。我想知道，你坐在面對落地窗的座位上，是否有看到聖克萊爾小姐？」

「我沒有抬頭。我想我太專注於牌局了。而且這樣的事情以前從未發生過。」

「這我相信，夫人，請你放心。聖克萊爾小姐明天就走。」

「噢！」這位好心的女士表情變得開朗了。

「祝你上午愉快，夫人。」

我們走出前門的時候，一個傭人正在清掃台階。白羅對她說道：

「替樓上那位年輕女士清洗鞋子的人是你嗎？」

傭人搖搖頭。「不，先生。我想鞋子沒有清洗。」

「那麼，誰清洗了鞋子呢？」我們沿著馬路走的時候，我問白羅。「在天氣不錯的晚上走這條路的確不會弄髒鞋子，但在走過花園那麼長長的一段草地後，鞋子一定會弄髒的。」

「是的，」白羅神祕地笑著說，「我同意，鞋子會弄髒的。」

「但……」

「再耐心等半小時，我的朋友。我們現在回心馳山莊。」

§

對我們的再度光臨，男管家看上去有些吃驚，但對我們再去書房沒有反對。

「嘿，不是那個窗戶，白羅。」當他向那個面向馬車道的窗戶走過去時，我向他喊道。

「我想不是，我的朋友。看這兒。」

他指著大理石獅子頭，上面有一片模糊不清的汙跡。他移開手指，又指著拋光地板上一個類似的汙跡。

「有人握緊拳頭打中里德伯恩的眼睛中間。他向後倒去，倒在這個突出的大理石尖角上，然後滑到了地板上。隨後，他被拖到另外一個窗戶那邊，放在那裡，但是角度不一樣，正像醫生所說的那樣。」

「但為什麼？這好像沒有必要。」

「正好相反，這非常必要。並且，這也是攸關殺人者身分的關鍵所在，而且——順便提一下，他沒有打算殺了里德伯恩，因此不應該叫他凶手——他一定是個很強壯的男人！」

「因為他將屍體從這邊拖到那邊？」

「不全是。這是個很有意思的案子，我差點就被愚弄了。」

「你是說，這案子已可以結案，現在你什麼都知道了？」

「是的。」

我突然想起一件事。

「不，」我喊道，「有一件事你還不知道！」

「那是什麼？」

「你不知道那張丟了的梅花K在什麼地方！」

「怎麼？噢，那很有趣！那非常有趣，我的朋友。」

「為什麼？」

「因為它在我的口袋裡！」他的手虛晃一下，將它拿了出來。

「噢！」我說，很是沮喪，「你在哪裡發現的？這兒嗎？」

「這沒什麼神奇玄妙之處。這張牌只是沒和別的牌一塊兒拿出來，它就放在盒子裡。」

「哼！無論怎麼說，它使你想到了什麼，是不是？」

「是的，我的朋友。我向國王陛下致意。」

「也得向札拉夫人致意！」

「啊，是的，也向這位女士致意。」

「好了，現在我們要做什麼？」

「回城裡去。但我得先到奧蘭德家和某個女士先說幾句話。」

§

為我們開門的還是那個小個子女傭。

「他們現在都在吃午飯，先生，如果您想見聖克萊爾小姐，她在休息呢。」

「我想見奧蘭德夫人，幾分鐘就行了。你能不能告訴她？」

我們被領進了客廳等著。在我們經過飯廳的時候，我瞥了一眼這一家人，現在又增加了兩個個子很大、看上去很壯實的男子，一個長著八字鬍，另一個也長著鬍子。

幾分鐘後，奧蘭德夫人進來了，她看著白羅，露出探問的神色。白羅鞠了一躬。

「夫人，我們，在我們國家，對母親總是很敬愛，很包容的。一個家庭的母親，她是所有的一切。」

對這樣的開場白，奧蘭德夫人十分吃驚。

「這就是我來的原因——來消除一個母親的疑慮。殺害里德伯恩先生的人是不會被發現的，不用害怕。我，赫丘勒．白羅，可以這麼告訴你。我是對的，是不是？還是該說，我是為一位妻子消除疑慮？」

沉吟了一會兒，奧蘭德夫人好像是在用眼睛打量著白羅。最後她輕聲說道：「我不知道你是怎麼知道的……但，是的，你是對的。」

白羅嚴肅地點點頭。

「那就好，夫人，請不要擔心。你們英國警察是沒有赫丘勒．白羅這般的眼光的。」他用指甲輕輕敲著牆上的全家福：「你還有一個女兒，夫人。她死了，夫人，是嗎？」

又一次的沉吟，又一次她用眼睛打量著他。然後，她答道：「是的，她死了。」

「啊！」白羅輕快地說道，「好了，我們得回去了。你允許我將梅花K放回牌裡好嗎？這是你唯一的失誤。你知道，你們竟可以用五十一張牌打橋牌打了一個小時……好了，任何了解橋牌的人都不會相信，一點都不會相信！再見！」

「好了，我的朋友，」當我們走向車站的時候，白羅說，「你什麼都明白了吧！」

「我什麼都不明白！誰殺了里德伯恩？」

「約翰．奧蘭德，小約翰．奧蘭德。我不太清楚是那個父親還是兒子，但我選定兒子。因為在這兩人當中他比較強壯，比較年輕。由於窗戶的原因，一定是他們當中的一個。」

「為什麼？」

「書房有四個出口——兩個門、兩個窗戶，其中三個出口直接或間接地對著前院，很明顯只有一個符合案情發展。這個悲劇必須發生在後窗，這樣瓦萊麗．聖克萊爾才有藉口碰巧來到奧蘭德家。當然，她當時真的昏倒了，是約翰．奧蘭德用肩扛著她過去的。那就是為什麼我說他一定是個很強健的男子。」

「那麼，他們是一塊兒去的嗎？」

「是的。當我問她一個人去害不害怕時，你還記得她猶豫了一下嗎？是約翰．奧蘭德和她一塊兒去的……我想，這使里德伯恩更加生氣。他們吵了架，很有可能他侮辱瓦萊麗，所以奧蘭德打了他。其餘的，你都知道了。」

「但為什麼編出橋牌的故事呢？」

「打橋牌得有四個人。像那樣簡單的事，卻非常令人信服。誰會想到那個晚上屋裡只有三個人呢？」

我還是迷惑不解。

「有一件事我不明白。奧蘭德一家和舞蹈演員瓦萊麗・聖克萊爾有什麼關係？」

「啊，我奇怪你怎麼沒看出來。你對牆上的照片看了很久——比我還要久呢。對她的家庭來說，奧蘭德夫人的另外一個女兒也許是死了，但上天知道她就是瓦萊麗・聖克萊爾！」

「什麼！」

「那兩個姐妹在一起的時候，你難道沒看出她們的相似之處？」

「不，」我坦白道，「我只是在想，她們是多麼的不同。」

「那是因為你的腦子只注意外在的浮面印象，我親愛的海斯汀。她們的特徵幾乎是一樣的，神情也相同。有趣的是，瓦萊麗因為她的家庭而感到恥辱，而她的家庭也因為她而感到恥辱。然而，在危險時刻，她轉向她的兄弟尋求幫助。當出事的時候，他們特別團結一致。家庭的力量是個了不起的東西。他們全家都很會演戲，這家子！可想見瓦萊麗的表演才能就是由此而來。我，跟保羅王子一樣，相信遺傳！他們欺騙了我！要不是那個幸運梅花K一直沒打出去，還有奧蘭德母女對於打牌座位的描述互相牴觸的話，奧蘭德一家就會打敗赫丘勒・白羅。」

「你怎麼跟王子說？」

「瓦萊麗不可能犯下此案，我也懷疑那個流浪漢是不是會被找到。另外，我要他替我向札拉致敬。一個奇怪的巧合，那真是巧合！我想我要把這個小故事叫做梅花K奇遇。你覺得怎麼樣，我的朋友？」

07

繼承詛咒

Poirot's Early Cases

我曾和白羅一起調查了很多奇怪的案子，但在我看來，沒有一件可以比得上那樁讓我們多年以後都深感刺激的系列案件。這案件的高潮在白羅解決了最後一個問題後才宣告結束。勒梅瑟里家族第一次引起我們的注意是在戰爭期間的某個晚上。白羅和我剛剛又一次相逢，繼續重溫舊日我們在比利時的友誼。他一直在替國防部處理一些小事——而且處理得令他們非常滿意。我們在卡爾頓飯店和一位高級將領吃飯。他在席間對白羅非常讚賞。這位高級將領後來匆匆離去趕赴另一個約會。我們則在離開之前，頗為悠閒自在地享用了咖啡。

就在我們要離開時，有個熟悉的聲音在叫我的名字，轉過身來，我看見了文森・勒梅瑟里上尉，一個我在法國結識的年輕人。他和一位年紀較長的人在一起，他們很相像，表明他們是一家人。事實也是這樣。文森把他介紹給我們，我們知道他是雨果・勒梅瑟里先生，我年輕朋友的叔叔。

我對勒梅瑟里上尉說不上特別了解，但他是個不錯的年輕人，有些愛幻想。我記得他屬於一個古老封閉的家族，宗教改革之前就在諾森伯蘭郡擁有一塊土地。白羅和我沒什麼急事，在那個年輕人的邀請下，我們就和這兩個朋友一塊兒坐下，海闊天空愜意地聊起來。年長的那位勒梅瑟里，大約四十歲，他彎著腰的樣子有點像個學者；好像正為政府進行一些化學研究工作。

我們的談話被打斷了，一位黑黑的高個子年輕男子大步走到我們桌邊，看得出他心情很不安、很痛苦。

「感謝上帝，我終於找到你們兩個了！」他喊道。

「怎麼啦，羅傑？」

「文森，你爸爸，摔得很慘。是一匹小馬。」他把文森拉到一邊，後面的話我們就聽不見了。

幾分鐘後，我們的兩個朋友匆匆走了。文森．勒梅瑟里的爸爸在騎一匹小馬時發生了嚴重事故，可能活不到明天早晨了。文森臉色變得慘白，好像被這消息打昏了。我有些驚訝，因為在法國的時候曾聽他談過一些家中的事，那時我以為他和爸爸關係不是太好，因此他表現出來的孝順之情著實讓我訝異。

那個黑皮膚的年輕人，經介紹得知是文森的一個堂弟，名叫羅傑．勒梅瑟里。他剛才留了下來，於是我們三人一起走出了飯店。

「這件事真是奇怪，」這位年輕人說道，「也許白羅先生會感興趣。你知道，我聽說過你，白羅先生——從希金森那裡（希金森是我們那位高級將領朋友）。他說你在心理學方面是專家。」

「是的，我研究心理學。」我的朋友謹慎地承認了。

「你看見我堂表哥的神情了嗎？他是嚇呆了，是不是？你知道為什麼嗎？一個很久遠的家族詛咒！你想知道嗎？」

「你要是能為我講一下，那就最好不過了。」

羅傑・勒梅瑟里看看錶。

「還有很多時間，我要在國王十字街和他們見面。嗯，白羅先生，勒梅瑟里是一個古老的家族。中世紀的時候，一個叫雨果・勒梅瑟里的男爵懷疑他的妻子不貞，他發現這位女士有損他的名譽。她發誓說她是清白的，但老雨果男爵不聽。她的一個孩子，是個兒子……他發誓說那男孩不是他的，因此永遠不能繼承遺產。我記不清他做了什麼，也許是一些好玩的中世紀怪癖，像是軟禁之類的，把媽媽和兒子都活活關了起來。到最後，他把母子兩個都殺了，而她死的時候還是堅持自己是清白的，並且要永遠嚴厲詛咒勒梅瑟里一家——因而這個詛咒也就流傳了下來。當然，隨著時間推移，這位女士的清白是確鑿無疑了。我想那個老雨果進了修道院，穿著粗毛衫，跪著懺悔而結束了一生。但奇怪的是，從那時起到現在，這個家族沒有一個長子繼承到家產。總是由兄弟、侄子、外甥或次子繼承，長子從未繼承過。文森的父親是五個兒子當中的老二，老大年幼夭折。因此文森始終相信，要說誰會遭難，他一定首當其衝。但奇怪的是，他的兩個弟弟都已死於非命，而他自己卻安然無恙。」

「一個有趣的家族歷史，」白羅若有所思地說道，「但現在他的父親要死了，而他身為長子，他會繼承遺產嗎？」

「當然。那個詛咒過時了，不符合現代生活。」

白羅搖搖頭，不太贊成他那開玩笑的語氣。羅傑・勒梅瑟里又看了手錶，說他得走了。

第二天這個故事就有了續集，我們聽說文森・勒梅瑟里上尉慘死。他乘著蘇格蘭郵車往北方去，卻在晚上的時候大概是打開了車廂門跳了出去。人們認為是因為他父親的事故使他飽受驚嚇，加上戰爭後遺症，引起暫時的精神失常。勒梅瑟里家族很盛行的那個迷信說法，也被拿來談論，一併提到的還有新的財產繼承人，他的叔叔羅納德．勒梅瑟里，而這個叔叔的獨子早在索姆河戰役時就已犧牲了。

我想，因為我們與年輕的文森在他生命的最後一晚與他不期而遇，所以我們對勒梅瑟里家族的事情更感興趣，因而兩年之後羅納德．勒梅瑟里去世時，也引起我們格外注意。他在繼承家族遺產時就是一個身患痼疾的人。而後他的兄弟約翰繼承了遺產，他是一個精神矍鑠、熱情友善的紳士，有個兒子在伊頓公學念書。

毫無疑問，惡毒的命運再度為這家族蒙上了陰影。在緊接著的假期裡，那個男孩竟然開槍將自己打死了。他的父親也被馬蜂螫了一下突然死掉，如此一來，遺產就被五兄弟中最小的弟弟繼承了——他就是雨果，在那慘案發生之夜，我們曾在卡爾頓飯店見過他。

除了對勒梅瑟里一家發生這些不幸事件發發議論之外，我們對這事沒有太大興趣，沒想到轉瞬間，我們竟進而親身參與了這個案件。

§

一天早晨，房東來通報說勒梅瑟里夫人來了。她是個精力充沛的高個子女人，大約有三十歲，行為舉止顯示出強韌的毅力和很強的判斷力。她說話時帶著大西洋那邊的口音。

「白羅先生嗎？很高興見到你。我的丈夫雨果．勒梅瑟里很多年前曾經見過你一次，但你一定記不起來了。」

「我記得很清楚，夫人，那是在卡爾頓飯店。」

「那真是太好了。白羅先生，我很擔心。」

「擔心什麼，夫人？」

「我的大兒子——你知道，我有兩個兒子。羅藍德八歲，傑拉德六歲。」

「繼續說，夫人，你為什麼擔心小羅藍德呢？」

「白羅先生，在過去的六個月裡，他三次死裡逃生：一次差點溺水而死——那是在夏天，當時我們都在康沃爾；一次他從兒童室的窗戶掉下來；還有一次是中屍毒。」

也許是白羅的表情反映了他的想法，勒梅瑟里夫人立刻匆忙加上一句：「我知道你認為我只是一個蠢女人，只會大驚小怪。」

「不，不是這樣，夫人。出了這樣的事，做母親的會擔心是情有可原的。但我不知道我可以怎麼幫你。我不是上帝，可以控制波浪；兒童室的窗戶嘛，我建議你裝一些鐵柵欄；至於食品……有什麼能比得上一個媽媽的細心調配呢？」

「但為什麼這些事會發生在羅藍德身上，而不發生在傑拉德身上？」

「巧合，夫人，只是偶發事件！」

「你是這樣看嗎？」

「那你怎麼看呢？夫人，你和你丈夫？」

勒梅瑟里夫人的臉上掠過一層陰影。

「跟雨果說是沒用的……他不聽。也許你已經聽說，這個家族有個詛咒——長子不能繼承。雨果相信這個，他醉心於這個家族的歷史，他迷信極了。我告訴他我的憂慮，他只說這是詛咒，我們無法逃脫的。但我是美國人，白羅先生，在那兒我們不太相信詛咒這種事。我們喜歡它是因為它屬於一個古老高貴的家族——就像一個標誌，你知道嗎？當雨果碰見我的時候，我只是一個音樂劇裡的小演員……我認為他的家族詛咒簡直美妙得難以形容。那樣的事情冬天圍著火爐談談無妨，但要是真的發生在自己孩子身上……我太愛我的孩子了，白羅先生，我願意為他們付出一切。」

「這樣說，你是不相信這個家族傳說了，夫人？」

「傳說能夠鋸斷常春藤的根嗎？」

「你說什麼，夫人？」白羅叫道，臉上露出非常驚訝的神色。

「我是說，傳說，或者鬼魂——如果你愛這麼說的話——能夠鋸斷常春藤的根嗎？我不是指在康沃爾。任何男孩都可能游得太遠並且遇上麻煩，雖然羅藍德四歲的時候就會游泳。但常春藤事件是不一樣的。我兩個男孩都很淘氣，他們發現沿著常春藤爬上爬下很好玩，所以他們總愛這樣玩。有一天——傑拉德當時不在——羅藍德爬得太過頻繁，常春藤斷了，他摔了下來，幸運的是他傷得不重。但我還是出去查看了常春藤——它被人鋸過了。白羅先生……那是故意的。」

「你說的事很嚴重，夫人。你說你的小兒子當時不在家？」

「是的。」

「那次中屍毒的時候，他也不在嗎？」

「不，他們兩個都在。」

「奇怪。」白羅嘟囔道，「夫人，你們家還有誰？」

「桑德斯小姐，孩子們的家庭教師；還有約翰．加德納，我丈夫的祕書……」

勒梅瑟里夫人停了一下，好像有些尷尬似的。

「還有誰，夫人？」

「羅傑．勒梅瑟里少校，我想，你們在那個晚上也見過他，他經常和我們在一起。」

「啊，他是一個親戚，是嗎？」

「一個遠房親戚。他不屬於家族中我們這邊這一支。然而，我想現在他已算是我丈夫最近的親戚。他是一個很隨和的人，我們都很喜歡他，孩子們非常聽他的話。」

「是不是他教他們爬常春藤的？」

「也許是。他經常教他們瞎胡鬧。」

「夫人，我就早些時候跟你說的話向你道歉。孩子真的有危險，我相信我能幫上忙。我建議你邀請我們兩個到你們府上待一陣子。你的丈夫不會反對吧？」

「噢，不會。但他會覺得這一切是沒用的。他那種只是坐在一邊等著孩子去死的樣子，讓我十分生氣。」

「別激動，夫人。讓我們有條不紊地做出安排。」

§

我們做好了安排，第二天就匆匆北上了。白羅一路陷入沉思。終於他從出神的遐思中醒過來，突然說道：「文森・勒梅瑟里就是從這樣的火車上摔下去的嗎？」

他在說「摔」的時候，稍稍加重了語氣。

「你是懷疑這其中頗有蹊蹺，是嗎？」我問道。

「海斯汀，你覺不覺得，勒梅瑟里家的諸多死亡事故是可以策畫陷害的？就拿文森為例，還有那個在伊頓上學的男孩——槍枝發生事故的原因總是難以確定。再假設羅藍德從兒童室的窗戶上掉下去並且摔死了，還有什麼比這更自然、更不讓人懷疑的呢？但為什麼是這個孩子呢，海斯汀？長子死了誰會得利？他弟弟，一個六歲的孩子！荒唐！」

「他們是想以後再除掉另一個。」我說，雖然我一點也不知道「他們」是誰。

白羅搖搖頭，好像不滿意。

「中屍毒，」他自言自語道，「吃下阿托品[1]會產生同樣的症狀。是的，我們必須去那兒。」

勒梅瑟里夫人很熱情地歡迎了我們。然後帶我們去她丈夫的書房，並讓我們獨自待了一會兒。自從上次見過他之後，他變了很多。他的肩更駝了，臉上有一種奇怪的灰白色。當白羅解釋我們到來的原因時，他聽著。

「這正是務實的莎迪會做的事情！」他最後說道：「不管怎麼說，請留下來吧，白羅先生，謝謝你們的光臨；但注定的事就是注定了，要違反的話是很難的。我們勒梅瑟里家的人知道——誰也不能逃脫命運的擺布。」

白羅提到了被鋸斷的常春藤，但雨果好像並不在意。

「一定是某個粗心的園丁……是的，是的，也許是被他人利用了，但這背後的目的很明顯；我要告訴你，白羅先生，下一次很快就要降臨了。」

白羅凝神看著他。

「你為什麼這麼說？」

「因為我自己注定是劫數難逃。去年我去看醫生，得知我已患了不治之症——我的末日不已不遠了；但在我死之前，羅藍德會死掉，傑拉德會繼承遺產。」

「如果你的二兒子也有什麼不測呢？」

「不會的，他沒有受到威脅。」

「但要是真的發生了呢？」

「我的堂弟羅傑就是下一個繼承人。」

我們的對話被打斷了。一個身材修長、長著赤棕色鬈髮的高個子男人帶著一束紙進來。

「先別管那些東西，加德納。」雨果．勒梅瑟里吩咐之後，又向我們介紹道：「我的祕書，加德納先生。」

祕書鞠了一躬，說了一些客套話，又出去了。儘管他長得不錯，身上卻有一種令人厭惡的東西。等我們在漂亮的舊式庭園溜達的時候，我這麼跟白羅說了。讓人感到很驚訝的是，他表示同意。

「是的，是的，海斯汀，你是對的。我不喜歡他，他太漂亮了，是專找輕鬆工作做的那種人。啊，孩子們來了。」

勒梅瑟里夫人正朝我們走來，身邊是她的兩個孩子。他們長得都挺漂亮的，那個小兒子皮膚黑黑的像他媽媽，大兒子長著赤棕色鬈髮。他們頗優雅地同我們握了握手，很快就將注意力全集中到白羅身上。接著我們被介紹給桑德斯小姐，她貌不驚人，是這個家庭中被引介的最後一個成員了。

1 阿托品（Atropine）是一種有毒鹼。

§

幾天下來我們過得很愜意，很舒適；但也常保警覺，只是沒有任何事發生。男孩們過著正常的幸福生活，一切都很順利。我們到達之後的第四天，羅傑·勒梅瑟里少校來了，並且住了下來。他沒有變多少，還是跟以前一樣無憂無慮，溫文有禮，把一切都看得很輕鬆。很顯然，孩子們特別喜歡他，對他的到來報以快活的尖叫，並且立刻把他拖到一邊，去園子裡玩原始印第安人的遊戲。我注意到白羅悄悄地跟在他們後面。

§

第二天，我們都被邀請去克萊蓋特夫人家中喝茶，孩子們也去。她的家在勒梅瑟里家附近。勒梅瑟里夫人建議我們也應該去，但白羅拒絕了，並說他寧願待在家裡，她聽了好像鬆了一口氣。

大家才剛離開，白羅就開始工作。他的行動讓我聯想到那種聰明的小獵犬。我想那個房子的每個角落他都搜過了，然而一切做的是那樣不動聲色、有條不紊，沒有人注意到他的行蹤。但很明顯，他對結果並不滿意。我們在露台上和桑德斯小姐一塊兒喝茶，她沒有和其他人一起去。

「孩子們一定玩得很高興，」她喃喃道，聲音愈說愈小。「但我希望他們會規矩點，不要破壞花壇，別靠近蜜蜂……」

白羅突然不喝茶了，像是見了鬼一樣。

「蜜蜂？」他的聲音像打雷般地問道。

「是的，白羅先生，蜜蜂。三個蜂箱，克萊蓋特夫人對她的蜜蜂非常自豪……」

「蜜蜂？」白羅又一次叫道。

他從桌邊跳起來，手托著頭在露台上來回踱步。我不知道這個小個子男人為什麼在提到蜜蜂時，會變得如此煩躁不安。

就在那時候，我們聽見汽車開回來了。當他們從車上下來的時候，白羅已站在門階上。

「羅藍德被蜜蜂螫了。」傑拉德激動地喊道。

「沒什麼，」勒梅瑟里夫人說，「都沒有腫，我們已經在上面敷了氨水。」

「讓我看一看，小男子漢，」白羅說道，「在什麼地方？」

「這兒，脖子邊，」羅藍德神氣活現地說道，「但不疼的。爸爸說：『站著別動，你身上有隻蜜蜂。』於是我站著不動，他把牠拿掉了，但牠還是螫了我，不是真的很疼，只是像扎針一樣。我沒哭，因為我長大了，我明年就要上學了。」

白羅查看了一下孩子的脖子，然後又一次走到一邊去。他抓著我的胳膊低聲說道：「就是今晚，我的朋友，今晚我們有事可做了！對任何人都別說什麼。」

他拒絕繼續說下去，我充滿好奇。那個晚上他早早便準備回房間，我也學他一般。我們上樓時，他抓住我的胳膊，說出他的指示：「別脫衣服。多等一會兒，關了燈到我這裡。」我按照他說的做了，到了時間，我發現他已在等我。他用手勢示意我別出聲，於是我們悄無聲息地潛到兒童室這一邊。羅藍德自己住在一個小房間裡。我們走了進去，在房間最黑暗的角落待著。孩子的呼吸很重，沒有被打擾。

「他一定是睡得很熟？」我低聲說道。

白羅點點頭。

「吃了藥。」他喃喃道。

「為什麼？」

「這樣他就不會叫了，在……」

「在什麼？」白羅停了下來，我問道。

「在皮下注射針頭扎進去的時候，我的朋友！別出聲，別說話了。不過暫時我不認為會出什麼事。」

§

但白羅這次說錯了。不到十分鐘，房間門就被輕輕打開了，有人進了屋子。我聽見急促的呼吸聲、腳步聲來到了床邊，然後突然殊噠一聲，一個手電筒的光束照在睡著了的小孩身上。拿著手電筒的人站在陰影裡，我們看不見他的面孔。那個人影放下了手電筒，右手拿出一個針管，左手摸著小孩的脖子……

白羅和我同時跳了起來。手電筒滾到了地上，我們在黑暗中與闖入者進行搏鬥。他的力量真大。最後我們制服了他。

「手電筒！海斯汀，我得看看他的臉——儘管我很清楚會是誰的臉。」

當我在黑暗中摸索著手電筒的時候，我也這麼想。一時間我懷疑是那個祕書，我對那傢伙下意識的厭惡促使我這麼想。但現在我十分肯定，那個在他兩個小侄子死掉之後能夠獲益的傢伙，才是我們正在尋找的惡魔。

我的腳撞上了手電筒。我把它撿起來打開。光線完全照在了雨果·勒梅瑟里的臉上，是這孩子的父親！

手電筒差點從我的手上掉下來。

「不可能，」我沙啞著嗓子喃喃道，「不可能！」

勒梅瑟里失去了知覺。我們將他抬回屋裡，放到床上。白羅彎下腰來，輕輕從他的右手裡抽出一個東西。他拿給我看，那是一個皮下注射針管。我渾身顫抖了一下。

「裡面是什麼？毒藥嗎？」

「我想是甲酸。」

「甲酸？」

「是的。很有可能是通過提煉螞蟻得到的。你記得嗎，他是個化學家。死亡可以歸結於被蜜蜂螫了。」

「我的天哪，」我嘟囔道，「他自己的孩子！這你想到了嗎？」

白羅嚴肅地點點頭。

「是的。當然，他是瘋了。我想家族史對他來說變成了一個癖好。他十分渴望繼承遺產，那促使他犯下了一連串的罪行。也許這個想法第一次出現，是在那個晚上和文森一起北上的時候。他不能容忍詛咒被證明是虛假的。羅納德的兒子已經死了，而羅納德自己也是垂死的人──他們都是弱不禁風的一群人。他一手導演了槍的事故，而且──直到現在我才懷疑──用同樣的方法將甲酸注射到他兄弟約翰的頸部靜脈血管，使其致死。他的野心因此實現了，他變成了家族財產的擁有者。但他的勝利時間並不長──他發現他患了不治之症。瘋了的他確信勒梅瑟里的長子不能繼承遺產。我懷疑那次游泳事故，原因在於他──他鼓勵長子游到遠處，但失敗了；他把常春藤鋸了一道裂口，然後又在小孩的食物裡下了毒。」

「魔鬼！」我顫抖著喃喃道：「而且計畫得這麼巧妙！」

「是的，我的朋友，沒有什麼事比瘋子異常的理智更讓人吃驚了──足可比擬的只有特別異常的正常人！我想他是最近才完全走過這個界限，從一開始他的瘋狂就帶著條理。」

「想想我竟懷疑羅傑，那個挺不錯的人。」

「我的朋友，那是很自然的假設。我們知道那天晚上他也和文森一起北上了。我們也知道，他是雨果和雨果的孩子之後的下一個繼承人。但我們的假設沒有事實支持。常春藤被鋸穿的時候只有小羅藍德在家——但兩個小孩都夭折對羅傑才有利；同理，只有羅藍德的飯裡被下了毒。而且今天他們回來的時候，我發現是他爸爸說羅藍德被蜜蜂螫了，於是我記起有另一個人也被馬蜂螫了而導致死亡——於是我就明白了！」

雨果．勒梅瑟里被送到一間私人精神病院，幾個月之後過世。他的遺孀一年後和約翰．加德納，那個有著暗紅色頭髮的祕書結了婚。羅藍德繼承了他父親的大片產業，而且仍然活潑好動。

「好了，好了，」我對白羅說，「又一個假象被戳穿了。你成功地解決了勒梅瑟里詛咒之謎。」

「我搞不懂，」白羅若有所思地說道，「我真的搞不懂。」

「什麼意思？」

「我的朋友，我用一個意味深長的字來回答你——赤棕色！」

「血嗎？」我問道，聲音低了下去。

「你的想像力總是很誇張，海斯汀！我是指一個乏味多了的事情——小羅藍德．勒梅瑟里頭髮的顏色。」

08

消失的礦井

Poirot's Early Cases

我放下銀行存摺，嘆了一口氣。

「真奇怪，」我說道，「但我的透支好像總也不能少一點。」

「可這並不會使你心煩意亂，是不是？而我要是透支的話，我會整晚閉不上眼睛。」白羅說道。

「我想，你手頭應該很寬裕！」我反駁道。

「四百四十四英鎊四十四便士，」白羅洋洋自得地說，「一個很整齊的數字，是吧？」

「那一定是銀行經理耍的花招。很明顯他非常了解你一向講究細節、條理。做一些投資事業怎麼樣，比如，將三百英鎊投在豪豬油田？他們的計畫書在今天的報紙上做了廣告，說明年他們可以發放百分之百的紅利。」

「別找我，」白羅搖著頭說道，「我不喜歡不實在的東西。我比較適合安全、謹慎的投資，像是租金、政府債券，還有，怎麼說來著？證券兌換。」

「你從沒做過冒險投資嗎？」

「沒有，我的朋友，」白羅嚴肅地回答道，「沒有過。我唯一擁有的股票是一萬四千股緬甸礦產有限公司的股票，而且也不是你所謂的『績優股』。」

白羅停了下來，看上去像是等著別人催他繼續說。

「所以呢？」我敦促他。

「這些股票我不是花錢買……不是，它是我運用小小的灰色腦細胞所賺來的酬金。你想聽這個故事，是不是？」

「當然想。」

「這些礦井位於緬甸的內陸地區，離仰光有兩百英里。它們是在十五世紀時由中國人發現，一直開採到穆罕默德革命為止，最後在一八六八年停採。中國人針對礦物上層富含鉛、銀的礦石進行開採、熔煉，只取其中的銀金屬，因而留下了大量富含鉛的礦渣。當然，後來勘探工作在緬甸重新進行的時候，這個情況很快被發現了。但由於原有的坑道充滿了水和疏鬆的填充物，他們用盡方法都無法發現礦石源頭。辛迪加公司派出很多小組在很大範圍內進行挖掘，仍舊找不到。但辛迪加的一個代表探聽到一個中國家庭還保留著礦井分布的記錄，知道這個家庭的戶主叫作吳凌。」

「好個曲折的商業傳奇！」我喊道。

「可不是嗎？啊，我的朋友，雖然沒有美貌無比的金髮女子，卻也是可以產生浪漫的故事——不，我錯了，讓你激動的是赤棕色頭髮。你還記得……」

「繼續講你的故事吧！」我急忙說道。

「好吧，我的朋友。於是他們找上了吳凌。他是個正派商人，在他的故鄉很受敬重。他立刻表示說他保存著相關資料，而且非常願意出售它們。但他反對和不是頭面人物的人打交道。最後他們安排他前往英國，去和某大公司的董事們見面。

「吳凌搭乘阿森塔號輪船去了英國。輪船在十一月某個陰冷、多霧的早晨停泊在南安普頓。董事之一的皮爾遜先生到南安普頓去接船。但由於有霧，火車被耽擱了好長時間。等他到了那兒，吳凌已經下船，並且乘坐加開的火車去了倫敦。皮爾遜先生回到城裡有些不安，因為他不知道這個中國人會待在什麼地方。然而，那天稍晚，有通電話打到這個公司的辦公室說，吳凌待在羅素廣場飯店，只是經過長途航行之後感到有些不太舒服，但他說他還是可以參加第二天的董事會。

「董事會於隔天十一點召開了。十一點半的時候，吳凌還是沒出現，祕書給羅素廣場飯店打了電話。詢問的結果是，那個中國人在大約十點半的時候和他的一位朋友出去了。那位朋友應該很清楚他是來參加會議的。但早上的時間過去了，他沒出現。當然，因為對倫敦不熟悉，他迷了路也是可能的。到了晚上很晚了，他還是沒回到飯店。皮爾遜先生非常擔心，於是通知了警察。第二天還是沒有這失蹤者的下落。再過一天的晚上，泰晤士河裡發現了一具屍體，就是那位命運不濟的中國人。在他的身上以及放在飯店的行李當中，完全沒有那些與礦井相關的資料。

「在這個緊要關頭，我的朋友，我也捲進了這件事。皮爾遜先生拜訪了我。對吳凌的死他感到十分震驚，但他最牽掛的是要找回那些資料，那是這個中國人來英國的目的所在。警察關心的當然是要查找凶犯，找回資料是第二考慮。他希望我能和警方合作並代表公司找尋資料。

「我立刻同意了。對我來說，可以立即調查的方向有兩個。一是公司裡知道這個中國人要來的員工；二，在船上那些有可能知道他此行任務的乘客。我從第二方面著手，因為調查範圍比較小一些。在這一點我和米勒警官有志一同，他負責這個案子——他和我們的傑派警官迥然不同，非常自負，舉止粗魯，而且十分討厭。我們一起查問了這艘船的高級船員。他們沒能告訴我們多少有用的東西。吳凌在船上的時候不太說話。他和兩個乘客關係密切——一個是名叫戴爾的壞歐洲人，他好像名聲不佳；另一個是年輕的銀行職員，名叫查爾斯・萊斯特，他剛從香港回國。很幸運我們弄到了這兩個人的照片。當時我們認定，如果要說他們當中有一個牽連其中的話，那一定是戴爾。他和一幫中國壞蛋混在一起早已名聲在外，是一個極有可能的嫌疑犯。

「我們下一步就是去羅素廣場飯店，將吳凌的照片給他們看，他們立刻就認出了他。然後我們將戴爾的照片拿給他們看，讓我們失望的是，大廳的行李員確定地說他不是發生凶案那天晚上來飯店的那個男人。然後我猛然想到，又拿出了萊斯特的照片，讓我驚訝的是，那個人立刻就認出來了。

「『是的，先生，』他肯定地說，『那就是十點半來找吳凌先生的人，隨後他們一起出去了。』

「事情有了一些進展。我們下一步就是去見查爾斯・萊斯特先生。他見我們的時候十分坦率，聽到這個中國人遇害他感到難過，並且表示會隨時配合我們。他的敘述如下：他與吳凌約好，他十點半去飯店找他。然而吳凌沒出現，而是他的僕人來了，告訴他說他的主人出去了，並表示願意帶這位年輕人去他主人所在的地方。萊斯特什麼也沒懷疑就同意了。於是這個中國人叫了一輛計程車。他們朝碼頭的方向開了一會兒，萊斯特突然懷疑起來，他要計程車停下來。儘管僕人反對，他還是下了車。他向我們保證，那就是他所知道的一切。

「我們覺得沒有疑問，謝了他就離開了。很快我們發現他的敘述有些地方不對。首先，吳凌身邊沒有帶僕人，在船上沒有，在飯店也沒有。其次，那個為這兩人開車的計程車司機出面了。萊斯特根本沒在半路上下車，相反的，他和那個中國紳士去了位於唐人街中心的萊姆豪斯——一個名聲不太好的地方，那裡據說是個聲名狼藉的鴉片菸館。兩個人進去了……大約一小時後，那個英國紳士，就是他在照片上認出的那個，一個人出來了。他看上去臉色慘白，氣色不好，要計程車司機把他送到最近的地鐵站。

「於是我們對查爾斯．萊斯特的身分進行了調查，結果發現，他雖然品德很好，但他債務纏身，私下喜好賭博。當然，我們也沒有放著戴爾不管。我們揣測他或許會假冒另外一個人。但事實證明這種想法是毫無根據的。他在那一天有無可指摘的不在場證明。當然，鴉片菸館的老闆以那種東方人特有的冷淡斷然否認了這一切。菸館老闆說他從沒見過查爾斯．萊斯特；那兩個紳士中哪一個也沒去過他那裡。總之，警察是錯了，那兒沒有人吸食鴉片。

「他的否認，無論用意多好，也幫不了查爾斯．萊斯特。他被指控謀殺吳凌而被逮捕。搜查結果並沒有找到與礦井相關的資料。鴉片菸館的老闆也被收押，至於他的經營場所，警方進行突擊搜查也沒有找到什麼。警察大忙一場，但連半根鴉片也沒搜到。

「此時，我的朋友皮爾遜先生非常煩躁不安。他在我的屋子裡踱來踱去，哀聲不斷。

「『你一定有什麼想法，白羅先生！』他不斷地催促我。『你一定有想法！』

「『我當然有想法，』我謹慎地回答道，『這倒是個麻煩——想法太多，因而有太多方向。』

「『比如說？』他問道。

「『比如——那個計程車司機。我們只有他的證言，他說他把那兩個人送到那個地方。那是一個說法。那麼……他們真的去了那地方嗎？假設他們在那兒下了計程車，穿過那個屋子，從另一個通道離開而去了別的地方呢？』

「皮爾遜先生好像受了打擊一樣。

「『你除了坐在這兒想之外，什麼也沒做，不是嗎？我們難道不能做點事情嗎？』

「你知道，他是很沒耐心的。

「『先生，』我莊重地對他說，『要白羅在萊姆豪斯貧民區那散發著臭味的街道上，像隻沒有教養的小狗跑來跑去是不可能的。請冷靜，我的助手正在工作。』

「第二天，我就有了一些消息給他。那兩個人真的穿過了那個屋子，他們真正的目標是河邊的一個小餐館。有人看見他們進去了，而萊斯特是一個人出來的。

「然後，皮爾遜先生有了一個十分荒謬的想法！他認為我們得親自去這家餐館進行調查，除此之外，沒有其他辦法了。我跟他吵，並且求他冷靜，但他不聽。他說他會喬裝打扮自己，他甚至建議說，我應該——我真不願意說——應該刮掉我的八字鬍！真是的，這像什麼話！我說那是一個荒謬且荒唐的想法。一個人不能不負責任地毀掉一件美好的事物。怎麼說一個長著八字鬍的比利時紳士，就會比一個沒長八字鬍的紳士不懂生活、不愛吸食鴉片？

「好了，在那點上他屈服了。但他還是堅持他的計畫。那個晚上他來了……我的天哪！什麼德性啊！他穿著他稱為『水手』的短外套，下巴好髒，鬍子也沒刮，還帶著一條髒得不能再髒的方巾，氣味十分刺鼻。你想一想，他居然對自己的裝扮很是得意！真的，英國人真是瘋狂！他在我的外貌上弄了一些變化。我也隨便他了。你能跟一個瘋子爭論嗎？我們最後出發了，我能讓他一個人去嗎？能讓他像小孩裝大人那樣被人一眼識破嗎？」

「當然，你不能。」我答道。

「我繼續。我們到了那裡。皮爾遜先生說的英語簡直奇怪。他告訴人家他是個水手。他還談到什麼『生水手』和『艏樓』，我根本不知道他在說什麼。那是個低矮的小屋子，裡面有很多中國人。我們吃了一些奇怪的菜。啊，天哪，我的胃！」

白羅在繼續說下去之前緊緊按住他的胃。

「然後那位老闆來了，是一個滿臉獰笑的中國人。

「『兩位先生不喜歡這兒的菜，』他說道，『你們是為了你們更喜歡的東西來的。來一管菸，怎麼樣？』

「皮爾遜先生在桌下狠狠踢了我一腳（他也穿了水手的靴子！）並說道：『我不介意來

一點，約翰，前面帶路。』

「那個中國人笑了，領著我們穿過一道門走到地下室，又穿過一道活板門，下了幾級台階，又上了幾級台階，走進了一個屋子，裡面全是十分舒服的長沙發和靠墊。我們躺下來，一個中國男孩為我們脫了靴子。那是那晚最愜意的時刻。然後他們給我們拿來了鴉片菸槍，為我們燒鴉片丸。我們假裝吸起來，然後又假裝睡覺，作夢。等到沒人的時候，皮爾遜先生輕聲喊我，並且悄悄開始在地上爬行。我們爬進另一間屋子，裡面的人都在睡覺。我們等在那兒，直到聽見兩個人說起話來。我們躲在一個簾子後面聽著，他們在說吳凌。

「『那些資料呢？』一個人說。

「『萊斯特先生拿了。』另一個答道，他是一個中國人。『他說把它們放在一個安全的地方，警察不會找到的地方。』

「『啊，但他被逮住了。』第一個說道。

「『他會出來的。警察不能確定他做了還是沒做。』

「他們還說了不少相關的話，然後那兩個人朝我們躲藏的地方走來，於是我們就倉卒跑回自己的房間。

「『我們最好離開這裡，』待了一會兒，皮爾遜說道，『這地方不健康。』

「『你說得對，先生，』我表示同意：『這齣鬧劇我們演夠了。』

「我們成功地逃走了，吸鴉片花了我們不少錢。剛出萊姆豪斯貧民區，皮爾遜長長地吸了一口氣。

「『很高興出來了，』他說道，『總算弄清楚一些事情。』

「『的確是。』我附和道，『我想今晚喬裝過這回之後，要找到我們的目標就不難了。』

「一點都不難。」白羅突然結束了他的故事。

這個突兀的結局很是奇怪，我盯著他。

「但……但它們在什麼地方？」我問道。

「在他的口袋裡，非常簡單。」

「在誰的口袋裡？」

「當然是在皮爾遜先生的口袋裡！」看到我迷惑的眼神，他接著輕聲說：「你沒看出來嗎？皮爾遜先生跟查爾斯．萊斯特一樣，也負債累累；皮爾遜先生跟查爾斯．萊斯特一樣，也喜歡賭博。是他想出了從那個中國人那裡偷竊文件的主意。他在南安普頓見到了他，和他一起到了倫敦，並直接把他帶到萊姆豪斯貧民區。那天，霧很大，那個中國人不知道他在什麼地方。我想皮爾遜先生經常在那兒吸食鴉片，因此有一些特別的朋友——我猜他原本不想殺人——他的想法是，讓一個中國人假扮吳凌出面拿取出賣文件的錢。原先一切都進行得很順利。但在東方人看來，將吳凌殺了然後將他的屍體拋進河裡更為簡單，於是皮爾遜的中國同謀沒有跟他商量就自行其是了。那麼皮爾遜先生的驚恐也就可想而知了。因為有人也許看見他在火車上和吳凌在一起——謀殺和純粹的誘拐畢竟是兩碼子事。

「他的一線生機全繫在那個在羅素廣場飯店裝扮吳凌的中國人身上。要是屍體沒被過早發現就好了！很有可能吳凌說過他和查爾斯·萊斯特有個約會，即查爾斯·萊斯特要到飯店找吳凌。皮爾遜在這裡看到了轉移焦點的大好機會。查爾斯·萊斯特會被認為是和吳凌最後在一起的人。那個假扮的人奉命對萊斯特說他是吳凌的傭人，並且將查爾斯·萊斯特盡快帶到萊姆豪斯貧民區。很有可能，在那兒的時候，他們給了查爾斯·萊斯特一杯飲料，而這杯飲料裡放了藥。當他一小時後出來時，他對所發生的一切只有一個模糊的印象。案子就是這樣，當查爾斯·萊斯特一聽說吳凌死了的消息，他嚇壞了，於是否認說他曾到過萊姆豪斯貧民區。

「這樣正好中了皮爾遜的圈套。但皮爾遜放心了嗎？沒有。我的態度使他很不安，他決心自己了結萊斯特這個案子。所以他精心安排了那個假調查以徹底欺騙我。我剛才不是說他在玩小孩裝大人的把戲嗎？當然，我也扮演了我的角色。他回到家裡十分高興，但第二天早上，米勒警官便到了他家，在他身上找到那些文件。遊戲就此結束。他很後悔硬拉赫丘勒·白羅和自己一起演了這場鬧劇！這件案子裡只有一件事很困難。」

「什麼？」我好奇地問道。

「說服米勒警官！米勒這傢伙真不是東西！又固執又愚昧。最後他竟把這全當作是自己的功勞。」

「太糟糕了。」我喊道。

「嗯，還好，我獲得了補償。緬甸礦產有限公司的董事們將一萬四千股股票送給我，作為對我的小小報償。不是太糟，是不是？不過在投資的時候，我拜託你，一定得保守些。你在報紙上讀到的那些東西，也許不是真的。豪豬油田的董事中，也許有很多很多的皮爾遜先生哪！」

09

樸利茅斯快車命案

Poirot's Early Cases

皇家海軍的亞歷克・辛普森，從牛頓艾博特的月台上走進樸利茅斯快車的頭等車廂。一個搬運工提著一件沉重的箱子跟著他。他正準備把它舉上行李架，但這位年輕人攔住了他。

「不，就放在座位上吧。我等會兒再放上去。這個給你。」

「謝謝你，先生。」搬運工得到了不少小費，退了出去。

所有的車門都砰砰砰地關上了，一個洪亮的聲音喊道：「只去樸利茅斯。去托基的乘客換車。下一站是樸利茅斯。」

然後，哨聲響起，火車慢慢駛出了車站。

車廂裡只有辛普森中尉一個人。十二月的空氣相當冷，他將窗戶拉上，接著茫然地吸吸鼻子，皺起眉頭。這是什麼味道？那讓他想起了在醫院的那段時間，想起了在他腿上進行的手術。是的，哥羅芳，就是這個味道！

他又把窗戶放下來，換到背朝火車頭的那個座位。他從口袋裡掏出一個菸斗，點燃了。有一陣子，他坐在那兒沒動一下，一邊抽菸，一邊看著窗外的夜色。

最後他站起身來，打開箱子，拿出一些文件和雜誌，再關上箱子，試圖把它推到對面座位底下，卻推不動。有什麼東西擋住了。他變得不耐煩起來，更加使勁地推，但還是只能進去一半。

「見鬼！怎麼進不去？」他嘟囔著，把箱子拖出來，俯身下去，朝座位下面看⋯⋯

一會兒後，一聲尖叫刺破夜空，煞車警報繩緊急拉動，巨大的火車不情願地停了下來。

§

「我的朋友，」白羅說道，「我知道，你對這起樸利茅斯快車命案非常感興趣了。讀讀這個。」

我撿起他從桌子那邊扔過來的小字條。內容十分簡潔明瞭。

親愛的先生：

如能盡早給我來電，將不勝感激。

埃比尼澤·哈利戴
謹此

我不知道這字條和那有什麼關係，於是不解地看著白羅。

他拿起報紙，大聲讀起來，作為回答：「『昨晚有一個離奇的事件發生。一位搭火車返回樸利茅斯的年輕海軍軍官，在他的車廂座位下面發現了一具胸部被刺的女屍。這位軍官立刻拉下警報繩，於是火車停了下來。這名婦女年約三十，打扮華麗，還沒有驗明身分。』

「還有下文：『樸利茅斯快車上發現的女屍身分查明了，她是魯珀特·卡林頓伯爵夫人。』你現在明白了嗎，我的朋友？要是你不明白，我就加一句——魯珀特·卡林頓夫人在結婚之前名叫弗洛西・哈利戴，她就是哈利戴那個老先生——美國鋼鐵大王——的女兒。」

「於是他找上你？太棒了！」

「我過去為他做過一點事——一件無記名債券的糾紛。有一次，因配合王室的盛大訪問活動我到了巴黎，有人把弗洛西小姐指給我看。她真是一個引人注目的女學生！還有可觀的嫁妝！但這就麻煩了，她差點鬧出丟臉的醜聞。」

「怎麼會那樣？」

「碰上羅奇福伯爵，一個很壞的人物，可以說是個大壞蛋，一個十足的浪蕩子，他知道如何討一個浪漫女孩的歡心。幸運的是，她父親及時聽到了風聲，便匆忙把她帶回美國。幾年後，我聽說她結婚了，但我對她丈夫一點也不了解。」

「嗯，」我說道，「這個魯珀特・卡林頓先生也不是個好青年。他在賽馬場上幾乎把錢給花光了，而老哈利戴的錢來得正是時候。在我看來，這麼一個長相不錯、彬彬有禮而又無所顧忌的小流氓，要找妻子也得很挑的！」

「啊，可憐的小女人！竟沒有一個好的歸宿！」

「我想他很快就讓她看清楚，是她的錢而不是她的人吸引了他。我相信，他們很快就分道揚鑣了。我最近聽說他們已確定要正式分居。」

「老哈利戴不是傻子，他會看緊女兒的錢，不會讓那些錢轉入他人之手。」

「我想是這樣。不管怎麼說，我知道事實上魯珀特先生的經濟情況已陷入絕境。」

「啊哈！我看哪……」

「什麼你看哪？」

「我的好朋友，別那樣咄咄逼人嘛。我看得出來，你很有興趣。你陪我一塊兒去看一看哈利戴先生吧。街角有個計程車招呼站。」

§

幾分鐘後，我們就疾馳到這位美國富豪在帕克街的豪宅。我們被帶進了書房，一個體型肥壯、眼神敏銳、下巴甚具挑釁意味的人，很快就過來了。

「白羅先生嗎？」哈利戴先生說，「我想我不需要告訴你為什麼找你吧？你已經在報上讀到了，我不是那種會浪費時間或坐失良機的人。我碰巧聽說你在倫敦，也知道你在那些轟動的事件當中幹得十分漂亮。我永遠也不會忽略一個名人。我可以選擇蘇格蘭警場，但我也得有自己的人。錢不是目的。所有的錢都是為了我女兒而掙來的——但現在她不在了，為了逮著該死的凶手，我願意花掉我最後一分錢！你明白嗎？這就要仰仗你來達成了。」

白羅鞠了一躬。

「先生，我在巴黎也見過你女兒好幾次，我十分願意接這個案子。現在我要請你告訴我她去樸利茅斯的情況，還有你認為與本案有關的所有細節。」

「好的，首先，」哈利戴回答說，「她不是去樸利茅斯。她是去參加在埃文米德一個鄉間宅邸（斯旺西伯爵夫人家）舉行的宴會。她乘十二點十四分由派汀頓出發的車離開倫敦。兩點五十到達布里斯托，她得在那兒轉車。當然，樸利茅斯快車的主線是途經韋斯特伯里，根本就不到布里斯托。但十二點十四分這班車則中途不停直達布里斯托，之後要停靠韋斯頓、湯頓、埃克塞特和紐頓阿伯特。包廂裡就我女兒一個人，她的座位就訂到布里斯托，她的女僕則在下一節的三等廂裡。」

「等等，」白羅打斷道，「誰管珠寶？你的女兒？還是女僕？」

「我女兒總是自己保管珠寶，用一個藍色摩洛哥羊皮箱裝著。」

「繼續吧，先生。」

「到了布里斯托，女傭簡．梅森拿起女主人那些由她照管的梳妝包和外衣，來到弗洛西包廂的門前。讓梅森十分驚訝的是，我女兒告訴她說，她不在布里斯托下車，她還要繼續趕路。她讓梅森將行李拿下去放在行李寄存處，並對梅森說，可以在小吃部裡喝點茶，但得在火車站等她，她會在下午乘坐上行火車回到布里斯托。女傭雖說非常驚訝，還是照她的話去做了。她將行李存在寄存處，也喝了一些茶，但一列又一列的上行火車進站了，女主人就是沒露面。在最後一列火車到了之後，她將行李留在原處，去了火車站附近的一家旅館過夜。今天早上，在報上讀到了這個慘案，於是就搭最早的一班火車回來了。」

「沒有什麼顯示你女兒為什麼突然改變計畫嗎？」

「嗯，是這樣的，據簡・梅森說，在布里斯托時，弗洛西的包廂裡不只是她一個人。裡面有個男人站在另一端的窗戶邊看著窗外，但她看不清他的臉。」

「火車是那種臥鋪列車，對吧？」

「是的。」

「通道在哪一邊？」

「在月台的那一邊。我女兒和梅森說話的時候，站在通道裡。」

「你已認定……對不起！」他站起身，小心將有點歪了的墨水台扶正。「請原諒，」他又坐下來繼續說道，「看見歪的東西我的神經就受不了，奇怪，是不是？我是說，先生，你已認定這場不期而遇是你女兒突然改變行程的原因，是吧？」

「這好像是唯一講得通的推測了。」

「你不知道那位先生可能會是誰嗎？」

這位百萬富翁猶豫了一會兒，然後答道：「不，我一點也不清楚。」

「好了，屍體發現的經過呢？」

「屍體是被一位年輕的海軍軍官發現的，他立刻拉了警報繩。火車上有一個醫生，他對屍體進行了檢查。他說她是先被哥羅芳迷昏，然後再被殺死的。他個人認為她已經死了四小時左右，因此一定是發生在離開布里斯托不久——極有可能是在布里斯托和韋斯頓之間，也有可能是在韋斯頓和湯頓之間。」

「那珠寶箱呢？」

「那珠寶箱不見了，白羅先生。」

「還有一件事，先生。你女兒的財產——她死後會傳給誰？」

「弗洛西婚後不久就立下遺囑，將所有東西都留給她丈夫。」他猶豫了一會兒，然後又繼續說：「我不妨告訴你，白羅先生，我認為我的女婿是個無法無天的流氓，因此，我女兒聽從我的建議，正準備透過法律手段以獲取自由之身——這不是難事。我將她的錢做好安排，這樣她活著的時候，他便不能碰這筆錢。雖然他們這些年來一直處於分居狀態，她卻經常屈服於他的金錢索求，而不願意將醜聞公開。然而，我是下定決心要結束這件事。最後弗洛西同意了，我請我的律師進行訴訟。」

「卡林頓先生在哪兒？」

「在城裡。我想昨天他去了鄉下，但昨晚又回來了。」

白羅想了一會兒，然後說道：「我想這樣可以了，先生。」

「你想見一見女傭簡．梅森嗎？」

「如果可以的話。」

哈利戴按了一下鈴，給了男僕一個簡短的命令。

幾分鐘後，簡．梅森進來了。她是一個容貌粗陋但穩重的女人。對於這場悲劇，她謹守一個好傭人的分寸，盡可能不表現出情緒波動。

「請允許我問你一些問題，好嗎？你的女主人，在昨天早上出發之前，沒有什麼不尋常的表現嗎？沒有很激動或很慌張？」

「噢，沒有，先生！」

「但在布里斯托的時候，她很不一樣了，是嗎？」

「是的，先生，她非常不安……十分緊張，好像已不知道自己在說什麼。」

「她究竟說了些什麼？」

「嗯，先生，就我能記得的，她說：『梅森，我得改變行程。發生了一些事情——我是說，我不能在這兒下車了。我得繼續走。將行李拿下去，放在行李寄存處；然後去喝點茶，在車站等我。』

「『夫人，在這兒等你，是嗎？』我問道。

「『是的，是的，不要離開車站。我會乘稍晚的火車回來。我不知道是什麼時候，應該不會太晚。』

「『好的，夫人，』我說。我沒有權利問問題，但我覺得這很奇怪。」

「這不像你主人的作風，是吧？」

「非常不像，先生。」

「你怎麼看這件事？」

「嗯，先生，我想是和包廂裡的那位先生有關。她沒跟他說話，但她轉過身去一兩次，好像是在問他她做得對不對。」

「但你沒看見那位先生的臉，是吧？」

「是的，先生。他一直背對著我。」

「你能描述一下嗎？」

「他穿著一件淺鹿毛色的外套，戴著旅行帽。他很高、很瘦，後腦勺是黑頭髮。」

「你不認識他，是嗎？」

「噢，不，我不認識，先生！」

「他不會是你的男主人卡林頓先生嗎？」

梅森看上去相當驚訝。

「噢，我想不是的，先生！」

「但你不確定？」

「身材有點像男主人，先生……但我一直不認為是他。我們很少看見他……我也不能說不是他！」

白羅從地毯上撿起一枚別針，十分嚴肅地皺著眉頭，然後繼續問：「有沒有可能這個男人是在布里斯托、而且在你到包廂之前上的火車？」

梅森陷入了沉思。

「是的，先生，我想是可能的。我那節車廂很擠，我出去時花了一些時間，然後在月台上又有一大群人，那也使我耽擱了一會兒。但那樣的話，他也只有一兩分鐘的時間跟女主人說話。我當然認為他是從通道過來的。」

「當然，那更有可能。」他停下來，仍皺著眉頭。

「你知道女主人穿什麼衣著嗎，先生？」

「報紙上報導了一些，但我想請你證實一下。」

「她戴著一頂白色狐狸皮無邊女帽，先生，還有一個白色斑點的面紗，穿著一件藍色起絨粗呢外套和裙子，那種藍色他們叫作鋼青色。」

「嗯，相當惹眼。」

「是的，」哈利戴先生說道，「傑派警官希望那能幫助我們確定案發地點。看過她的人大概都會記住她。」

「沒錯！」白羅轉過臉說道，「謝謝你，女士。」

女傭離開了屋子。

「好！」白羅輕快地站起身來。「目前只能做到這兒了——除了，先生，我希望你把一切都告訴我，一切！」

「我已經都告訴你了。」

「你確定嗎？」

「絕對確定。」

「那麼就沒什麼好說的了。我不能接這個案子。」
「為什麼？」
「因為你不夠坦白。」
「我向你保證……」
「不，你有些事沒告訴我。」
停了一會兒，哈利戴從口袋裡掏出一張紙，遞給我的朋友。
「我想這是你要的，白羅先生……你是怎麼知道的？真是讓我惱火！」
白羅笑了，打開那張紙。這是一封信，字跡很細，字體斜著。白羅大聲唸出來：

親愛的夫人：

盼望與你再次見面，我心中不勝興奮。自收到你的親切回信之後，我實在按捺不住。我永遠也不會忘掉在巴黎的那段日子。你明天就要離開倫敦，這太殘酷了。然而，不久，也許比你預期的更早，我將有此榮幸再次見到長久占據我心的女士了。

親愛的夫人，請相信我最忠貞不渝的感情保證。

阿曼德·羅奇福

白羅將信遞回給哈利戴，並鞠了一躬。

「我想，先生，你不知道你女兒想跟羅奇福伯爵重溫舊情，是嗎？」

「這太讓我吃驚了！我在我女兒的手袋裡發現了這封信。或許你也知道，白羅先生，這個所謂的伯爵是個最壞的投機主義者。」

白羅點點頭。

「但我想了解，你是怎麼知道有這封信存在的？」

我的朋友笑了。「先生，我不知道。但只會追蹤腳印、識別菸灰，對一個偵探來說是不夠的。他也得是個好的心理學家！我知道你不喜歡也不相信你的女婿，雖然你女兒死後受益的是他，女傭對那個神祕男子的描述和他也很相似，但你對抓他這事並不熱切！為什麼？因為你的懷疑放在另一個方向。所以表示你有些東西沒吐露。」

「你是對的，白羅先生。我一開始一直認為是魯珀特幹的，直到我發現了這封信才改變想法。這使我很不安。」

「是的。伯爵說了『不久，也許比你預期的更早』，很顯然他可不想等到你聽到他重新出現的風聲後才行動。是不是他也從倫敦乘十二點十四分的火車，並且順著通道到了你女兒的包廂？羅奇福伯爵，如果我沒記錯的話，也是個子很高，皮膚淺黑！」

這個百萬富翁點點頭。

「好了，先生，再見。我想，蘇格蘭警場有一張珠寶的清單吧？」

「是的，我想如果你想見傑派警官的話，他現在在這兒。」

§

傑派是我們的一個老朋友，他和白羅打招呼的時候非常親切，其中還帶著些嘲弄。

「你好嗎，先生？我們之間沒有什麼不和，儘管我們看問題的方式又不一樣了。你那些小小的灰色腦細胞怎麼樣了？還那麼厲害嗎？」

白羅滿面笑容。

「它們還在工作，我的好傑派，毫無疑問！」

「那就好了。你認為是魯珀特還是竊賊幹的？當然我們正在監視該注意的地方，如果珠寶被銷贓，我們會知道。無論是誰幹的，都不會僅僅留下那些珠寶來欣賞它們的光澤。不會的！我正在調查魯珀特・卡林頓昨天在什麼地方——好像有些神祕，我已派人監視他。」

「相當謹慎，但也許是晚了一天。」白羅輕聲建議道。

「你總愛開玩笑，白羅先生。好了，我要去派汀頓。布里斯托、韋斯頓、湯頓，那是我規定值巡的路線。再見。」

「你今晚會過來看我，告訴我結果，是不是？」

「當然，如果我有回來的話。」

「好警探總是相信一步一腳印，」在我們的朋友離開時，白羅喃喃道，「他到處走，他測量腳印，他搜集泥巴和菸灰！他特別忙！他熱情高漲！要是我跟他提起心理學，你知道他會做什麼，我的朋友？他會笑的！他會對自己說：『可憐的老白羅！他年紀大了！他已經老朽了！』——傑派是『忙著敲門的年輕一代』是也。毫無疑問！他們忙著敲門，以致沒有注意到門是開著的！」

「你準備怎麼做？」

「因為我們有自由處理權，我要花三便士給麗緻飯店打一個電話——你也許已經注意到了我們的伯爵正待在那裡。在那之後——我的腳有些溼，也已經打了兩次噴嚏——我得回我的房間，在酒精燈上給自己做湯藥！」

§

第二天早上我才見到白羅。他正靜靜地享用早餐。

「有什麼事嗎？」我急切地問道，「發生什麼事了嗎？」

「沒有。」

「但傑派呢？」

「我沒見到他。」

「伯爵呢？」

「他前天離開了麗緻飯店。」

「謀殺的那一天？」

「是的。」

「那就是了！魯珀特．卡林頓被證明無罪了。」

「就因為羅奇福伯爵離開了麗緻飯店？你走得太快了，我的朋友。」

「不管怎麼說，得跟蹤他，把他逮捕起來！但他的動機會是什麼呢？」

「價值十萬美元的珠寶對每個人來說都是個很好的動機。不，我心裡的問題是，為什麼要殺了她？為什麼不偷走珠寶就好？她不會起訴的。」

「為什麼不會？」

「因為她是個女人，我的朋友。她曾經愛過這個男人，因此她只會默默地承受損失。而且這個伯爵，在女人問題上是個相當不錯的心理學家，因此他才會多次成功，他很清楚這點！另一方面，如果是魯珀特．卡林頓殺了她，為什麼要拿走珠寶？這是個致命而且表示他與此案有所關聯的證據。」

「作為一個幌子吧。」

「也許你是對的，我的朋友。啊，傑派來了！我聽得出他的敲門聲。」

這位警官滿面笑容，心情很好。

「早安，白羅。我剛回來，幹了一些漂亮的工作！你怎麼樣？」

「我，我剛整理好頭緒。」白羅靜靜地回答。

傑派開心地笑了。
「老傢伙年紀大了，」他輕聲對我說，「對我們年輕人來說這可不行。」他大聲說道。
「你說什麼？」白羅問道。
「好了，你想聽聽我都幹了些什麼嗎？」
「你讓我猜一猜，好不好？你在韋斯頓和湯頓之間的鐵軌邊上找到了做案的刀子，你找到了在韋斯頓和卡林頓夫人說過話的報僮！」
傑派的下巴拉了下來：
「你是怎麼知道的？別告訴我說，全是因為你那功能強大的灰色腦細胞！」
「我很高興你第一次承認它功能強大！告訴我，她有沒有給那個報僮一先令？」
「不，是半克朗！」傑派原來的好脾氣又回來了，他咧著嘴笑道，「真奢侈，這些有錢的美國人！」
「所以這個男孩沒忘記她？」
「他不會的。半克朗的小費不是每天都拿得到的。她跟他打了招呼，並買了兩本雜誌。有一本封面是個女孩穿著藍色衣服。『那和我的衣服很配，』她說。噢，他清楚地記得她。好了，那對我來說足夠了。根據醫生的證詞，案發地點一定是在湯頓之前。我想他們會立刻將刀扔掉，於是我沿著鐵軌找那把刀，當然，就在那段路邊找到了。在湯頓的時候，我就嫌疑犯的問題詢問了一些人，但當然那是個大站，他們不大可能注意到他。他極有可能乘晚一點的火車回到了倫敦。」

白羅點點頭說：「很有可能。」

「但我回來之前發現了另一則消息。那些珠寶被轉賣了，沒有疑問！那只大的翡翠昨晚已被典當——被一個壞胚子典當了。你知道是誰嗎？」

「我不清楚，只知道他個子很矮。」

傑派眼睛瞪得大大的。「是的，你說對了。他夠矮的，是雷德．納基。」

「雷德．納基是誰？」

「一個相當精明的珠寶竊賊，先生，而且謀殺這種事他也幹得出來。他經常和一個叫葛蕾絲．基德的女人合作，但這次她好像沒有捲入——除非她帶著贓物去了荷蘭。」

「你們逮捕納基了嗎？」

「當然。但提醒你一下，我們要的是另外一個人——那個和卡林頓夫人一起坐火車的男人。他是計畫這一切的人，一定沒錯。但納基不願意告發他的朋友。」

我注意到白羅的眼睛變得很綠。

「我想，」他輕聲說道，「我可以為你們找到納基的朋友，毫無疑問。」

「又是你小小的靈感，是不是？」傑派目不轉睛地看著白羅。「有時候真驚訝你是怎麼做到的，你年紀這麼大了。應該是運氣好吧。」

「也許，也許，」我的朋友喃喃道，「海斯汀，我的帽子，還有刷子。哦！要是還下雨的話，還有我的高筒橡皮套鞋！我們不能浪費湯藥的功效。再見！傑派！」

「祝你好運，白羅。」

我們看到一輛計程車，白羅把它叫住了，他要司機開到帕克街。

當我們在哈利戴家門前停下來的時候，他靈巧地下了車，付了錢，然後按門鈴。他對開門的男僕低聲詢問一下，我們就立刻被帶到了樓上，走到屋子頂層，被帶進了一個整潔的小臥室。

白羅的眼睛掃過房間，目光落在一個小小的黑色箱子上。他在箱子前面跪下來，仔細看了看上面的標籤，然後從口袋裡掏出一束小撚線。

「問哈利戴先生能不能上來我這兒。」他轉身對男僕說。

男僕走了。他熟練地輕輕擺弄著箱子的鎖。一會兒，鎖開了，他將箱蓋打開。他飛快地在裡面的衣服中翻找，並將它們扔到地板上。

樓梯上傳來重重的腳步聲，哈利戴進了屋子。

「你究竟在幹什麼？」他瞪著眼問道。

「先生，我在找這個。」

白羅從箱子裡拿出一件豔藍色起絨粗呢外套和裙子，還有一頂白色狐狸皮無邊女帽。

「你拿我的箱子幹什麼？」

我轉過身來看見女傭箇・梅森進了房間。

「海斯汀，請你關上門……謝謝你，是的，並且背靠著門站著。好了，哈利戴先生，容我將葛蕾絲·基德──或者簡·梅森──介紹給你，她很快就會在傑派警官的好心陪同下，和她的同謀雷德·納基會合了。」

§

白羅揮了揮手，不以為然。

「這簡單極了！」他又吃了些魚子醬。「首先，是女傭主動告訴我她的女主人穿什麼衣服，引起了我的注意。為什麼她要這麼急著將我們的注意力集中在她的衣服上呢？我想到，只有女傭一個人說在布里斯托的包廂裡有個神祕男人。根據醫生的證言，卡林頓夫人也許在到達布里斯托之前就被殺了。但如果是這樣，這個女傭就一定是同謀。如果她是同謀，她就不會希望僅僅只有她的證據。卡林頓夫人穿的衣服很引人注目。一般來說，女傭對女主人的穿著很有建議權，如果，在布里斯托之後，有人看見一個穿著豔藍色外套、裙子和一頂毛皮無邊女帽的女士，他一定會發誓他見過卡林頓夫人。

「我開始重現案情：女傭會給自己準備一套相同的衣服。她和她的同謀在倫敦到布里斯托的路上，用哥羅芳將卡林頓夫人迷昏並將她捅死──也許是利用過隧道的時候。她的屍體被推進座位下面，女傭就扮演了她。在韋斯頓的時候，她一定得讓人注意到她，怎麼做？極有可能她利用一個報僮。她給他一大筆小費，以確保他記住她。她還對一本雜誌說些意見，將他的注意力引到她的衣服上。離開韋斯頓之後，她將刀子扔出了窗外以布置可能的案發地點，然後換了衣服，或者在上面罩上一件雨衣。在湯頓，她下了火車，盡快回到布里斯托，在那兒，她的同謀將行李放在行李寄存處。他將票據交給她，然後自己回到了倫敦。她在月台上等著，演出她該演的一幕，去一個旅館過夜，然後早上回到了倫敦，完全像她所說的那樣。當傑派考察回來後，他證實了我的推理。他還告訴我一個有名的竊賊正在轉賣珠寶。此時我就確定，不管是誰，那個男人一定跟簡．梅森所描述的完全不同。當我聽說那是雷德．納基，那個總和葛蕾絲．基德合作的無賴，好了，我就知道在哪兒能找到這個同謀了。」

「那伯爵呢？」

「我愈想，就愈發相信他和本案無關。那位先生很愛自己，他不會冒險殺人，殺人很不符合他的性格。」

「好了，白羅先生，」哈利戴說道，「我欠你很多恩情。吃完午飯後我寫的那張支票也無法償還這一切。」

白羅謙虛地笑了，對我小聲說道：「好傑派，他會受到上級獎勵的，這沒有疑問。但雖然他抓住了葛蕾絲．基德，我想我——就像那美國人所說的——又惹火他了。」

10

巧克力盒謎案

Poirot's Early Cases

這是一個暴風雨之夜。外面，狂風在號叫著，十分嚇人，驟雨一陣陣敲打在窗戶上。

白羅和我面對壁爐坐著，我們的腿伸向燒得正旺的火焰。在我們之間是一張小桌子。在我這邊放著一些精心調製的棕櫚酒；在白羅那邊是一杯濃稠而香味濃郁的巧克力，那巧克力，就算給我一百英鎊我也不會喝！白羅小口小口地抿著粉紅色瓷杯裡那稠稠的棕色液體，且滿足地發著感嘆。

「多美好的生活啊！」他喃喃道。

「是啊，美好的世界，」我表示贊同。「我有一份工作，一份不錯的工作！而你，著名的……」

「噢，我的朋友！」白羅抗議道。

「但，你是這樣的，而且確實是這樣的！當我回想起你那一連串的豐功偉業時，我總是感到很驚訝。我想你一定不知道失敗是什麼！」

「誰要這麼說的話，他一定是個愛開玩笑的人。」

「才不呢。但說正經的，你有沒有失敗過？」

「無數次，我的朋友。好運氣，不可能總在你這邊。有幾次是讓我插手的時候太晚了，而另一個人，也是為了同樣的目的，先到了現場。還有兩次是眼看就要成功時，我病倒了。人生是有起有伏的，我的朋友。」

「我不完全是這個意思，」我說道，「我的意思是，你是否曾經因為你自己的錯誤，而搞砸了一個案子。」

「啊，我明白了！你是問我，是否曾經讓自己成了頭號傻瓜，就像你剛才說的那樣？有一次，我的朋友……」他的臉上慢慢露出若有所思的樣子。「是的，有一次我失誤了。」

他突然從椅子上坐直了身子。

「聽我說，我的朋友，我知道，你把我小小的成功都記錄了下來。但你得在上面再加上一個故事，一個失敗的故事！」

他俯身向前，往火上加了一根木柴，並往掛在壁爐邊的抹布上仔細地擦了手，然後，往回靠在椅背上，開始了他的故事。

§

我給你講的這個事是很多年前發生在比利時。那時候法國的教會和政府之間正進行著可怕的鬥爭。保羅·戴魯拉德先生是法國一位頗富聲望的副部長，而且有個部長職位正在等著他，這是一個公開的祕密。他是反天主教政黨中最堅定不移的那一派，如果讓他掌權，一定會面臨激烈的反對。在很多方面，他都是個特別的人。儘管他不喝酒也不抽菸，但在其他方面卻沒有那麼多的道德原則。你明白，就是女人——永遠是女人。

他早些年與一個布魯塞爾的年輕女士結了婚，她為他帶來很多嫁妝。無疑這筆錢對他的事業有所幫助，因為他的家境不很富裕——雖然如果他願意，他可以自稱某某男爵先生。結婚後他們沒有小孩，兩年後他妻子死了——摔下樓梯，在她留下的遺產中，有一件是一幢在布魯塞爾路易絲大街的房子。

他的猝死就發生在這幢房子裡，這件事正好在他將要繼任的那位部長辭職的時候。所有的報紙都刊登了他長長的生平介紹。他的死亡是在晚飯之後，原因被認為是心臟病突發。

大約三天後，我開始休假，我在住處接待了一位來訪者——一位女士，面紗裹得密密實實，但感覺得出來她很年輕，我立刻看出她是一個非常文雅的女人。

「你是赫丘勒·白羅先生嗎？」她輕聲問道，聲音甜甜的。

我鞠了一躬。

「刑事部門的嗎？」

我又鞠了一躬。

「請坐，小姐。」我說道。

她坐在一張椅子上，揭開面紗。她的臉雖然有淚痕，仍很迷人，一副憂心忡忡的樣子，好像極度不安。

「先生，」她說道，「我知道你現在正在休假，因此你有時間進行私下調查。你知道我不想讓警察插手。」

我搖搖頭。「我想你的要求是不可能的，小姐。即使是在休假，我還是警察。」

她俯身向前。「聽好，先生，我請你做的事是去調查，你完全可以將你的調查結果報告給警方。如果我的想法是正確的話，我們接下來就需要借助法律部門了。」

這句話使這事的情況有些不一樣了。於是我也就聽候她的吩咐，不再囉嗦。

她的臉頰泛起一絲紅暈。「謝謝你，先生。我讓你調查的是保羅．戴魯拉德先生的死亡。」

「你說什麼？」我叫起來，很是驚訝。

「先生，我沒有什麼依據，只有我一個女人的直覺，但我確信……確信，我告訴你，戴魯拉德先生不是自然死亡的！」

「但毫無疑問，醫生們……」

「醫生也可能犯錯。他是那樣健康、強壯。啊，白羅先生，我請求你幫助我……」

這個可憐的孩子幾乎要神志失常了，我想她甚至會向我下跪。我盡力安慰她。

「我會幫你的，小姐。我可以肯定你的擔心是沒有道理的，但我們會搞清楚。首先，我要你描述一下那幢房子裡的其他人。」

「好。有僕人珍妮特、費莉斯和廚子丹尼絲，她們在那兒好多年了；其他人也都是樸素的鄉下女孩。還有弗朗索瓦，但他也是個年紀很大的僕人。然後還有戴魯拉德先生的母親和我。我的名字是維吉妮．梅斯納德。我是故戴魯拉德夫人的表妹。我到那裡已經三年多了。家裡人我講完了，另外還有兩個客人。」

「他們是誰？」

「德・聖・阿拉德先生，戴魯拉德先生在法國時的鄰居。還有一位英國朋友，約翰・威爾遜先生。」

「他們還和你們住在一起嗎？」

「威爾遜先生還在，但德・聖・阿拉德先生昨天走了。」

「你的計畫是什麼，梅斯納德小姐？」

「如果你半小時後能去那裡一趟，我就編些讓你去的理由。我最好說你跟新聞界有些聯繫。我就說你從巴黎來，有德・聖・阿拉德先生的一封介紹信。戴魯拉德老夫人身體很弱，不會注意細節。」

憑著小姐巧妙的藉口，我進了這幢房子，見到已故副部長的母親，她儘管身體很虛弱，但很威嚴，很有貴族派頭。和她談了一會兒之後，我就可以自由出入這幢房子了。

我不知道，我的朋友，你能否想像我的任務是多麼艱難？這是一個三天前死去的男人。如果是謀殺，只會有一種可能性——毒殺！我不可能見到屍體，也沒有檢查或者分析下毒工具的機會，更沒有可以考慮的線索，對的錯的都沒有。這個人是被下毒而致死的嗎？還是自然死亡？我，赫丘勒・白羅，沒有什麼可以幫我的。

首先，我找了傭人，在他們的幫助下，重現了那晚的情況。我特別注意了晚餐的食品以及上菜的方法。湯是戴魯拉德先生自己從一個大蓋碗裡舀的。接著是肉排，然後是一隻雞。

最後，是一盤糖煮的水果。所有的東西都放在桌上，由先生自己取用。咖啡是用一個大壺放到餐桌上的。我的朋友，當場不可能只毒死一個人，而其他人卻平安無事的！

晚飯後，戴魯拉德老夫人由維吉妮小姐陪著回到了她自己的房間。三個男子去了戴魯拉德先生的書房。在這兒他們愉快地交談了一會兒。突然，一點跡象也沒有，副部長重重地摔到了地上。德．聖．阿拉德先生衝了出去，叫弗朗索瓦立刻去請醫生。他說那無疑是中風，但等醫生來時，病人已經沒救了。

維吉妮小姐把我介紹給約翰．威爾遜先生，他是十分典型的英國人，已屆中年，身材魁梧。說起法語來帶著濃重的英國腔調。他的說法一如上述。

「戴魯拉德臉色很好，然後就倒下了。」

在那兒再也找不出其他線索了。接著我就去了案發現場——書房，在我的要求下，我一個人待在那裡。到目前為止，沒有證據可以支持梅斯納德小姐的理論。我只能認為那是她的錯覺。很顯然她對死者有一種很浪漫的情愫，這使得她不能理智的看待這件事。儘管如此，我仍仔細搜查了書房。也有可能是有人在死者的椅子上安放了一個皮下注射針頭，這樣就可以進行致死劑量的注射。那由此引起的微小刺痕很可能注意不到。但我沒有發現什麼可以用來支持這個理論。我坐倒在椅子上，一副絕望的樣子。

「好了，我放棄了！」我大聲說道，「哪裡都沒有線索！一切都完全正常。」

說這些話的時候，我的目光落在旁邊桌上的一個大巧克力盒上。我的心猛地跳了一下。

這也許不是戴魯拉德先生死亡的線索，但至少這很不尋常。我打開蓋子，盒子裡滿滿的，沒有碰過，一塊巧克力也沒少——但這卻使得那個引起我注意的怪異現象更加明顯。因為，你知道，盒子本身是粉紅色的，而蓋子卻是藍色的。嗯，人們經常見到粉紅色盒子上有條藍色絲帶，或反之亦然，但盒子是一種顏色，蓋子又是另一種顏色……不，不會，這絕不可能。

我那時還不知道這件小事會對我有用，但我下決心要調查一番，因為它不尋常。我按鈴叫弗朗索瓦來，詢問他的已故主人是否喜好甜食。他的嘴上浮現出一絲苦笑。

「非常喜好，先生。他房裡總得有一盒巧克力。你知道，他什麼酒也不喝。」

「但這盒沒有碰過呀！」我打開蓋子讓他看。

「對不起，先生，但這是他死去那天新買的一盒，前一盒差不多沒有了。」

「那麼說，前一盒是在他死亡的那天吃完的。」我慢慢說道。

「是的，先生，早上我看它空了，就把它扔了。」

「戴魯拉德先生是不是每天固定什麼時候都會吃甜食？」

「一般是在晚飯以後，先生。」

我開始覺得有些眉目了。

「弗朗索瓦，」我說道，「你能不能不要聲張？」

「如果有必要的話，先生。」

「好！我是為警方工作的。你能不能把另一個盒子給我找來？」

「沒問題，先生，它在垃圾箱裡。」他走了。

一會兒之後，他帶著一個滿是灰塵的東西回來了。它跟我拿的盒子一模一樣，只是這一次盒子是藍色的，而蓋子是粉紅色的。我謝了弗朗索瓦，又一次叫他不要聲張，隨即就離開了位於路易絲大街的這幢房子。

接著我拜訪了給戴魯拉德先生治病的醫生。跟他打交道很不容易，他將自己牢牢固守在高深的學術術語之中，但我想他並沒有如他所期盼地對這個案子很有把握。

「有很多這種奇怪的事情，」在我設法讓他打消一些疑慮之後，他說道，「突然一陣暴怒，一種激烈的情緒，在飽餐一頓之後……然後，隨著憤怒的爆發，血沖上了頭，於是……噓！完了！」

「但戴魯拉德先生沒有激烈的情緒啊。」

「沒有？我確信他和德·聖·阿拉德一直在進行激烈的爭論。」

「為什麼會是他？」

「這很明顯！」醫生聳聳肩，「德·聖·阿拉德先生不是一個最狂熱的天主教徒嗎？他們的友誼就是被教會和政府的問題給毀了。每天都進行討論。對德·聖·阿拉德來說，戴魯拉德就是一個反對基督教的人。」

這倒是出乎意料，引起了我的深思。

「還有一個問題，醫生，有沒有可能將致死劑量的毒藥放在巧克力裡？」

「我想這是可能的，」醫生慢慢說道，「如果沒有蒸發的話，純氫氰酸就可以，一粒小藥丸可能不注意就會吞下去……但這好像是個不太可能的假設。一個裝滿嗎啡或番木鱉鹼[2]的巧克力……」他做了一個鬼臉，「你明白，白羅先生……咬一口就夠了！輕率的人是不會客氣的。」

「謝謝你，醫生。」

我告辭了。接著我察訪了藥局，尤其是路易絲大街附近的藥局。為警方工作畢竟是不錯的，我沒費什麼力就得到了我想要的資訊。只有一處曾賣毒藥給這幢房子的住戶，是給戴魯拉德老夫人的一種阿托品硫酸鹽眼藥水。阿托品是一種烈性毒藥，我高興了一陣，但阿托品中毒的症狀和中屍毒相似，和我正在研究的那些情況不一樣。此外，藥方也不是新開的，多年來戴魯拉德夫人一直患有白內障。

我很沮喪，轉身正準備走，這時藥劑師把我叫了回去。

「等一會兒，白羅先生。我記得，拿來處方的女孩說，她還得去一家英國人的藥局。你可以去那兒問一問。」

我去問了。又一次亮出了我的官方身分，得到了我需要的資訊。在戴魯拉德先生死去的前一天，他們照約翰．威爾遜先生的一個處方配了藥。也談不上是配藥，那些藥只是三硝基小藥丸。我問是否能看一下。他給我看了，我的心跳加速了——因為這些小藥丸和巧克力的顏色完全相同。

「這是毒藥嗎？」我問道。
「不，先生。」
「你能把它的藥效說給我聽嗎？」
「它降血壓。一些心臟病患得服用這種藥，比如說心絞痛。它能減輕血管壓力，在動脈硬化……」
我打斷了他。「真是的！你拉拉雜雜的，我聽不懂。它會讓人臉紅嗎？」
「當然。」
「假設我吃了十片或二十片這些小藥片，會怎樣呢？」
「我建議你別試。」他乾巴巴地回答道。
「但你說它不是毒藥。」
「很多能殺人的東西都不叫毒藥。」他像剛才一樣回答道。
離開藥局的時候，我很高興。事情終於有點起色了！
我現在知道約翰．威爾遜有殺人的工具——但他的動機呢？他來比利時是做生意的，在戴魯拉德先生家留宿，兩人並不太熟。很明顯，戴魯拉德的死也不能使他獲益。再者，透過

2　番木鱉鹼（strychnine）是一種神經興奮劑。

在英國的察訪，我發現他患心絞痛已經有些年了，因此他完全有理由持有那些藥片。然而，我確信有人走到巧克力盒旁——一開始錯誤地打開了新的那盒——將最後一塊巧克力掏空，而在其中盡可能地多塞進了三硝基小藥丸。那些巧克力挺大的，我肯定裡面能塞的藥片大約在二十到三十片之間。但是誰幹的呢？

房裡有兩位客人。約翰．威爾遜有工具，德．聖．阿拉德有動機。記住，他是個狂熱份子，而且是他們當中最厲害的宗教狂。他會以什麼手段拿到約翰．威爾遜的三硝基藥嗎？

我心裡又有了一個小小的靈感。啊，你總笑話我這些小小的靈感！為什麼威爾遜的藥丸會用完呢？他可以從英國帶足夠的藥來啊。我又一次去了路易絲大街的那幢房子。威爾遜不在，但我見到了為他整理房間的女傭費莉斯，立刻問她前些時候威爾遜先生臉盆架上是不是丟了一個瓶子。女傭急切回答說沒錯。她，費莉斯，還因為這個受到了責備。很明顯這位英國紳士認為她打碎了瓶子，但沒有直說。而她連碰都沒碰過啊！毫無疑問，是珍妮特幹的，她總愛去她不該去的地方亂轉……

她還在滔滔不絕，我安慰了她幾句，就離開了。現在我知道了我想要的訊息，剩下的就是去證明了。我感到這是不容易的。我可以肯定是德．聖．阿拉德從約翰．威爾遜的臉盆架上拿走了那瓶三硝基藥丸，但要說服別人，我得拿出證據，而我什麼也拿不出來！

你還記得我們在處理「史岱爾莊謀殺案」時碰到的困難嗎？那一次，為了找到對凶手不利的最後一個環節，可花了我很長的時間。

我要求見一下梅斯納德小姐。她立刻來了。我跟她要德．聖．阿拉德先生的住址。憂慮在她的臉上浮現。

「你為什麼要他的住址呢，先生？」

「小姐，有這個必要。」

她滿腹狐疑，憂心忡忡。

「他什麼也不能告訴你，他是一個腦筋不放在這個世界上的人。他不會注意到身邊發生的事情。」

「可能沒錯，小姐。然而，他是戴魯拉德先生的老朋友，也許他能告訴我一些事情，過去的一些事情，過去的怨恨，過去的風流韻事。」

這個女孩臉紅了，咬著嘴唇說道：「隨你的便，但……但我想我錯了。你真好，接受我的要求，但那時我很不安，幾乎精神錯亂了。我現在知道沒有什麼謎需要解開。別再管了，我請求你，先生。」

我盯著她。

「小姐，」我說，「有時候要一隻狗找到線索是很不容易的，但牠一旦發現了，就再沒有什麼東西能讓牠丟下這個線索！當然那得是隻好狗！而我，小姐，我，赫丘勒．白羅就是一條很棒的狗。」

她沒再說什麼就轉身走了，一會兒之後，帶著一張寫著地址的紙回來了。我離開這幢房子。弗朗索瓦在外面等我，他焦慮地望著我。

「還沒消息嗎，先生？」

「還沒有，我的朋友。」

「啊！可憐的戴魯拉德先生！」他嘆息道，「我跟他的想法一樣，我不喜歡神職人員。我在屋子裡不會這麼說。女人們都特別虔誠，也許這是一件好事。老夫人太虔誠了，維吉妮也是這樣。」

維吉妮小姐？她「太虔誠了」嗎？想到第一天我見到她時，她那激動而滿是淚痕的臉，我感到驚訝。

得到了德．聖．阿拉德先生的住址，我沒有浪費時間，去了他位於阿登省的住宅附近。但幾天後，我才找到進入那幢房子的藉口。最後我進去了。你看怎麼樣……假裝成一個修管工人，我的朋友！把他臥室裡簡單的管子漏氣修好只是一會兒的事情。我走開去拿工具，特意選了一個只會有我獨自一人的時候帶著工具回來。我在找什麼呢？我也不知道。想找的東西，我想我是沒有機會找到的。他絕不會冒險留著它。

儘管這樣，當我發現臉盆架上的小櫃子鎖著的時候，禁不住誘惑想看看裡面有什麼。鎖很容易就撬開了。門開了，裡面全是舊瓶子。我顫抖地將它們一個個拿起來。突然，我叫了一聲。我的朋友，我手裡抓著一個小瓶，貼有英國藥劑師的標籤。上面有幾個字：「三硝基藥丸，需要時服用一粒。約翰．威爾遜先生。」

我控制住我的情緒，關上櫃子，將瓶子塞進口袋，繼續修漏氣的管子！一個人得有始有終。然後，我離開了他的住宅，盡快搭乘火車回到我自己的國家。當天晚上我就回到了布魯塞爾。第二天早上我正在給局長寫報告，這時我收到一封短信。信是戴魯拉德老夫人寫的，叫我盡快去路易絲大街那裡。

弗朗索瓦給我開了門。

「男爵夫人正在等你。」

他將我領到她的住處。她威嚴地坐在一張大沙發上。沒見到維吉妮小姐。

「白羅先生，」老夫人說道，「我剛聽說你是假裝的，你是一個警察。」

「是這樣的，夫人。」

「你來這兒是調查我兒子的死？」

我再次答道：「是這樣的，夫人。」

「如果你能告訴我你的進展，我會很高興。」

我有些猶豫。

「首先我想知道你是怎麼知道的，夫人？」

「從一個再也不屬於這個世界的人那兒發現的。」

她的話，以及她說話時那沉思的樣子，使我的心一陣發冷。我說不出話來。

「因此，先生，我急切地請求你告訴我，你的調查究竟有什麼進展。」

「夫人，我的調查結束了。」

「我的兒子？」

「是被人謀殺的。」

「你知道是誰嗎？」

「是的，夫人。」

「那是誰呢？」

「德．聖．阿拉德先生。」

「你錯了。德．聖．阿拉德先生是犯不了這個罪的。」

「我手上有證據。」

「我再次請求你把一切都告訴我。」

這次我照辦了，我將我發現事實真相的每個步驟都講了一遍。她認真聽著，最後，她點了點頭。

「是的，是的，都像你說的那樣，但有一件不對。不是德．聖．阿拉德先生殺了我兒子——是我，他的母親。」

我瞪著她。她繼續輕輕地點著頭。

「我叫你來是對的。維吉妮在去修道院之前將她做的事告訴了我，這是天意啊！聽著，白羅先生！我的兒子是個有罪之人。他迫害教會，他的生命是罪無可逭的大罪。他不僅自己道德敗壞，還讓別人跟他一樣。但還有比這更糟的。一天早上當我從我房間出來時，看見我兒媳正站在樓梯頂部。她在讀著一封信。我看見我兒子偷偷走到她後面，猛地推了一下，她就摔下去了，頭撞在大理石樓梯上。當他們將她抱起來時，她已經死了。我的兒子是個殺人犯，而只有我，他的媽媽，知道這一點。」

她閉上眼睛休息了一會兒。

「先生，你無法想像我的痛苦、我的絕望。我該怎麼辦？向警察告發他？我做不到。這是我的責任，但我心有餘而力不足。此外，他們會相信我嗎？我的視力一直在退化——他們會說我看錯了。我沒有聲張，但我良心不安，我不聲張等於也成了一個殺人犯。我兒子繼承了他妻子的錢，他就像綠色的月桂樹處於全盛期，現在他就要當上部長了，他對教會的迫害會變本加厲。還有維吉妮。她，可憐的孩子，很漂亮，天生就很虔誠，但被他迷住了。他對女人有一種奇怪而可怕的力量。我眼看著它過來了，但我無力阻止它。他不想和她結婚，但她已準備為他獻出一切。

「那時我知道該怎麼做了。他是我的兒子，我給了他生命，我對他負有責任。他毀了一個女人的生命，現在又要毀掉另一個女人的心！我去了威爾遜先生的房間，拿了那瓶藥丸。有一次他曾笑著說，裡面的藥足夠殺死一個人！我走進書房，打開了那一直放在桌上的大盒巧克力。我錯誤地打開了一盒新的。另一盒也在桌上，裡面只有一粒巧克力。這就簡單了，除了我兒子和維吉妮，沒有人喜歡吃巧克力。那晚我會讓她陪著我。一切就按我計畫的那樣發生了……」

她停了下來，眼睛閉上了一會兒才又睜開。

「白羅先生，我此刻就在你手裡。他們告訴我，我日子不多了。我願意在上帝面前對我的行為負責。但我在人世間也得為這事負責嗎？」

我猶豫了。

「可是那只空瓶子，夫人，」為了拖延時間，我說道，「怎麼會在德．聖．阿拉德先生那兒呢？」

「當他來和我說再見的時候，先生，我將他悄悄塞進了他的口袋，因為我不知道怎麼丟掉它。我年邁體弱，沒人幫助，走不了，在我的房間裡發現空瓶子會引起懷疑。你明白，先生……」她直起身，「我不是想讓人懷疑德．聖．阿拉德先生！我從來沒這麼想過。我想他的僕人發現一個空瓶子後，一定會把它扔掉的。」

我點點頭。

「我明白了，夫人。」我說道。

「你的決定呢，先生？」

她的聲音很堅定，頭昂得高高的。

我站起來。

「夫人，」我說道，「很榮幸和你說再見。我進行了調查，可是失敗了！這件事就到此結束。」

§

白羅沉默了一會兒才靜靜說道：「一週後她就死了。維吉妮小姐的修女見習期期滿後，如願成為修女。我的朋友，故事就是這樣。我得承認這件事我沒做好。」

「但那也很難說是個敗筆，」我勸他道，「那種情況下，你還能怎麼想呢？」

「啊，真是見鬼，我的朋友，」白羅喊道，突然變得興奮起來。「你沒看出來嗎？但我可是個大白癡！我的腦子根本就不靈光了。線索實際上一直在我手裡。」

「什麼線索？」

「那個巧克力盒！你看不出來嗎？視力好的人會犯這樣的錯誤嗎？我知道戴魯拉德夫人患有白內障。這個家裡只有一個人視力如此之糟，以致看不清應該蓋上哪個蓋子。是巧克力盒子讓我有了些眉目，然而直到最後，我卻沒看出它真正的意義所在！

「此外我的推測也不對。要是德．聖．阿拉德是罪犯，他絕不會保留那個會證明他有罪的瓶子。找到它，其實是證明他清白。我已經從維吉妮小姐那兒得知他對日常生活有些心不在焉。我跟你所講的是個很可悲的事情！我只跟你一個人講了這個故事。你明白，這件事我做得很不漂亮！一位老夫人以這麼簡單、這麼聰明的方式犯了罪，而我卻完全被欺騙了。

見鬼！往事不堪回首！忘了它吧，不……記住它，任何時候，如果你認為我變得自負了，你就……不過我不太可能自負的，只會出現一下子。」

我忍著沒笑出來。

「好了，我的朋友，到時你就對我說『巧克力盒子』。同意嗎？」

「一言為定！」

「畢竟，」白羅沉思道，「這是個經驗！我，無疑是目前歐洲最聰明的人，這種錯誤我是可以包容的。」

「巧克力盒子。」我輕聲道。

「你說什麼，我的朋友？」

看著他俯身向前，露出一副茫然不知的樣子。我的心怦地跳了一下。雖然我常常被他的行為所傷害，但我雖然不是歐洲最聰明的人，也是能夠包容的！

「沒什麼。」我撒了謊，又點燃一支菸，暗自笑了。

11

潛水艇設計圖

Poirot's Early Cases

特使送來了一封短信。白羅讀著，臉上露出激動的神色。他幾句話將來人打發走了，然後轉身對我說：「趕快打包，我的朋友，我們這就去夏普爾斯。」

他提到要去阿洛韋勳爵那間著名的鄉間別墅，我十分驚訝。阿洛韋勳爵是剛上任的國防部長，是位傑出的內閣成員。當他還是拉爾夫．柯蒂斯爵士，一個大工程公司的老闆時，他就對下議院握有深刻的影響力。人們不避諱地把他當作未來的首相，如果大衛．麥克亞當首相身體狀況的傳言屬實，極有可能會讓他來組閣。

一輛很大的勞斯萊斯轎車在下面等著我們，當我們駛入夜幕時，我不斷地問白羅問題。

「他們這時候叫我們究竟有什麼事情？」我問道。

這時已經晚上十一點多了。

白羅搖搖頭說：「無疑是最緊急的事情。」

「我記得，」我說道，「幾年前曾盛傳拉爾夫．柯蒂斯的一樁醜聞，我想是股票詐欺。最後，證明他是完全清白的，是不是這種事又發生了呢？」

「那他就沒必要半夜叫我啊，我的朋友。」

我被迫同意了，剩下的旅途我們都沉默不言。一出倫敦，這輛馬力強大的汽車便飛馳起來，不到一小時我們就到了夏普爾斯。

一個威嚴的男管家立刻將我們引到一個小書房。阿洛韋勳爵正在那兒等著我們。他立即起身和我們打招呼。他又瘦又高，全身透著威嚴和精力。

「白羅先生，很高興見到你。這是政府第二次請求你的幫助了。我對戰爭期間你為我們所做的事情記得很清楚，那時首相令人震驚地被綁架了，而你精湛的推理技巧——還有，我可不可以加上『你的謹慎』？——挽救了危險的局面。」

白羅的眼睛有些亮了。

「那麼我想，勳爵，這又是件需要『謹慎』的案子了？」

「正是。哈里爵士和我……噢，讓我介紹一下：海軍上將哈里．衛德爵士，我們的海軍第一大臣。白羅先生和……我想想……」

「海斯汀上尉。」我接上說。

「我經常聽人說起你，白羅先生，」哈里爵士一邊握手，一邊說道，「這是件莫名所以的案子，如果你能解決，我們將不勝感激。」

我立刻就喜歡上這位海軍第一大臣，是傳統那種很魁梧、很坦率的水手。

白羅看著他們，臉上露出探問的神色，於是阿洛韋開始講起來：「當然，你明白這一切都是需要保密的，白羅先生。我們損失很嚴重：新的Z型潛水艇設計圖被盜了。」

「什麼時候？」

「今晚，不到三小時之前。也許，白羅先生，你能明白這個災難的嚴重性。此事不能公開，這至關重要。我把事情盡可能簡短說一下：我週末的客人有這位海軍上將，他的夫人和兒子，還有科納德夫人——倫敦上流社會很出名的一位女士。女士們早早就上了床——大約十點鐘；倫納德．衛德也是如此。哈里爵士想和我討論一下這種新型潛艇的建造問題，於是，我就叫菲茨洛——我的祕書——將設計圖從屋角的保險箱拿出來，為我們放好，當然還有和這事有關的其他文件。他在準備的時候，海軍上將和我在露台上散步，抽著雪茄，盡情呼吸著六月溫潤的空氣。抽完菸，談完話，我們決定做正事了。當我在露台的另一端轉身時，我想我是看見了一個人影從這邊的落地窗悄悄出去，穿過露台，消失了。我知道菲茨洛在屋子裡，因此也就不覺有異。當然，是我的錯。好了，我們順著露台回來，穿過落地窗走進屋子，而這時菲茨洛正從廳裡進來。

「『是不是把我們要的東西都拿出來了，菲茨洛？』我問道。

「『我想是的，阿洛韋勳爵，文件都在你的桌上。』他答道，然後他向我們道晚安。

「『等一會兒，』我一邊向桌邊走去，一邊說，『也許我會要一些剛才沒提到的東西。』

「我很快瀏覽了一下放在那兒的文件。

「『你把這裡面最重要的東西給忘了，菲茨洛，』我說道，『潛艇的設計圖！』

「『設計圖就在上面，阿洛韋勳爵。』

「『噢不，不在。』我邊說邊翻著那些文件。

「『但我才剛放在那兒的。』

「『嗯，它們現在不見了。』我說道。

「菲茨洛走上前來，一臉迷惑。這事太令人難以置信了。我們翻找了放在桌上的文件，又翻遍了保險箱，但最後我們不得不斷定設計圖丟了——是在菲茨洛不在屋裡的那短短三分鐘丟失的。」

「他為什麼要離開房間？」白羅很快問道。

「那正是我問他的問題。」哈里爵士喊道。

「好像是，」阿洛韋勳爵說道，「他剛剛把文件在我的桌上放好，就聽到一個女人的驚叫，嚇了一跳。他衝進大廳，在樓梯上他看見科納德夫人的女僕。那女孩看上去臉色慘白，相當不安，她說她剛才看見鬼了——一個全身穿著白色衣服、走起路來沒有聲音的高瘦身影。對她的恐懼，菲茨洛一笑置之，並且仍禮貌地要她別嚇昏頭了。然後就在我們從落地窗進來的時候，他也回到了這個房間。」

「一切好像都很清楚，」白羅若有所思地說，「唯一的問題就是，那個女僕是同謀嗎？她是不是照計畫好驚叫一聲，而這時她的同夥正潛伏在外面？還是他只是在外面等待機會出現？我想，你見到的是個男人，而不是個女人？」

「很難說，白羅先生，只是一個影子。」

海軍上將古怪地哼了一聲，大家都注意到了。

「我想，上將先生有些話要說。」白羅微笑著輕聲說道，「你看見這個影子了嗎，哈里爵士？」

「不，我沒有，」他答道，「阿洛韋也沒有。只有樹枝搖了一下還是什麼的，然後，我們發現設計圖失竊了，他就匆匆下了結論，說他看見有人從露台上過去。他的想像力欺騙了他，就是這樣。」

「一般來講，大家都不認為我想像力很豐富。」阿洛韋勳爵微笑著說道。

「廢話，我們都有想像力。我們偶爾都會激動起來，相信自己看見了原本沒有看見的東西。我一生都在海上，新水手時常看不清楚，我都得幫忙他們。當時我也看向露台，如果有什麼東西，我同樣會看見。」

對這事他十分激動。白羅站起身很快走到窗戶旁。

他走上露台，我們跟在他後面。他從口袋裡拿出手電筒，在露台邊上的草地照來照去。

「他是從哪兒穿過露台的，勳爵？」他問道。

「我想差不多在窗戶對面。」

白羅又照了一會，走到露台盡頭又折了回來。然後他關上手電筒，直起身來。

「哈里爵士是對的。你錯了，勳爵，」他輕聲說道，「今天晚上雨下得很大。穿過那片草地的話不可能不留下腳印。但現在那裡沒有腳印，什麼也沒有。」

他的目光從一個人的臉上又移到另一人的臉上。阿洛韋勳爵看上去有些迷惑不解，也不太相信；海軍上將吵吵嚷嚷地表示他很同意。

「我知道我不會錯的，」他大聲說道，「在任何場合我都相信我的眼睛。」

他一副誠實的老水手模樣，使我忍不住笑了。

「那樣就得考慮屋子裡的人了，」白羅平靜地說道，「我們都進來吧。嗯，勳爵，菲茨洛先生在樓梯上和女僕說話的時候，會不會有人抓住這個機會從大廳裡進入書房呢？」

阿洛韋勳爵搖搖頭。

「絕不可能，這樣做的話得經過菲茨洛身邊。」

「菲茨洛先生自己……你對他絕對信任嗎？」

阿洛韋勳爵臉紅了。

「絕對，白羅先生。我對我的祕書有信心。他和這事絕不可能有關。」

「一切好像都不可能，」白羅不動感情地說道，「也許那些設計圖自己裝上了一對小翅膀，飛走了……像這樣！」他翹起嘴唇，像一個令人發笑的天使。

「整個事情看來就不可能，」阿洛韋勳爵不耐煩地宣稱道，「但白羅先生，我請你作夢也不要懷疑菲茨洛先生。想一想，如果他想要拿設計圖，有什麼會比將它們描繪下來更容易呢？他不必多此一舉去偷它們。」

「是的，勳爵，」白羅表示同意，「你說的很有道理，可以看出你頭腦很清楚，很有條理。英國人有了你真是幸福。」

這突如其來的讚揚使得阿洛韋勳爵看上去頗為尷尬。白羅又回到了這件事情上。

「你晚上一直坐在裡面的那個房間……」

「客廳？怎麼了？」

「那房間也有一個窗戶通到露台，我記得你是那麼出去的。有沒有可能在菲茨洛先生不在屋裡時，有人穿過客廳的窗戶出來，再穿過這個窗戶進去，然後按同樣方法離開呢？」

「但那樣的話，我們會看見他們。」海軍上將反對說。

「如果你們轉過身，朝另一個方向走的話，就看不見。」

「菲茨洛只離開屋子幾分鐘，這段時間我們可以走到盡頭又回來了。」

「不管怎麼說，這是一種可能性。事實上，是在這種情況下唯一的可能性。」

「但我們出來的時候，客廳裡沒有人。」海軍上將說道。

「他們可能隨後就到那兒了。」

「你是說，」阿洛韋勳爵慢慢說道，「當菲茨洛聽到女僕的喊叫而出去的時候，有人已經藏在客廳裡，並且穿過窗戶衝進來，再衝出去；而當菲茨洛回到這個房間的時候，那人才剛剛離開客廳？」

「你再次證明你的頭腦很有條理。」白羅一邊鞠躬一邊說。

「因為你把事情講得很清楚。」

「也許是一個傭人？」

「或是一個客人。驚叫的是科納德夫人的女僕。有關科納德夫人，你能說些什麼嗎？」

阿洛韋勳爵想了一會兒後說道：「我已經說過，她是一個社交界很出名的人物。她舉行盛大晚會，四處交際——在這個意義上來說的確是這樣。但究竟她從哪裡來，她過去的生活是什麼樣，我就知之甚少了。她經常涉足外交圈，情報機關常在打聽……怎麼了？」

「我明白了，」白羅說道，「這個週末她應邀來到這裡——」

「那樣的話我們可不可以這樣說——我們得密切監視她？」

「正是！有可能她對你有所企圖。」

阿洛韋勳爵看上去有些不自在。白羅繼續說道：「告訴我，勳爵，她在場的時候，你們有沒有提到你和上將將要討論的事情？」

「是的，」阿洛韋勳爵承認說，「哈里爵士說『現在我們來談談潛水艇！該工作了』或類似的話。別的人都離開了房間，但她回來取一本書。」

「我明白了，」白羅若有所思地說，「先生，已經很晚了，但情況很緊急。如果可能的話，我想向參加這次宴會的人問一些問題。」

「當然，沒問題，」阿洛韋勳爵說道，「麻煩的是，我們不想讓太多人知道。當然，朱麗葉·衛德夫人和小倫納德沒關係，但科納德夫人，如果她是清白的，就很不一樣了。也許你可以說一個重要的文件丟了；不要具體說是什麼或者談論丟失的細節。」

「這正是我準備建議您的，」白羅說道，滿面笑容，「事實上，三個客人，上將先生得原諒我，但即使是最好的妻子……」

「沒關係，」哈里爵士說道，「女人的話都不少，上帝保佑她們！我倒希望朱麗葉能夠多說一點話，少打一點橋牌。但現在的女人都是那樣，要是不跳舞、不賭博，她們就高興不起來。我去叫朱麗葉和倫納德起來，好嗎，阿洛韋？」

「謝謝你。我去叫那個法國女僕。白羅先生會想見她的，她可以去叫她的女主人。我現在就去。同時，我會讓菲茨洛一塊兒過來。」

§

菲茨洛先生很瘦，臉色蒼白，戴著夾鼻眼鏡，表情很拘謹。他的話和阿洛韋勳爵告訴我們的幾乎一字不差。

「你怎麼看，菲茨洛先生？」

菲茨洛先生聳聳肩。

「毫無疑問，知道情況的人在外面等著機會。他可以透過窗戶看裡面的動靜，並在我離開屋子時，偷偷進來。很遺憾，在阿洛韋勳爵看見那傢伙離開的時候，他沒有追上去。」

白羅沒有將真相告訴他。相反的，他問道：「你相信那個法國女僕的話嗎——說她看見了一個鬼？」

「嗯，不太相信，白羅先生。」

「我是說，她真的這麼想嗎？」

「噢，這個我很難說。她看上去真的很不安，她的手放在頭上。」

「啊哈！」白羅喊道，好像發現了什麼似的。「真的嗎？毫無疑問她是一個漂亮女孩，是嗎？」

「我沒有特別注意。」菲茨洛先生壓低嗓音說道。

「我想，你沒有見到她的主人？」

「事實上，我見到了。她在樓梯上面的走廊，正在叫她『婁妮！』然後她看見了我……當然就退回去了。」

「在樓上。」白羅皺著眉頭。

「如果阿洛韋勳爵沒有碰巧看見那人正要離開，當然，我知道，對我來說是不太好，不太愉快的。無論如何，如果你們想搜一下我的房間和我身上的話，我很樂意。」

「你真的希望這樣嗎？」

「當然。」

白羅會怎麼回答，我不知道，但就在這時，阿洛韋勳爵回來通知我們，兩位夫人和倫納德．衛德先生正在客廳裡。

女士們都穿著合身的便服。科納德夫人是個三十五歲的漂亮女人，長著金色頭髮，有一點豐滿。朱麗葉．衛德夫人一定有四十歲了，很高很瘦，皮膚有些黑，仍舊十分漂亮，手、腳很細緻，一副焦躁不安的樣子。她的兒子是個看上去脂粉味十足的年輕男子，和他父親的熱忱坦率形成了鮮明的對照。

白羅按照他們商量好的說法跟他們說了一遍，然後解釋說，他很想知道今晚是否有人聽見或者看見能幫忙我們的事。

他首先轉向科納德夫人，請她說說她都做了些什麼。

「我想想……我上了樓。我按鈴叫我的傭人。然後，因為她沒出現，我出來叫她。我聽到她在樓梯上說話。她為我梳了頭髮之後，我讓她走了……她當時不知為何非常緊張。我看了一會兒書，然後就上床了。」

「你呢，朱麗葉夫人？」

「我直接上樓睡覺。我太累了。」

「親愛的，你的書怎麼樣了呢？」科納德夫人問道，甜甜地笑著。

「我的書？」朱麗葉夫人臉紅了。

「是的，你知道，我讓婁妮走的時候，你正上樓來。你說你是下樓去客廳拿一本書。」

「噢，是的，我是下樓了。我……我剛才忘了。」

朱麗葉夫人兩手交叉，相當慌張。

「你有沒有聽到科納德夫人的女僕驚叫，夫人？」

「不，不，我沒有。」

「多奇怪……因為那時候你應該在客廳。」

「我什麼也沒聽見。」朱麗葉夫人說，語氣堅定了些。

白羅轉向年輕的倫納德。

「先生你呢？」

「我什麼也沒做。我直接上樓睡覺了。」

白羅摸著下巴。

「哎呀，我怕這兒沒有什麼可以幫我了。女士們，先生們，我很抱歉——非常抱歉因為這麼點小事把你們從睡夢中吵醒。請接受我的道歉。」

一邊做著手勢一邊道著歉，他將他們送了出去，回來時，帶著法國女僕，一個看上去很謹慎的漂亮女孩。阿洛韋和衛德先生、夫人們一起出去了。

「嗯，小姐，」白羅輕快地說道，「請講實情，不要跟我講劇情。你為什麼要在樓梯上驚叫？」

「啊，先生，我看見一個高高的人影，全身都是白的……」

白羅的食指用力地搖了搖，止住了她的話。

「我有沒有說過，不要跟我講劇情？我猜一下，他吻了你，是不是？我是說倫納德．衛德先生。」

「好吧，先生，只是，哪有什麼吻呢？」

「在那種情況下，那是很自然的，」白羅殷勤地回答，「如果是我，或者海斯汀……跟我說發生的經過吧。」

「他走到我後邊，抓住了我，我嚇了一跳，於是驚叫起來。如果我知道是他，就不會叫了；誰叫他像隻貓般來到我身邊。然後祕書先生就出來了。倫納德先生飛快地走上樓梯。我能說什麼呢？尤其對一個這樣年輕的男子——他這麼有教養！當然只好編了一個鬼故事。」

「一切都清楚了，」白羅高興地喊道，「然後你就上樓去了你主人的房間。順便問問，哪間是她的房間？」

「先生，在盡頭，那個方向。」

「這麼說，就是在書房上面？好的，小姐，我不耽擱你了。下一次，別再叫了。」

他將她送了出去，回來時臉上帶著笑容。

「一個有趣的案子，不是嗎，海斯汀？我開始有些頭緒了，你呢？」

「倫納德．衛德在樓梯上做什麼？我不喜歡這個年輕人，白羅。我看他根本是一個徹頭徹尾的浪蕩子。」

「我同意，我的朋友。」

「菲茨洛好像挺誠實的。」

「阿洛韋勳爵一定會堅持這一點。」

「然而他的舉止中……」

「幾乎是太好了而不像是真的？我自己也感覺到了。另一方面，我們的朋友科納德夫人絕不是什麼好東西。」

「她的房間就在書房上面。」我沉思著說道，緊緊地盯著白羅。

他輕輕一笑搖搖頭。

「不，我的朋友，我不相信那位完美的女士會從煙囪裡擠下來，或者從陽台上吊下來。」

就在他說話時，門打開了，讓我感到驚訝的是，朱麗葉．衛德夫人輕快地走了進來。

「白羅先生，」她有點上氣不接下氣，「我能單獨和你談談嗎？」

「夫人，海斯汀上尉就像是自己人，在他面前，你可以放心說話，就當作沒有他一樣。請坐。」

她坐了下來，眼睛還盯著白羅。

「這實在很難……啟齒。你負責這個案子，如果東西送回來了，這事是不是就可以算了呢？我是說，可不可以不問問題就結案呢？」

白羅緊緊盯著她。

「夫人，讓我了解一下。它們會交到我的手裡……對吧？然後我將它們送回阿洛韋勳爵那裡，條件是，不要讓他問我東西從哪裡找到的？」

她點點頭。「我就是這個意思。但我必須確保這事不會宣揚出去。」

「我想阿洛韋勳爵是不會急於宣揚這件事的。」白羅板著臉說道。

「那麼說，你同意了？」她急切地回應道。

「等一會兒，夫人，這得看你能多快將那些文件送到我手裡。」

「立刻。」

白羅瞄了一下鐘。

「多快，準確的說？」

「就說——十分鐘。」她輕聲說道。

「我同意，夫人。」

她從房間匆匆離去。我噘著嘴吹著口哨。

「海斯汀，你能替我總結一下嗎？」

「橋牌。」我清楚地回答。

「啊，你還記得海軍上將無意中說的話！你的記憶力真好啊！海斯汀，我恭喜你。」

我們沒再說下去。因為阿洛韋勳爵進來了，探問地看著白羅。

「白羅先生，有沒有進一步的想法呢？我想針對你所提的問題，他們所做的回答很讓你失望吧。」

「一點也不，勳爵。這些回答很有啟發性。我沒必要再待在這兒了，若是您同意的話，我想立刻回倫敦去。」

阿洛韋勳爵好像傻了一般。

「但……但您發現什麼了？您知道誰拿了設計圖嗎？」

「是的，勳爵，我知道。告訴我……若設計圖匿名送回你手中，你不會追根究柢吧？」

阿洛韋勳爵盯著他。

「你是說，得付一筆錢嗎？」

「不，勳爵，無條件地送回來。」

「當然，設計圖能失而復得是最重要的事。」阿洛韋勳爵慢慢說道。

看上去，他很茫然，對這一切很難理解。

「那樣的話，我鄭重建議你這樣做。只有你、海軍上將和你的祕書會知道設計圖失竊。我會盡全力幫你，這一點請你放心，將這個謎案交給我吧！你要我找回失竊的設計圖，我做到了。其他的你就別問了。」他站起身，伸出手，「勳爵，很高興見到你。我對你以及你對英國的忠誠有信心。你會堅定堅強的引領她。」

「白羅先生，我發誓我會盡最大努力。這也許是優點，也許是缺點，但我相信自己。」

「每個偉人都是這樣的。我，也一樣！」白羅大言不慚地說。

§

車很快開到了門邊，阿洛韋勳爵重新振作起來，站在台階上和我們道別。

「那是個偉大的人，海斯汀，」車開動之後，白羅這麼說，「他有腦子，有謀略，有權力。在英國重整旗鼓的困頓期，就需要這樣堅強的人。」

「我很同意你說的，白羅……但朱麗葉夫人會怎樣？她會直接將設計圖交給阿洛韋勳爵嗎？當她發現你不辭而別時會怎麼想呢？」

「海斯汀，我要問你一個小問題，她和我說話的那個時候，為什麼不當場將設計圖交給我呢？」

「她沒帶在身上。」

「正是。她去她房裡拿要多久時間？或是去別墅裡任何藏匿之處拿又要多久時間？你不需要回答。我會告訴你，大約兩分半鐘！可是她要了十分鐘。為什麼？很明顯她得從另外一個人那兒去拿，並且得和那個人交涉甚至爭論，直至那個人不再堅持。那麼，那個人會是誰呢？不是科納德夫人，這很明顯，而是她家裡的某個人，她的丈夫或是兒子。可能會是哪一個呢？倫納德．衛德說他直接上床了——我們知道那不是真的。假設他母親去了他的房間，發現裡面沒人；假設她下來時，心裡充滿了莫名的恐懼——她的那個兒子可不是什麼好東西！她沒找到他，但後來聽到他否認他曾經離開房間。她立刻就得出結論：他就是賊。因此她來見了我。

「但是，我的朋友，我們知道一些事情，而朱麗葉夫人不知道。我們知道她的兒子不可能去過書房，因為他正在樓梯上，正在向那位漂亮的法國女傭調情。雖然她不知道這個，但倫納德．衛德確實有不在場的證明。」

「好了，那麼，究竟是誰偷了設計圖？我們好像排除了所有人——朱麗葉夫人、她的兒子、科納德夫人、法國女傭。」

「正是。動動腦子，我的朋友，答案就在你的面前。」

我茫然地搖搖頭。

「真的！如果你繼續想下去的話！那麼，請注意：菲茨洛出了書房，他將設計圖留在桌上。幾分鐘之後阿洛韋勳爵進了房間，走到桌邊，然後設計圖就沒了。只有兩種可能性：要嘛菲茨洛沒有將設計圖留在桌上，而是將之放進了他的口袋……但那講不通，因為，正像阿洛韋指出的那樣，他可以在他方便的任何時候將設計圖描摹下來；要嘛就是當阿洛韋勳爵走到桌邊的時候，設計圖還在桌子上——這樣的話，就表示說設計圖進了他的口袋。」

「阿洛韋勳爵是小偷！」我愣住了。「但為什麼？為什麼呢？」

「你不是跟我談過他以前的一樁醜聞嗎？你說他被宣判無罪，但假設那其實是真的呢？在英國社會生存，絕不能有醜聞。如果這件事被抖露出來，並且對他產生不良影響，他的政治生涯就會結束了。我們可以假設他被人敲詐勒索，而索要的價碼就是潛水艇設計圖。」

「那這傢伙就是一個不可饒恕的叛徒啊！」我失聲喊道。

「噢，不，他不是。他很聰明，足智多謀。我的朋友，假設他將那些設計圖拷貝下來，因為他是一個聰明的工程師，在每個部分都做一點小小改動，這樣的話，這些設計圖就成為一堆廢紙。他將假設計圖交給了敵方的情報人員——我想是科納德夫人；但為了使它的真實性不受懷疑，設計圖得弄成好像是丟了。他假稱說他看見一個人從窗戶出去，以盡可能不使別墅裡的任何人受到懷疑，但他碰上了執拗的海軍上將。於是他的下一步棋就是不要讓人懷疑菲茨洛。」

「這只不過是你的猜測，白羅。」我反對道。

「這是心理學，我的朋友。一個將真設計圖交出去的人，是不會那麼在意誰被懷疑的問題。另外為什麼他如此顧慮，不希望科納德夫人知道設計圖失竊的細節呢？因為今晚稍早，他就將假設計圖交給了她，他不想讓她知道設計圖的失竊是在她得到設計圖之後發生的。」

「我不知道你對不對。」我說道。

「我當然是正確的。我和阿洛韋說話的時候，就像一個偉人對另一個偉人說話——他完全理解。你以後會明白的。」

有一件事是肯定的。當阿洛韋勳爵成為首相的那一天，白羅收到了一張支票和一張附有署名的相片，相片上的題字是這樣的：

贈與我謹慎的朋友赫丘勒・白羅——阿洛韋

我相信Z型潛水艇在海軍裡引起了一片歡騰。他們說它使現代海戰發生革命性的影響。我也聽說了某一個強國試圖製造同樣的東西，結果卻一敗塗地。

但我仍然認為白羅辦這個案子是全靠猜測。

12

三樓奇案

Poirot's Early Cases

「真討厭！」派蒂嚷道。
她憤怒地在她稱之為晚用提包的絲質皮包裡翻來翻去，她的眉頭愈鎖愈緊。兩位年輕男子和另外一個女孩在一旁焦急地看著她。他們都站在派蒂．加尼特緊鎖的房門之外。
「沒用的，」派蒂說，「鑰匙找不著，我們怎麼辦呢？」
「生活中要是沒有鑰匙會是什麼樣？」吉米．福克納喃喃說道。
他是位個子不高、肩膀很寬的年輕人，藍藍的眸子給人一種好脾氣的印象。
派蒂很生氣地轉向他：「別開玩笑了，吉米。這是很嚴肅的事。」
「再找找，派蒂，」多諾萬．貝利說，「一定在什麼地方。」
他的聲音很是懶散，也十分好聽，這倒和他那瘦削、褐膚的身材很相稱。
「你到底有沒有把它帶出來？」另一個女孩麥茜．霍普說。
「我當然帶出來了，」派蒂說，「我覺得我把它給了你們誰了。」她轉向那兩個男子，一副責難的語氣。「我讓多諾萬替我拿的。」
但找一個代罪羔羊也不是很容易的。多諾萬矢口否認，吉米也在一旁助陣。
「我看見你把它放進你包包裡了，我親眼看見的。」吉米說。
「那就是你們當中一個替我撿包包的時候，把它弄丟了。我自己也丟過一兩次。」
「一兩次！」多諾萬說，「你至少丟過十幾次，你還總是忘在家裡咧。」
「我不明白為什麼每次就不是別的東西掉出來。」吉米說。

「問題是……我們要怎樣才能進去？」麥茜說。

她是個聰明的女孩，不會離題太遠，但比起任性、煩人的派蒂，她實在沒那麼吸引人。

「大樓管理員能幫忙嗎？」吉米建議說，「他有沒有一個萬能鑰匙或者類似的東西？」

派蒂搖搖頭。總共只有兩把鑰匙，一把在屋內的廚房裡，另外一把在——或者應該在——那個可惡的包包裡。

「要是公寓在一樓，」派蒂悲嘆道，「我們就可以打破一扇窗戶或是怎麼的。多諾萬，你當一回飛賊，怎麼樣？」

多諾萬堅決而禮貌地拒絕了。

「飛到四樓的確要費點勁。」吉米說。

「走求生門怎麼樣？」多諾萬提出建議。

「沒有求生門。」

「應該有，」吉米說，「五層樓的建築應該有求生門。」

「我敢說沒有，」派蒂說，「但那也幫不了我們的忙。我究竟要怎樣才能進得了我的屋子呢？」

「有沒有這樣的東西——」多諾萬說，「就是生意人用來往上送排骨或湯菜的東西？」

「運貨電梯，」派蒂說，「噢，有一個，但那只是鋼索和籃子做成的。噢，等一下，運煤電梯怎麼樣？」

「那是個主意。」

麥茜的看法讓人洩了氣。

「一定鎖上了，」她說，「我是說派蒂的廚房，她會從裡面鎖上的。」

但是這個想法很快被否定了。

「不可能吧。」多諾萬說。

「派蒂的廚房不會鎖上的，」吉米說，「派蒂從來不鎖門的。」

「我想沒鎖，」派蒂說，「今天早上我拿垃圾出去，我可以肯定，那之後我沒有鎖門，後來我再也沒靠近門。」

「好了，」多諾萬說，「這件事至少在今晚很有用。但，小派蒂，我還是想警告你，這種馬虎的習慣會使你每晚都只好聽任竊賊——非貓科竊賊——的擺布。」

派蒂沒把這種提醒當回事。

「快點！」

她喊道，並且飛奔下了四段樓梯。其他人緊隨其後。派蒂領著他們穿過一個陰暗的凹室，裡面滿是娃娃車；過了另一個門就進了公寓的樓梯天井，她把他們領到了右邊的電梯。這時，上面有個垃圾箱。多諾萬把它搬開，小心翼翼地跨上去，站在原來垃圾箱的位置。他皺起了眉頭。

「有點臭，」他說道，「但那又能如何呢？我是一個人去冒險，還是有誰陪我一塊兒去？」

「我也跟你一塊兒去。」吉米說道。

他跨上去，站在多諾萬的身邊。

「我想電梯能夠承受我的重量吧？」他心存疑慮地加了一句。

「你不可能比一噸煤還重。」派蒂說。

以前的她，對度量衡從未認真研究過。

「好了，無論如何，我們很快就能知道了。」多諾萬一邊高興地說，一邊用力拉繩子。

伴著吱吱嘎嘎的聲音，他們就從下面幾個年輕人的視線裡消失了。

「這東西噪音太大，」當他們在黑暗裡穿行的時候，吉米這樣說，「公寓裡其他的人會怎麼想？」

「我想他們會認為是妖魔鬼怪或者是竊賊，」多諾萬說，「拉這繩子很費勁。費里爾斯大樓的管理員比我想像中要辛苦多了。我說，吉米，兄弟，你有沒有在數樓層？」

「噢，天啦！我忘了。」

「好了，我有在數，沒關係。我們現在已經過了三樓了，再上一層就到了。」

「我想，」吉米抱怨道，「可別最後發現派蒂真的把門給鎖上了。」

但他們白擔心了。她屋子的門剛一碰就開了。多諾萬和吉米跨出電梯，走進派蒂漆黑的廚房。

「這麼黑，我們得有個手電筒才行。」多諾萬大聲說道，「我了解派蒂，什麼東西都放在地上，在找到電燈開關之前，我們會打碎無數碗盤。吉米，你別動，我去把燈打開。」

他在地上小心翼翼地摸索著，不小心肋骨撞著了餐桌，他大叫了一聲「他媽的」；他碰到了開關，一會兒之後，黑暗裡又傳來一聲「他媽的」。

「怎麼了？」吉米問。

「燈不亮，我想是燈泡壞了。等會兒，我去把客廳的燈打開。」

過了通道的門就是客廳了。吉米聽見多諾萬走出門，不一會兒，他又聽見一聲咒罵。於是他自己也小心翼翼地側著身穿過了廚房。

「怎麼了？」

「我不知道。我想這屋子就跟中了邪一樣，所有的東西都不在原來的地方。椅子、桌子放在最不該放的地方。噢，見鬼！這兒又是一個！」

但這時候，吉米幸運地碰到了電燈開關並按了下去。很快兩個年輕人就目瞪口呆地看著對方。

這間屋子不是派蒂的客廳。他們走錯了地方。

首先，這間屋子比起派蒂的屋子要擠上十倍，這就是為什麼多諾萬果惑地不斷撞上桌子、椅子。屋子中間有一張大圓桌，上面蓋著呢布，窗戶上有一盆葉蘭。兩個年輕人都感到住這種屋子的主人一定是很難纏的。他們張大嘴巴，驚恐地盯著桌子，上面有一小堆信。

「歐妮斯汀．格蘭特夫人，」多諾萬將信拿起來，低聲唸道，「噢，救命！她會不會聽見我們說話？」

「她要沒聽見就是個奇蹟。」吉米說，「瞧瞧你撞上家具的聲音和說話的音量。快點，看在上帝的份上，我們趕緊離開這兒吧！」

他們匆忙關上燈，循著原路回到電梯上，重新回到原地，而且沒有碰到別的意外，吉米鬆了一口氣。

「我喜歡睡不醒的女人，」他讚許地說道，「歐妮斯汀．格蘭特夫人就有這個優點。」

「我現在明白了，」多諾萬說，「我是說我們為什麼數錯了樓層——我們是從地下室開始數的。」

§

他用力拉著繩子，電梯飛速行進著。

「這次對了。」他說。

「我絕對相信，」吉米一邊跨出電梯，消失在黑暗裡，一邊說，「我的神經再也受不了刺激了。」

他的神經已無需再緊張。殊噠一聲，電燈亮了，派蒂的廚房映入眼簾。一會兒之後，他們打開前門，兩個在外面等著的女孩進來了。

「你們花的時間太長了，」派蒂抱怨說，「麥茜和我在外面等了老半天。」

「我們有一段冒險經歷，」多諾萬說，「我們差點被當作不法之徒逮到警察局去。」

此時派蒂已經進了客廳，她打開燈，將絲質小包包扔到沙發上，饒有興味地聽著多諾萬講述他們的冒險經歷。

「我很高興，她沒抓住你，」她評說道，「我敢說她是個脾氣很壞的人。今天早上她給我留了一張便條，說找時間想見見我。一定是想抱怨什麼的，我想，大概是我的鋼琴聲。她一定不喜歡頭頂上有架鋼琴響個不停。是啊，有鋼琴的人不該住在公寓裡。我說，多諾萬，你的手受傷了，全是血，去水龍頭下面洗洗。」

多諾萬低頭看看手，很驚訝。他聽話地走出去，很快就聽見他喊吉米。

「喂，」吉米說著趕快跟著過去，「怎麼回事，你是不是傷得很厲害？」

「我根本沒受傷。」

多諾萬的話音有點奇怪，吉米驚訝地盯著他。多諾萬把他用水沖過的手舉起來，吉米看不到有什麼劃破的痕跡。

「那就怪了，」他眉頭緊鎖，「怎麼有那麼多血，血是從哪裡來的？」

之後他突然靈光一閃，而他那更加機敏的朋友已經想到了。

「天哪！」他說道，「血一定是從樓下那個房間裡沾上的。」他停下來，想想這句話的可能性。「真的是血嗎？」他說，「會不會是油漆？」

多諾萬搖搖頭。「是血，沒錯。」他說道，渾身抖了一下。

他們互相看著，兩個都想到了同樣的事情。還是吉米先說了出來。

「我說，」他侷促不安地說，「我們是不是應該……呃，再下去一趟……去看一看？看看是不是沒什麼事，你說呢？」

「那女孩子們呢？」

「我們別跟她們說什麼。派蒂正要繫上圍裙給我們煎蛋捲。等她們想到我們的時候，我們已經回來了。」

「噢，好吧，快點，」多諾萬說道，「我想我們得經歷經歷這種事了。我敢說沒什麼大不了的。」

但他的語調裡缺乏自信。他們進了電梯，坐到下一層樓，沒有太費力就穿過了廚房，又一次打開客廳的燈。

「一定是在這裡，沾上血的，」多諾萬說，「我沒碰廚房裡的任何東西。」

他四下看看，吉米也東看西看，兩人都鎖緊眉頭。一切都顯得很整潔、很平常，很難讓人聯想起暴力或流血。

突然吉米驚跳起來，抓住了他朋友的手臂。

「看！」

多諾萬順著他手指之處看去，也驚叫了一聲。厚重的綾紋平布簾子後面露出一隻腳——一隻穿著裂開的漆皮鞋的女人腳踝。

吉米走到簾子邊，猛一下將它拉開。在窗戶凹進去的地方，一名女子蜷縮著身子，躺在地上。她死了，這毫無疑問。吉米想扶她起來，這時，多諾萬制止了他。

「別動！警察來之前不要碰她。」

「警察。噢，當然。我說，多諾萬，真噁心。你想她是誰？歐妮斯汀．格蘭特夫人嗎？」

「看起來像。不管怎麼說，要是這住房裡還有別人，那他們也太安靜了。」

「接下來我們該怎麼辦？」吉米問道，「跑出去叫警察，還是去派蒂的房裡打電話？」

「我想最好還是打電話。快點，我們不妨從前門出去，我們不能一晚上都坐那台發臭的電梯上上下下。」

吉米表示同意。就在他們要經過門的時候，他猶豫一下，然後說：「哎，我們當中一個是不是應該留下來——只是照看一下，等警察來？」

「好的，我想你是對的。你留下來，我上去打電話。」

他飛快跑上樓梯，按響上面一層住房的門鈴。派蒂打開了門，她繫著一個圍裙，臉紅紅的，十分漂亮。但因為太過驚訝，她的眼睛瞪得很大。

「你？怎麼……多諾萬，怎麼回事？出什麼事了嗎？」

他將她的雙手握在手裡。

「沒事，派蒂——只是我們在樓下那房子裡有個很不好的發現。一個女人——死了。」

「噢！」她喘了口氣。「太可怕了。她是不是昏倒了，還是怎麼了？」

「不，看上去，呃……看上去她是被人謀殺了。」

「噢，多諾萬！」

「我知道，很可怕。」

她的手還在他的手裡，她沒把手抽開——甚至是緊緊抱著他。親愛的派蒂——他是多麼愛她啊！她對他一點感覺都沒有嗎？有時他覺得她有。有時候他擔心吉米．福克納……一想到吉米還在下面耐心地等著，他感到有些歉疚。

「派蒂，親愛的，我們得打電話給警察。」

「這位先生說的沒錯，」他身後一個聲音說道，「同時，在等警察的時候，也許我能夠幫點小忙。」

他們一直站在門廳，現在兩人都朝樓梯平台看去。有個人正站在樓梯上面，和他們有一段距離。這個人下來了，並走進了他們的視線。

他們站在那裡盯著這個長著蛋形腦袋、還留著討厭鬍子的小個子男人。他穿著華麗的睡衣和繡花的拖鞋。他殷勤地向派蒂鞠了一躬。

「小姐！」他說道，「或許你知道，我是上面樓層的房客。我喜歡住得高一點，好欣賞倫敦的景色。我以奧康納先生之名住在這個公寓。但我不是愛爾蘭人。我還有一個名字，那就是我毛遂自薦的原因。請允許我……」

他動作誇張地掏出一張名片，遞給了派蒂。她看了一下。

「赫丘勒．白羅先生。噢！」她回過神來，「白羅先生！大偵探？你真的會幫忙？」

「正是，小姐。今天晚上稍早，我差點就幫上忙了。」

派蒂有些不解。

「我聽到你們在談怎麼進屋子去。我，撬鎖很在行的，我一定能替你們把門打開。但我猶豫了，沒有提出來。那樣的話，你們會對我產生懷疑。」

派蒂笑了。

「好了，先生，」白羅轉向多諾萬。「進去吧，請你給警察打個電話。我到樓下的那個房間去。」

派蒂和他一塊下樓了。他們發現吉米十分警覺，派蒂解釋了為什麼白羅會在。吉米也向白羅解釋了他和多諾萬的冒險經歷。這偵探仔細聽著。

「你是說通往電梯的門沒鎖？你們進了廚房，但燈打不開？」

他邊說邊走進廚房。他的手指按下了開關。

「這就怪了！」燈亮了，他這麼說。「開關完全正常。我想……」

他豎起一個手指要大家安靜，大家屏息聽著。一個輕微的聲音打破了沉寂。毫無疑問，是打鼾的聲音。

「啊！」白羅說道，「是這家的傭人。」

他躡手躡腳地穿過廚房，走進一間食品儲藏室，外面有個門。他打開門，將燈打開。這間屋子擠得像個狗窩，這是公寓建造者的本意，好使它能夠容下……並且僅僅只能容下一個人。地上幾乎全被床給占了。床上一個面色紅潤的女孩仰面躺著，嘴巴張得老大，在靜靜地打鼾。

白羅關了燈又退了回來。

「她不會醒的，」他說道，「讓她睡吧，等警察來了再說。」

他又回到了客廳。這時多諾萬已經來了。

「他們說警察很快就到，」他上氣不接下氣地說，「我們什麼也不可以碰。」

白羅點點頭。「我們什麼也不碰，」他說道，「我們看看就好。」

他進了屋子。麥茜也隨著多諾萬一塊下來了。四個年輕人站在門廳裡，饒有興致地屏息看著他。

「我不明白的，先生，是這個，」多諾萬說道，「我根本沒有走近窗戶，但我手上怎麼來的血？」

「我年輕的朋友，答案很明顯。桌布是什麼顏色？紅的，是不是？毫無疑問，你把你的手放到了桌子上。」

「是的，我是放到了桌上。是那兒？」他停了下來。

白羅點點頭，他俯身察看著桌子，用手指著紅布上的一塊暗漬。

「謀殺是在這裡發生的。」他嚴肅地說道。

然後他站起身來，慢慢環視著屋子。他沒有動，什麼也沒碰。然而四個看著他的人都感到，在他犀利的目光下，這悶熱的屋子裡，每件東西都藏不住祕密。

赫丘勒．白羅點點頭好像很滿意，他輕聲吁了口氣，說道：「我明白了。」

「你明白什麼了？」多諾萬好奇地問。

「我明白，」白羅說，「毫無疑問你也感覺到了……屋裡全是家具。」

多諾萬苦笑道：「我的確也是亂碰亂撞了一通，」他坦白道，「當然，這間屋子的擺設和派蒂家的完全不一樣，我也搞不清楚。」

「不是完全不一樣。」白羅說道。

多諾萬看著他，有些不解。

「我是說，」白羅道歉道，「有些東西總是固定的。在公寓房子裡，同方向的房子的門、窗、壁爐都在同一個地方。」

「這是不是有點吹毛求疵了？」麥茜問道。

她看著白羅，隱隱有些不快。

「一個人說話必須絕對準確。那是我的——怎麼說呢？我的特色。」

樓梯上有腳步聲，三個人走了進來。他們一個是警官，一個是警員，還有一個是警察分局的警醫。警官認出了白羅，很虔敬地跟他打了招呼，然後轉身對其他人說：「你們每個人都得報告，但首先……」

白羅打斷了他。「我有個小小建議，我們回到樓上的房間，讓這位小姐做她原本打算做的事——為我們煎一個蛋捲。我，特別喜歡蛋捲。然後，警官先生，你這兒的事辦完之後，就隨時上來問問題。」

就這麼說定，白羅和他們一塊兒上去了。

「白羅先生，」派蒂說，「你真可愛，你會吃到一個很棒的蛋捲。我做蛋捲堪稱一絕。」

「那太好了，小姐，以前，我愛上了一個年輕美麗的英國女孩，她非常像你，但可惜的是，她不會做菜。所以也許一切都會圓滿解決。」

他的話音裡隱隱有些悲傷，吉米·福克納好奇地看著他。

然而，剛進屋子，他就使出渾身解數逗大家開心。大家幾乎忘了樓下那場可怕的悲劇。

等賴斯警官的腳步聲響起時，大家都已經吃完了蛋捲，也表達完了讚許。警醫陪著他進來，警員留在樓下。

「嗯，白羅先生，」他說道，「一切都很清楚明瞭，但不屬於你的興趣範圍，雖然我們要逮住那傢伙也不容易。我只是想聽聽屍體怎麼發現的？」

多諾萬和吉米你一句我一句地又把剛才的事情重述了一遍。警官轉向派蒂，語氣裡有些責備的意思。

「你不應該將面對電梯的門開著，小姐，你真不應該。」

「我以後不會了，」派蒂說，打了一個冷顫。「也許會有人進來，把我殺了，就跟樓下那可憐的女人一樣。」

「啊，但他們不是那麼進來的。」警官說道。

「你跟我們說說，你們都發現了什麼，好嗎？」白羅說。

「我還沒搞清楚。但看在你的面子上，白羅先生……」

「沒關係，」白羅說道，「這些年輕人，他們會很謹慎的。」

「不管怎麼說，報紙很快就會報導這件事，」警官說道，「這件事也沒有什麼祕密。嗯，死者是格蘭特夫人，我讓大樓管理員來辨認了。她是一個大約三十五歲的女人，當時坐在桌邊，是被一把小口徑手槍打死的，也許是坐在她對面的一個什麼人。她朝前倒去，這就說明桌上為什麼會有血跡。」

「但別人聽不見槍聲嗎？」麥茜問道。

「槍上裝了消音器。不，什麼也聽不見。順便問一下，我們跟女傭說她的主人死掉時，你們有沒有聽見她的尖叫聲？沒有吧？這就表明別人不可能聽見什麼聲音的。」

「女傭有沒有說什麼？」白羅問道。

「今天晚上她不在家。她自己有鑰匙。大約晚上十點她回來了，一切都很安靜，她想主人已經上床了。」

「那麼說，她沒有去客廳看一看？」

「去了，她把晚上來的郵件拿到那裡，但她沒發現什麼異常——就和福克納先生、貝利先生一樣。你知道，殺人者很俐落地將屍體藏在窗簾後面。」

「但這很奇怪，你不覺得嗎？」

白羅的聲音很輕，但聲音裡有些什麼使得警官很快抬起頭來。

「不想被別人發現，才有時間逃跑。」

「也許，也許吧……你繼續說。」

「女傭五點出去的。這位警醫將死亡時間確定在……大約，大約四、五個小時之前。是這樣的嗎？」

這位警醫話不多，點了點頭表示同意。

「現在是十一點四十五分，案發時間，我想，可以縮小到一個相當確定的時間。」

他掏出了一張起皺的紙。

「我們在死者衣服裡發現了這個。你不必擔心會弄壞它，上面沒有指紋。」

白羅展開紙。上面用很小、很整齊的大寫字母寫著一行字：

今天晚上七點半我來看你。JF

「把這個留下來是會洩密的。」白羅一邊評說，一邊將紙條遞了回去。

「嗯，他不知道她會把它放在口袋裡，」警官說道，「他可能覺得她會把它銷毀，雖然我們有證據顯示他很小心。我們在她的身體下面發現了殺她的手槍——也沒有指紋。指紋已用絲綢手絹擦掉了。」

「你怎麼知道是用絲綢手絹？」白羅說。

「因為我們找到了那條手絹，」警官得意地說道，「他一定是在最後拉窗簾的時候，不小心掉下來了。」

他遞過來一條很大的白色手絹，質地不錯。不需要警官的指點，白羅就注意到了中間的記號。記號很整齊也很好辨認。白羅把名字唸了出來：「約翰．弗雷瑟。」

「是的，」警官說道，「約翰．弗雷瑟，便條裡的JF。這就是我們要找的人，我敢說，當我們更了解死者，並且在她的親屬出面後，我們就能了解他的一些情況。」

「我懷疑——」白羅說道，「不，親愛的，不知怎的，我覺得要找到他——你的約翰．弗雷瑟，並不容易。他很怪。他很小心，因為他在手絹上做了記號，並且將用來做案的手槍擦去指紋；然而他又很粗心，因為他丟了手絹，而且沒有去尋找那封可能會定他罪的信。」

「慌張，他一定很慌張。」警官說道。

「有可能，」白羅說，「是的，有可能。而且沒人看見他進入這個公寓。」

「有各種各樣的人在進出公寓，這所公寓很大，我想你們沒人……」他朝著四個年輕人說道，「看見有人從這個公寓出來吧？」

派蒂搖搖頭。「我們很早就出去了，大約是七點。」

「我知道了。」

警官站起身。白羅陪他到了門口。

「幫我一個忙，我可以檢查樓下那個房子嗎？」

「噢，當然，白羅先生。我知道總部的人怎麼評價你。我給你留把鑰匙。我有兩把。那房子裡沒有人。女傭搬出去和親戚一塊住了，她害怕一個人待在那兒。」

「謝謝你。」白羅先生說。

他回到房間時，若有所思。

「白羅先生，你不認同他們的看法，是嗎？」吉米說。

「是，」白羅說，「我不認同。」

多諾萬好奇地看著他。「是什麼……呃，讓你不解呢？」

白羅沒有回答。他沉默了一兩分鐘，皺著眉頭，好像陷入了沉思，接著他的肩膀突然不耐煩地動了一下。

「小姐，晚安。你一定累了，你在廚房裡做了好些東西，不是嗎？」

派蒂笑了起來。「只做了蛋捲，我沒做晚餐。多諾萬和吉米來找我們，於是我們就去了索霍區的一個小飯館。」

「毫無疑問，後來你們去了劇院，是嗎？」

「是的，那齣戲的名字叫《卡羅琳的藍眼睛》。」

「啊！」白羅道，「應該是藍眼睛——小姐的藍眼睛。」

他溫柔地做了一個手勢，然後又一次向派蒂道晚安，也向麥茜道了晚安。麥茜被強留下來過夜，因為派蒂坦率地說，若是今晚她一個人在家，她會嚇壞的。

兩個年輕男子陪著白羅。門關上了，他們準備在樓梯平台向他告別，白羅搶先阻止了他們。

「我年輕的朋友，你們聽見我說不認同了，是吧？這是真的，我是不認同。現在我自己去調查一番。你們願意陪我去嗎？」

聽見這個提議，兩人都急切地表示了同意。白羅領路到了樓下的那個房間，將警官給的鑰匙插進鎖孔裡。進去的時候，他沒有如另兩人想的走進客廳，相反的，他直接去了廚房。在當作炊具洗滌室的小凹室裡，立著一個很大的鐵箱子。白羅打開蓋子，並且弓起身子，費盡九牛二虎之力在裡面起勁地翻起來。

吉米和多諾萬都驚訝地盯著他。

突然，他得意地叫了一聲，並立起身子來，手裡高高舉著一個有塞子的瓶子。

「瞧！」他說道，「我發現了我要找的東西。」他小心嗅了嗅，「哎呀！我感冒了。」

多諾萬從他手裡接過瓶子，嗅了嗅，但什麼也聞不到。他打開塞子，白羅未及警告，他就將瓶子舉到鼻子邊。

他立刻像根木頭一樣直直倒了下去。白羅躍上前扶住他，這才沒讓他全倒下去。

「笨蛋！」他喊道，「這麼魯莽地打開塞子！他沒有注意到我是多麼小心嗎？嗯……福克納，是不是？你能不能給我弄點白蘭地來？我看見客廳裡有一個細頸酒瓶。」

吉米匆匆去了，但等他回來時，多諾萬已經坐起來，說他沒事了。但他還是得聽白羅的一番告誡，說在嗅聞可能是毒品的東西時，一定要小心。

「我想我得回家了，」多諾萬顫顫巍巍地站起來說道，「如果這兒不需要我的話。我感到我有點站不住了。」

「當然，」白羅說道，「最好是如此。福克納先生，在這兒等我一會兒，我待會兒就回來。」

他陪著多諾萬走到門口，又繼續朝前走了一段。他們在外面的樓梯平台站住了，談了一會兒。當白羅最後回到那棟屋子時，發現吉米站在那間客廳裡，困惑地看著周圍的一切。

「嗯，白羅先生，」他說道，「接下來要做什麼？」

「接下來沒事可做了。案子了結了。」

「什麼？」

「我現在什麼都明白了。」

吉米瞪著他。「就是你發現的那個小瓶子？」

「正是，那只小瓶子。」

吉米搖搖頭。「我一點也不明白。我可以看出，因為這樣或那樣的原因，你對不利於約翰．弗雷瑟的證據是不滿意的，不管他是誰。」

「不管他是誰，」白羅輕聲重複著，「如果真有其人的話，我會很驚訝。」

「我不明白。」

「他是一個名字，只是一個名字，一個仔細標在手絹上的名字！」

「還有那封信？」

「你有沒有注意到那是列印上去的？那麼，為什麼呢？我來告訴你。手寫的字跡可能會被認出來，而列印的字母比你想像的更容易查考。如果真的約翰．弗雷瑟寫了那封信，那這兩點也是無法控告他的！不，信是故意寫的，並且故意放在死者的口袋裡，讓我們去發現。沒有約翰．弗雷瑟這個人。」

吉米看著他，露出探問的神色。

「於是，」白羅繼續道，「我又回到了最先我想到的那一點。你聽我說過，同一棟建築裡的屋子，某些設備總是設在同一個地方，我舉了三個例子，我實際上還可以再舉第四個——電燈開關，我的朋友。」

吉米還是不解地盯著他看。白羅繼續說道：「你的朋友多諾萬沒有走近窗戶，他是把手放在桌上才沾上血的！但我立刻問自己，為什麼他要把手放在桌上？他在黑暗的屋子裡到處摸索什麼？記住，我的朋友，電燈開關總是設在同樣的地方，在門邊。當他進屋子後，為什麼他不立刻找到開關、把燈打開呢？那才是自然、正常的啊。據他說，他想打開廚房的燈，但打不開。然而當我試開的時候，開關根本沒壞。那麼是不是表示他希望當時燈不要亮呢？如果燈亮了，你們兩人立刻會明白走錯了，所以也就沒有理由再進入這個房間了。」

「你想說什麼，白羅先生？我不明白，你是什麼意思？」

「我的意思是——這個。」

白羅舉起了一把耶魯鎖的鑰匙。

「是這間屋子的鑰匙嗎？」

「不，我的朋友，是上面那個屋子的鑰匙。派蒂小姐的鑰匙，晚上多諾萬．貝利先生從她包包裡竊取的鑰匙。」

「但為什麼……為什麼？」

「當然這樣他就可以做他想做的事情——絕對不受人懷疑地進入這房間。今晚稍早，是他讓通往電梯的門開著的。」

「你是從哪裡得到鑰匙的？」

白羅笑得更開心了。「我剛剛發現的，在我尋找的地方——多諾萬先生的口袋裡。你明白嗎？我假裝發現那個小瓶子，那是個設計。多諾萬先生上當了，他不知道我要做什麼，於是打開蓋子，嗅了嗅。瓶子裡裝的是氯乙烷，一種很厲害的瞬間麻醉劑。讓他一兩分鐘呈現無知覺狀態，正是我需要的。從他的口袋裡，我拿到了判斷在那兒的兩件東西。這把鑰匙是其中之一，另外一個……」

他停了一會兒，然後說：「屍體為什麼藏在簾子後面，我當然懷疑警官說的理由。是為了爭取時間？不，還另有原因。於是我就想到了一件事情——郵件，我的朋友。晚上的郵件是九點半左右到。假設凶手沒有發現他要的東西，那件東西可能是和郵件一起來的。他很清楚，他得回來。但是在女傭回來時，不能讓她發現這個命案，要不然警察就會守住這房子。於是他將屍體藏在簾子後面。女傭沒有發現什麼異常，像往常一樣把信件放在桌上。」

「信件？」

「是的，信件。」白羅從他的口袋裡掏出了一樣東西。「這是多諾萬先生沒有知覺的時候，我從他那兒找到的第二件東西。」

他展示了信件上的姓名地址——一個列印的信封，是寄給歐妮斯汀．格蘭特夫人的。

「但是在我們看信的內容之前，我得先問你一件事。福克納先生，你是不是愛上了派蒂小姐？」

「我非常喜歡她，但我一直覺得我沒機會。」

「你覺得她喜歡多諾萬先生，是不是？也許她是開始喜歡上他了——但這僅僅是個開始，我的朋友。你得讓她忘掉他——在她有麻煩的時候幫助她。」

「麻煩？」吉米的聲音很大。

「是的，麻煩。我們要盡一切努力，別把她牽涉進去，當然，不可能做得十分周全。你知道，她是別人做案的動機。」

他撕開手中的信，一個附件掉了下來。附信很短，來自一個律師事務所。

親愛的夫人：

您所附文件符合程序，您在國外締結的婚姻關係仍屬有效。

白羅將附件展開。這是多諾萬．貝利和歐妮斯汀．格蘭特的結婚證書，簽署的日期是八年前。

「噢，我的天哪！」吉米說道，「派蒂說這名女子給了她一封信，說要見見她，但她作夢也不知道會是什麼事情。」

白羅點點頭。「多諾萬知道。今晚去樓上派蒂小姐的住家之前，他先到他妻子這裡……順便提一句，一個奇怪的諷刺是，這位不幸的女人竟然來到她情敵居住的公寓。他冷酷地殺了她，然後又逍遙了一晚。他的妻子一定告訴他，她已經把她的結婚證書寄給了律師，並且很快就會收到回信了。毫無疑問，他曾試圖使她相信他們的婚姻證件有瑕疵，因而從法律上講，婚姻關係並不成立。」

「整個晚上，他好像興致很高。白羅先生，你不會讓他逃了吧？」吉米不寒而慄。

「他逃不了，」白羅嚴肅地說，「你不用擔心。」

「我擔心的是派蒂，」吉米說道，「你認為——她真的對我在意嗎？」

「我的朋友，那是你要努力的事，」白羅柔聲說道，「讓她依賴你，並且讓她忘掉這樁案子。我想你會發覺那並不難！」

13

古董失竊記

Poirot's Early Cases

我去我朋友白羅的房裡，很難過地發現他工作過度了。他是如此地聲名遠播，以致那些闊太太們一旦手鐲找不著了，愛貓丟了，都會跑來找大偵探白羅幫忙。我的老朋友既有法蘭德斯人的節儉，又有藝術家的激情。他對接下手的很多案子其實並不感興趣，僅僅是出於一時的衝動。

他也接手那些並沒有什麼報酬的案件，僅僅是因為他對涉及的問題很感興趣。結果，正如我所說的那樣，他頗為疲累，他自己也承認這點。因此當我勸他和我一起去著名的南方海濱勝地埃伯茅斯度假一週的時候，沒有費太多的唇舌。

我們一起度過了四天愉快的時光。這天白羅找到我，手裡拿著一封打開的信。

「我的朋友，你記得約瑟夫．艾倫斯嗎，那位劇院經紀人？」

我想了一會兒之後，說記得。白羅結交的朋友很多，三教九流，從清潔工到公爵都有。

「好，海斯汀，約瑟夫．艾倫斯現在住在夏洛克海灣。他很糟，好像有件小事正讓他煩惱。他請我過去看看他。我想，我的朋友，我得同意他的請求。他是個忠心耿耿的朋友，過去幫了我很多忙。」

「好啊，如果你這樣覺得的話，」我說，「我想夏洛克海灣是個美麗的地方，碰巧我從來沒去過那兒。」

「那樣的話，我們就可以邊玩邊工作了，」白羅說道，「你去打聽一下火車的情況，怎麼樣？」

「也許得換一兩趟車，」我做了個鬼臉，「你知道這些國道鐵路是怎麼回事。從德文郡南岸到北岸有時候要一天。」

然而，詢問之後，我發現這個行程只需在埃克塞特換一次車，而且是不錯的火車。我匆忙回去要把這資訊告訴白羅時，碰巧路過迅捷汽車公司的售票處，看到告示牌上寫著：「明天，夏洛克海灣全天遊覽。八點三十分出發，途經德文郡最佳風景區」。

我詢問了一些細節，興匆匆地回到了旅館。不幸的是，想讓白羅分享我的興奮很困難。

「我的朋友，你為什麼這麼喜歡汽車呢？火車，你想想看，它們的車輪不會爆胎，它們不會發生事故；人們不會受到太多氣流打擾，窗戶可以關上，沒有通風口。」

我輕輕地向他暗示，可以呼吸到新鮮空氣，正是汽車旅行最吸引我的地方。

「那要是下雨呢？你們英國的天氣實在很不穩定。」

「有車篷，還有別的。此外，如果雨下得大的話，遊覽就取消了。」

「啊！」白羅說，「那就讓我們祈求老天下雨吧。」

「當然，如果你覺得……」

「不，不，我的朋友。我明白你下定決心要坐汽車旅行了。幸運的是，我帶了大衣和兩條圍巾。」他嘆了口氣，「但我們在夏洛克海灣有足夠的時間嗎？」

「嗯，恐怕我們得在那兒過夜。你知道，遊覽繞經達特穆爾。我們會在蒙克漢普敦吃午飯，大約四點到夏洛克海灣，然後汽車五點啟程回來，十點到這兒。」

「是這樣啊！」白羅說道，「還有人這樣玩法的！對了，因為我們不要回程票，所以車票應該減價，不是嗎？」

「我想不太可能。」

「你得堅持。」

「好了，白羅，不要太小氣，你知道你賺錢很容易。」

「我的朋友，這不是小氣，這是生意頭腦。就算我是百萬富翁，也只付我該付的錢。」

然而正如我所預料的，白羅在這方面是注定要失敗的。迅捷汽車公司售票處的那位男士很鎮靜、很平心靜氣，但很堅決。他的理由是，我們應該回來。他甚至暗示說，我們要先在夏洛克海灣離開，其實應該再付額外的錢。

交易失敗，白羅付了所需票款離開了售票處。

「英國人沒有錢的概念，」他抱怨道，「你注意到那個年輕人了嗎？海斯汀，他付了全額票款，但他只坐到蒙克漢普敦就下車。」

「我沒注意到。事實上……」

「你在注意一個漂亮的年輕小姐，她訂了五號座，和我們相鄰。啊，是的，我的朋友，我看見了。那就是為什麼在我就要拿十三、十四號票的時候——那兩個座位在中間是最安全——你卻很粗魯地擠上前去說：『三號、四號更好。』」

「你真是的，白羅。」我說，臉有些紅了。

「赤褐色頭髮——每次都是赤褐色頭髮！」

「不管怎麼樣，看她總比看一個奇怪的年輕小夥子要強。」

「那得看從什麼角度了。對我來說，那個年輕小夥子很有趣。」

白羅的話音意味深長，我很快抬眼看著他。「怎麼？你是什麼意思？」

「噢，別激動。他讓我感興趣，是因為他想留鬍子但效果卻不怎麼樣。」白羅輕柔地撫摸著他漂亮的八字鬍，「這是門藝術。」接著他自言自語道：「留鬍子是門藝術！我總是同情那些也想如此一試的人。」

要想知道白羅什麼時候是嚴肅的，什麼時候是在拿別人尋開心，是相當困難的。我想還是不問為妙。

第二天早上陽光明媚，好一個豔陽天！然而白羅還是不敢大意，他穿了一件羊毛背心，一件雨衣，一件厚厚的大衣，除了穿上他最厚的西服之外，他還戴上了兩條圍巾，另外服了兩片感冒藥，並且在提包裡放了兩片。

我們帶了兩個不大的提包。我們前一天注意到的漂亮女孩帶了一個小包包，那個我想是白羅同情對象的年輕男子，也帶了一個小包包，除此之外，沒有別的行李。四個提包都放在司機旁邊，我們各自就位。

白羅，在我看來，相當惡毒地讓我坐在外面的座位，因為「我特別喜歡新鮮空氣」，而他自己則坐在我們漂亮的鄰座身邊。然而，不久，他做了彌補。坐在六號座的男子有點不正經而且很粗魯。白羅低聲問那個女孩要不要和他換座位。她很感激地同意了，因而也就換了座位，她和我們交談起來，於是過沒多久，我們三人就開心地閒聊。

看得出來她很年輕，不超過十九歲，跟小孩子一樣單純。她很快就跟我們說了她此行的目的，好像是在替她姑媽跑生意，她的姑媽在埃伯茅斯開了一家很有趣的古玩店。

她的姑媽在祖父去世之後生活很窘迫，便用少許的資本和祖父留給她一屋子漂亮的古董開始做起自己的生意。她姑媽做生意非常成功，在這個行業裡名氣很大。這個女孩，瑪麗·達蘭特便來她姑媽這裡，準備學學這門生意。對此她很興奮——比起當托兒所保母或當侍伴，她更喜歡這一行。

白羅點著頭，表示很有興趣，很讚賞。

「小姐一定會成功的，我敢肯定。」他殷勤地說道，「但我想給您一點小小的建議，不要太相信人，小姐。這世界上任何地方都有流氓和無賴，就算在我們這輛汽車上也不例外。一個人總得保持警覺，保持戒心！」

她瞪著眼看他，嘴巴張得大大的。他一副充滿智慧的神情衝著她點了點頭說：「但是，就像我說的，誰知道呢？即便是跟你說話的我，也可能是一個最壞的壞人。」

看著她驚訝的臉，他的眼睛更亮了。

在蒙克漢普敦我們停下來吃午飯。在跟服務生說了幾句之後，白羅弄到一張靠近窗戶的小桌子。外面的大院子裡，停了大概有二十輛大型遊覽車，都是從全國各地來的。飯店的餐廳座無虛席，聲音嘈雜。

「節日氣氛太濃了。」我做了個鬼臉。

瑪麗．達蘭特表示同意：「現在夏季的埃伯茅斯都被糟蹋了，我姑媽說過去很不一樣。現在因為人多，在人行道上都走不快。」

「但這對做生意有利啊，小姐。」

「對我們不是特別好。我們只賣稀有、價值不菲的東西，不經營便宜的小玩意兒。我姑媽在全英國都有客戶。如果他們需要某個特定時期的桌子或椅子，或者某一件瓷器，他們就給她寫信，然後，她遲早都會幫他們找到。就像這次一樣。」

我們表示很感興趣，於是她又進一步解釋。有個美國男士小貝克．伍德先生，是個鑑賞家，也是一個微型畫的收藏家。最近有一套甚有價值的微型畫流入了市場。瑪麗的姑媽伊麗莎白．佩恩收買了這套畫。她寫信給伍德先生向他描述，並且給他報了價。他立刻回信說，如果這套畫像真如她所說的那樣，他準備購買，並且要求讓一個人把這些畫帶到他在夏洛克海灣的住處給他看一看。於是佩恩女士就派了達蘭特小姐作為公司代表來了。

「它們當然很可愛，」她說道，「但我很難想像有人會為這種東西出那麼多的錢。五百英鎊！想想看！它們是科斯韋創作的。我是說科斯韋嗎？那些人我總搞不清楚。」

白羅笑道：「你還沒有經驗，是不是，小姐？」

「我還沒受過訓練，」瑪麗懊悔地說道，「我們又不是生來就了解古代的東西。有很多需要學的。」

她嘆了口氣。然後，我突然看見她的眼睛驚訝地瞪大了。她面對著窗戶坐著，現在她的眼光盯著窗外，看著院子裡。她匆匆說了一句「對不起」，就站起身跑出了餐廳。一會兒之後，她回來了，上氣不接下氣，並且充滿歉意。

「很抱歉我剛才那樣跑開。但我覺得我看見一個男人把我的提包從汽車裡拿了出來。我跑出去追上他。結果發現那是他自己的提包。他的幾乎跟我的一模一樣。我真傻，好像是在說他偷了我的包包。」

說到這兒，她笑了。

然而，白羅卻沒有笑。「是什麼男人，小姐？為我描述一下。」

「他穿著一件褐色西裝。是個很瘦、很難看的年輕男子，長著亂糟糟的兩撇八字鬍。」

「啊哈，」白羅說道，「是我們昨天那位朋友，海斯汀。小姐，你認識這個年輕男人嗎？你以前見過他嗎？」

「不，從來沒有。怎麼了？」

「沒什麼，覺得很有意思罷了。」

他又默不作聲，沒有再加入我們的談話，直到後來瑪麗・達蘭特小姐說到什麼東西時，這才又引起了他的注意。

「唉，小姐，你剛才說什麼？」

「我剛才說，在我回來的途中，我得小心壞人，就像你所說的。我相信伍德先生習慣以現金支付。如果我有五百英鎊的鈔票在身上，我會引起一些壞人注意的。」

她笑了，白羅卻沒笑。相反的，他問她到夏洛克海灣時，打算住在哪個飯店。

「鐵錨飯店。這個飯店不貴，但滿不錯的。」

「是這樣啊，」白羅說道，「鐵錨飯店。這也正是海斯汀打算要住的飯店。多巧啊！」

他衝我愉快地眨著眼。

「你們會在夏洛克海灣待很長的時間嗎？」瑪麗問道。

「只待一個晚上。我到那兒辦點事。我想，你猜不出來我是幹什麼的吧，小姐？」

瑪麗講了好幾個職業，但都自動否定了，也許是出於謹慎。最後，她怯怯地說白羅是個魔術師。這使他覺得很有意思。

「啊！但也算是個想法！你認為我能從帽子裡拿出兔子來？不，小姐，我正和魔術師相反。魔術師是讓東西消失。我呢？我是讓消失的東西重新出現。」他戲劇性地向前俯了一下身子，以增強語句的效果。「這是個祕密，但我會告訴你：我是個偵探！」

他靠著椅子向後仰，對這話所產生的效應感到很滿意。瑪麗．達蘭特盯著他，入了迷。但談話沒辦法進行下去，因為外面各色喇叭響了起來，遊覽車準備上路了。

當白羅和我一塊走出去的時候，我說中午一起吃飯的那個女孩很迷人。白羅表示同意。

「是的，她很迷人，但，也很傻，是不是？」

「傻？」

「別生氣。一個女孩可以很漂亮，可以有赤褐色頭髮，但也可以很傻。像她那樣對兩個陌生人推心置腹，實在是愚蠢至極。」

「嗯，她看得出我們並不壞。」

「你說的話很笨，朋友。一個人如果別有居心，他當然會讓自己看起來『並不壞』。那小傢伙說到她身上若帶了五百英鎊現金，她就得小心，但她現在身上就有五百英鎊。」

「她的微型畫。」

「正是，她的微型畫。這兩者之間，沒有很大區別，我的朋友。」

「但除了我們，誰也不知道。」

「服務生和鄰桌的人都知道。並且，可想而知，在埃伯茅斯還有好些人也知道！達蘭特小姐十分迷人，但，如果我是伊麗莎白．佩恩小姐，我首先就會教我的新助手一些基本常識。」他停下來，然後又換了一種語氣說：「你知道，我的朋友，趁吃飯的時候，從那些遊覽車上拿走一件行李，是全世界最容易的事情。」

「噢，不會吧，白羅，一定會有人看見的。」

「他們看見的是什麼？人家拿他自己的行李呢。這可以公開地、光明磊落地去做，別人無權干預。」

「你是說……白羅，你是在暗示……但那個穿著褐色西服的傢伙——那不是他自己的行李嗎？」

白羅皺起眉頭。「看上去是這樣。不管怎麼說，這很奇怪，海斯汀，在汽車剛到時，他沒有搬他的行李。他也沒在這兒吃飯，你注意到沒有？」

「如果達蘭特小姐不是面對窗戶坐著，她也不會看見。」我慢慢說道。

「既然那是他自己的行李，也就沒關係了。」白羅說道，「我們就別再想這事了，我的朋友。」

然而，當我們坐回原來的位子上，再度疾馳的時候，他又利用機會給瑪麗·達蘭特上了一課，講了行為不謹慎的危險。她溫順地聽著，但看表情是把它當成一個笑話。

四點的時候我們到了夏洛克海灣，很幸運的是，我們能在鐵錨飯店訂到房間，它是位在一條小街上的一家迷人舊式飯店。

白羅剛打開提包拿出一些必需品，並在他的鬍子上抹刮鬍膏以便出去拜訪約瑟夫·艾倫斯，便傳來一陣急促的敲門聲。我喊「進來」。讓我非常驚訝的是，瑪麗·達蘭特進來了，她的臉色很蒼白，眼裡滿是淚水。

「真的對不起，但最糟糕的事情發生了。你說過你是個偵探，是嗎？」她對白羅說。

「發生什麼事了，小姐？」

「我打開提包，微型畫是放在一個鱷魚皮公事包裡的，當然上了鎖。現在，你看！」

她拿出一個不大的正方形鱷魚皮小公事包，蓋子鬆了。白羅從她手裡接過來。公事包被強行打開，那一定是用了很大力氣。痕跡很明顯。白羅邊檢查邊點頭。

「微型畫呢？」他問道，雖然我們兩人都很清楚答案是什麼。

「沒了，被偷了。噢，我怎麼辦呢？」

「別擔心，」我說道，「我的朋友是赫丘勒・白羅，你一定聽說過他。他絕對能夠替你把它們找回來。」

「白羅先生？白羅大偵探！」

白羅頗愛虛榮，她話音中明顯的崇敬之情使他感到很滿足。

「是的，我的孩子，」他說道，「是我，我本人。你可以把這件小事交給我，我會盡一切可能找回來。但我擔心，我很擔心……會太晚了。告訴我，你提包的鎖是不是也被強行打開了？」

她搖搖頭。

「請讓我看看。」

我們一起到了她的房間，白羅仔細檢查了她的提包。很明顯，是用一把鑰匙打開的。

「這很簡單。這些旅行箱的鎖差不多都一樣。好吧，我們得打電話報警，也得盡快和小貝克・伍德先生取得聯繫。我來做這件事。」

我和他一塊兒去，並且問他說「可能太晚了」是什麼意思。

「親愛的，我今天說過，我跟魔術師相反，我專讓消失的東西重新出現。但假設有人趕在我前面——你不明白嗎？待會兒你就明白了。」

他進了電話亭。五分鐘過後，他出來了，滿臉嚴肅。

「正如我們所擔心的那樣，一名女士帶著微型畫在半小時之前拜訪了他。她說她是從伊麗莎白．佩恩小姐那兒來的。他很喜歡那些微型畫，因此立刻付了錢。」

「半小時之前……我們還沒到這兒。」

白羅神祕莫測地笑道：「迅捷公司的汽車的確很迅捷，但一列快車——比如說，從蒙克漢普敦來的快車——可以至少快整整一小時。」

「我們現在怎麼辦？」

「好心的海斯汀，我們總得現實一點。我們通知警察，盡一切努力幫達蘭特小姐，並且……是的，我決心已下，我們得見一見小貝克．伍德先生。」

我們照計畫進行。可憐的瑪麗．達蘭特非常不安，擔心她的姑媽會責備她。

在我們一起去伍德先生下榻的海濱飯店路上，白羅說道：「她很可能會責備你，而且理由很充分。想想看，竟將價值五百英鎊的東西放在行李裡就去吃午飯！不管怎麼說，我的朋友，這個案子有一兩個奇怪的地方。比如說，那只公事包，為什麼它會被強行打開呢？」

「為了把微型畫拿出來。」

「但那樣不是太笨了嗎？假設我們的小偷在吃午飯的時候，假借拿自己的行李來弄亂我們的行李，打開提包——不打開公事包——就直接把它塞進他自己的提包中然後溜掉，這一定比浪費時間強行打開公事包的鎖要容易得多，不是嗎？」

「他得搞清楚微型畫是否在裡面。」

白羅看上去並不相信這種說法，但我們已被引進伍德先生的房間，沒時間繼續討論。

第一眼我就不喜歡小貝克·伍德先生。

他個子很大，非常粗俗，穿得過於講究，戴著一枚鑽戒。他大話連篇，並且吵吵嚷嚷。

當然，他沒有覺得什麼東西丟了。為什麼他得這樣想？那個女人說她確實有微型畫，樣本也很不錯！他有沒有鈔票的號碼？不，沒有。白羅先生是誰，他幹嘛來問我這些問題？

「沒有別的問題了，先生，只有一件事，請描述一下那個來拜訪你的女人。她很年輕、很漂亮嗎？」

「不，先生，她不年輕也不漂亮，絕對不。她是一個個子很高的中年婦女，長著灰色頭髮，皮膚上有汙斑，還隱隱有些鬍子。一個迷人的妖婦？絕不是的。」

「白羅，」在我們離開的時候，我喊道，「鬍子，你聽到了嗎？」

「我有耳朵，謝謝你，海斯汀！」

「但那人真是讓人不愉快。」

「他是沒有迷人的風度，沒有。」

「嗯，我們其實應該抓得到小偷，」我說道，「我們能夠認出他。」

「你很天真，很單純，海斯汀。你不知道有『不在場證明』這一說法嗎？」

「你認為他會有不在場證明？」

白羅的回答有些出乎意料：「我誠心希望是這樣。」

「你的問題是，」我說道，「你喜歡把簡單的事情搞得很複雜。」

「非常正確，我的朋友。我不喜歡——你怎麼說來著？容易擊中的目標！」

白羅的預言是有根有據的。那個穿褐衣西服的人叫作諾頓·凱恩，在蒙克漢普敦時，他直接去了喬治飯店，而且整個下午都待在那裡。唯一對他不利的證據是達蘭特小姐提供的，她聲稱我們吃飯的時候，看見他從車裡把他的行李拿了出來。

「這件事本身沒什麼好令人懷疑的。」白羅若有所思地說道。

說完那句話之後，他又不作聲了，並且拒絕再談論這件事。當我強迫他的時候，他說他正在思考鬍子的問題，並建議我也這樣做。

然而，我發現晚上他和約瑟夫·艾倫斯一起碰面時，仔細問了約瑟夫·艾倫斯好些小貝克·伍德先生的事，因為他們兩人住在同一個飯店，有機會搜集到一些零零碎碎的資訊。不過無論白羅打聽到了什麼，他都放在心裡。

在和警察見了幾次面之後，瑪麗·達蘭特乘早班火車回到了埃伯茅斯。我們和約瑟夫·艾倫斯共進午餐，午餐後，白羅對我說，他已經圓滿地解決了那位劇院經紀人的問題，我們可以隨時回到埃伯茅斯。

「但不乘汽車，我的朋友，這次我們要坐火車。」

「你害怕皮包被扒走，還是害怕見到另一位落難的少女？」

「海斯汀，這兩件事在火車上都有可能發生。不，我是急著想回到埃伯茅斯，因為我希望繼續我們的案子。」

「我們的案子？」

「是的，我的朋友。達蘭特小姐懇求我幫助她。雖說現在案子在警察手裡，但並非說我就可以撒手不管了。我來這兒是為了幫助朋友，我不能讓人說赫丘勒·白羅拋棄了一位患難中的陌生人！」他裝腔作勢地站起身來。

「我想你在那事發生之前就已經感興趣了，」我聰明地說，「就在汽車售票處，當你第一次看見那個年輕男子的時候。雖然我不知道他什麼東西引起了你的注意。」

「你不知道嗎，海斯汀？你應該知道。好了，好了，就讓它成為我的一個小祕密吧。」

在離開之前，我們和負責此案的警官做了簡短的交談。他已經見過諾頓·凱恩了，並且推心置腹地告訴白羅，他對那個年輕人沒有好感。那個人說話氣勢洶洶，斷然否認，但說法卻自相矛盾。

「但這花招究竟是怎麼耍的，我不知道，」他承認道，「他可以將那東西交給同黨，這個同黨可以立刻開快車出發。但那只是理論。我們得找到那輛車和那個同黨，然後才能將他定罪。」

白羅沉思著點點頭。

「你認為是這樣的嗎?」當我們在火車上坐好後,我問他。

「不,我的朋友,不是這樣的,比這聰明多了。」

「你告訴我,好嗎?」

「還不行。你知道——這是我的弱點——我總喜歡把我的小祕密保持到最後的時刻。」

「最後的時刻快到了嗎?」

「快了。」

六點剛過,我們就到了埃伯茅斯,白羅立刻駕車去了「伊麗莎白·佩恩商店」。商店關了門,但白羅按了門鈴,瑪麗很快親自來開門,看見我們,她表示了驚訝和興奮。

「請進來見見我的姑媽。」她說道。

她領我們進了後屋。一個年長的婦女出來和我們見面。她滿頭白髮,有著粉白的皮膚和藍色的眼睛,她自己看上去倒像一幅微型畫。她的背駝得很厲害,上面披著一塊披肩,上面的飾帶很古老,很值錢。

「這就是大偵探白羅嗎?」她的聲音很低、很迷人。「瑪麗跟我說了,我簡直不敢相信你真的要幫我們解決困難。你要給我們什麼建議嗎?」

白羅看了她一會兒,然後鞠了一躬。

「佩恩小姐——效果很棒,但你真的應該留鬍子。」

佩恩小姐倒吸了一口氣,退後幾步。

「昨天你沒有做生意，是不是？」

「早上我在這兒的，後來我頭疼得厲害就直接回家了。」

「你沒有回家，小姐。因為頭疼你想換換空氣，是不是？我想，夏洛克海灣的空氣很讓人心曠神怡。」

說完，他抓著我的胳膊，把我向門口拖去。他停了一下，回過頭來說道：「你明白，我什麼都清楚，這個小鬧劇該收場了。」

他的語氣裡帶著點威脅。佩恩小姐的臉色慘白，不出聲地點了點頭。白羅轉向那女孩。

「小姐，」他轉身說道，「你很年輕也很迷人，但是做這種事情，會把你的青春和美麗埋葬在監獄的高牆之內。我，赫丘勒·白羅可以告訴你，那真是很使人遺憾的。」

然後他跨步走到街上，我跟著他，滿腹狐疑。

「我的朋友，從一開始，我就很感興趣。當那個年輕男子訂票只訂到蒙克漢普敦的時候，我看見那個女孩的注意力全集中到他那裡了。為什麼？他不是那種會讓女人多看幾眼的男人。我們上了汽車之後，我有一種感覺：會有事情發生。誰看見那個男子弄亂行李的？只有那小姐一個人；並且記住，她選了那個位子——對著窗戶的位子——女人一般不會選那種位子的。

「然後她找到我們，說她被盜的事——公事包被強行打開。而這不符合常識，這個我當時就告訴了你。

「這一切會如何發展呢？小貝克・伍德先生為這些被盜的東西付了好價錢。但這些微型畫還是得回到佩恩小姐手中。她會再賣掉它們，這樣就可以淨賺一千英鎊，而不只是五百英鎊。我謹慎地查詢過，並且得知她的生意不好——處於一個岌岌可危的狀態。我對自己說，這姑媽和侄女兩人是共犯。」

「那你從來沒有懷疑過諾頓・凱恩嗎？」

「我的朋友！就衝著那兩撇鬍子嗎？一個罪犯要不是鬍子刮得很乾淨，就是會有一個方便的鬍子可以隨時拿掉。但對聰明的佩恩小姐來說，這是個多麼好的機會啊！就像我們看見的那樣，她是一個乾癟的老婦人，但有著粉白的皮膚，如果再用心的妝點一下——在她的上唇加幾根稀疏的毛髮。結果呢？伍德先生說是一個『男性化的女人』，而我們則立刻會說是一個『喬裝打扮的男人』。」

「她昨天真的去了夏洛克海灣？」

「毫無疑問。就像你或許還記得怎麼告訴我的——火車十一點鐘離開這裡，兩點鐘到達夏洛克海灣。然後回來的火車更快，就是我們坐來的那趟。它四點過五分離開夏洛克海灣，到這兒是六點十五分。自然，微型畫根本沒有裝在公事包裡。那公事包在放進旅行包前就被強行打開了。瑪麗小姐只需找到一兩個被她的魅力和絕頂美貌攫獲的傻瓜就行了。還好這些傻瓜當中有一個不傻——那就是赫丘勒・白羅。」

我不太喜歡這樣的推論，趕緊說道：「那麼在你說要幫助一個陌生人的時候，你是在故意騙我的囉？那就是你會做的事。」

「我從來沒有騙過你，海斯汀，只不過讓你欺騙了你自己。我指的是小貝克·伍德先生——他不熟悉這些海岸民風。」他的臉色變暗了，「啊！當我想到那個過高的索價，那種極不公正的要價——單程和雙程票價一樣——的時候，我就義憤填膺地想要保護我們的遊客！小貝克·伍德先生是令人不悅，如你所說，也缺乏同情心，但他是一個遊客！我們一樣是遊客，海斯汀，我們應該團結在一起。我，我支持所有的遊客！」

14

貝辛市場奇案

Poirot's Early Cases

「怎麼說，這兒一點都不像鄉村，是不是？」傑派探長十分讚許地深深從鼻子吸進空氣，然後再從嘴裡呼出。

白羅和我由衷表示贊成。由於這位蘇格蘭警場探長的建議，我們來到這座名叫「貝辛市場」的小鎮度週末。不上班的時候，傑派是一位認真的植物學家。他會興趣盎然地講述那些拉丁學名長得嚇人的花朵，熱情遠遠高於他處理案件時的表現。

「這兒沒人認識我們，我們誰也不認識，」傑派解釋說，「太棒了！」

然而，結果證明事實並非如此。一個才由十五里外的小村子轉調來的當地警察，由於一樁砒霜下毒案而和這位蘇格蘭警場的人有過接觸。這位警察很高興地與這位大人物相認，更令傑派感到心曠神怡。我們來到村裡的小酒館坐下來吃早點。這是個週日早晨，陽光明媚，忍冬的捲鬚從窗戶伸進來，我們的心情都非常好。燻鹹肉和煎蛋也很美味，咖啡不是很好，但還過得去，而且是滾燙的。

「就該這樣生活，」傑派說，「我退休後，要在鄉村地區找一個小地方安頓下來，遠離犯罪，就像這樣！」

「犯罪，到處都有。」

白羅邊說邊拿了一塊切得方方正正的麵包，皺著眉，盯著窗欄上一隻傲立的麻雀。

我輕輕地吟誦：

那隻小兔長得俏，
私生活卻讓人羞，
我真不願告訴你，
兔子做的荒唐事。

「天哪，」傑派邊說邊向後靠直身子，「我想我可以再來個煎蛋，再來一兩片燻肉。你呢，上尉？」

「我和你一樣。」我高興地回答，「那你呢，白羅？」

白羅搖搖頭說：「一個人不能把胃口填得太滿，這樣大腦就拒絕工作了。」

「我願意冒險把胃口再填滿一些，」傑派大笑道，「我胃口大。順便說一句，白羅先生，你正在發胖。這兒，小姐，燻鹹肉加煎蛋，兩份。」

然而，就在這一刻，一個儀表堂堂的人擋在門口，就是那位波拉德警官。

「希望你們能原諒我打擾一下探長，先生們，但是我很希望聽聽他的建議。」

「我在休假，」傑派很快地說，「不要給我安排工作。什麼案件？」

「住在壘舍的那位先生……開槍自殺了，子彈擊中頭部。」

「沒關係，他們會處理的。」傑派頗感無聊地說，「我想可能是因為欠債，或是女人。對不起，波拉德，我無法幫助你。」

「關鍵是，」警察說，「他不可能開槍自殺，至少賈爾斯醫生是這麼說的。」

傑派放下杯子。

「不可能開槍自殺？你這話是什麼意思？」

「賈爾斯大夫是這麼說的。」波拉德重複道，「他說這絕對不可能。他感到十分不解，門是從裡邊鎖上的，窗戶也是插好插銷；但是他堅持認為那人不可能自殺。」

這就決定了一切。後來叫的燻鹹肉和煎蛋被推到了一邊。幾分鐘之後，我們全都以最快的速度朝纍舍的方向走去，傑派還一邊熱切地向警察提問。死者名叫沃爾特．普瑟羅，中年人，是位隱士。八年前他來到貝辛市場鎮並租下纍舍，那是一座雜草叢生、很快就會坍塌的破舊老屋。他住在宅院的一角，由他帶來的一位管家照顧他。管家是克萊格小姐，她是一位在村中口碑很好的女人。最近，有從巴黎來的帕克先生和太太造訪普瑟羅先生。今天早晨，克萊格小姐來叫她主人時沒有聽到回應，而且發現門是鎖著的。克萊格小姐很吃驚，打電話叫來了警察和醫生。波拉德警察和賈爾斯醫生同時抵達。他們合力撞開了普瑟羅先生臥室的橡木門。

普瑟羅先生橫臥在地上，頭部中彈，他的右手緊握著手槍。看上去這是一宗明顯的自殺案件。

然而，賈爾斯醫生在檢查了屍體之後，感到有些迷惑不解。最後，他把警察拉到一邊，告訴他自己的困惑。波拉德立即想到了傑派。他讓醫生看管現場，然後自己急急忙忙地趕往小酒館。

當他講述完這一切時，我們已經抵達了槼舍。這是一所四周花園雜亂無章、雜草叢生的荒涼大房子，前門開著，我們立即由此進入門廳，然後又進到傳來人聲的小晨室。屋裡一共有四個人：第一個人衣著有些浮華，表情狡猾，一眼望上去，我立刻不喜歡他；另一位女子也屬於同一類人，舉止粗魯，但是人挺漂亮的；另一位女子身著整潔的黑衣，站在離其他人較遠的地方，我覺得她就是那位管家；還有一個高個子男人，穿著一套運動式花呢衣服，臉上透出聰明、能幹，很明顯他就是醫生。

「賈爾斯醫生，」警察說，「這是蘇格蘭警場的警官，傑派探長，還有他的兩位朋友。」

醫生向我們打過招呼後，又把我們介紹給帕克先生和太太。然後他們陪同我們一起到樓上。波拉德遵從傑派的指示留在樓下，因為他要留下來看守整座房子。醫生領著我們上樓，又走過一道走廊。走廊的盡頭有一扇門開著，門的鉸鏈上吊著些碎片，門已被撞毀，倒在房內的地板上。

我們走進去，屍體還躺在地上。普瑟羅先生是位中年人，留著落腮鬍，鬢角的頭髮已變得灰白。傑派走過去，跪在屍體旁。

「你為什麼不讓屍體保持你看到時的樣子呢？」他嘟囔道。

醫生聳聳肩說：「我們起初認為這是一樁明顯的自殺案。」

「哼，」傑派說，「子彈是從左耳後打入頭部的。」

「確實如此，」醫生說，「很明顯，他自己不可能擊中自己，除非他把右手從頭後面繞過去。那是做不到的。」

「但是你發現手槍緊緊握在他右手中？順便問一句，手槍放在哪兒呢？」

醫生朝桌子點頭。

「槍不是緊握在他手中的。」他說，「槍是在他手裡，但是他的手指並沒有緊抓著。」

「是死了之後有人把槍放在那兒，」傑派說，「這已經很明顯。」他檢查了這個武器，「只發射一顆子彈。我們會查查指紋。但除了你的指紋外，我懷疑能否找到其他指紋。賈爾斯大夫，他死了有多久時間？」

「昨天晚上的某個時間死去的。我得花一兩個小時才能給你確切時間，偵探小說裡那些出色的醫生就是這樣的。不過大體說，他死了有十二個小時。」

到目前為止，白羅還一動也沒動，一直站在我身旁，一邊看著傑派工作，一邊聽著他的提問。只是三不五時地，他會靈敏地嗅著空氣中的味道，好像有些迷惑不解。我也聞一聞，但是聞不出什麼特別的東西。空氣似乎十分新鮮，沒有任何味道。然而，白羅仍不時半信半疑地嗅著，好像他那個比我敏銳的鼻子察覺到我沒有察覺的東西。

後來當傑派從屍體旁離開時，白羅才在它旁邊跪下來。他對傷口並不感興趣。一開始我認為他是在檢查那隻握著手槍的手，但是很快的，我看到他感興趣的是衣袖裡的一條手帕。普瑟羅先生穿著一件深灰色的普通西裝。最後，白羅站起來，但是他的目光仍然停留在那條手帕上，似是滿腹狐疑。

傑派叫他幫忙把門扶起來。我抓住這個機會跪下來，從屍體的袖子裡抽出手帕，仔細地審視著。這是一條很普通的白色薄布手帕，上面沒有任何的斑點或汙跡。我把它放回原處，搖搖頭，承認自己如墜五里霧中。

其他人已經把門豎起來了。我看到他們在找鑰匙，但是找不到。

「這就說明了一切，」傑派說，「窗子是關著的，並且插了插銷。兇手是從門口離開，鎖了門，又帶走了鑰匙。他認為人們會接受這樣一件事：普瑟羅先生把自己鎖起來，然後開槍自殺，而不會注意到鑰匙不見了。你同意嗎，白羅先生？」

「是的，我同意。但是如果把鑰匙從門底下再塞回房裡，那不更加簡單，也更周全嗎？這樣看起來就像是鑰匙從鎖上掉下來的。」

「啊，好吧，你不能期望每個人都和你一樣滿腦的鬼點子。談到犯罪，你簡直成魔了。你有什麼要說的嗎，白羅先生？」

在我看來，白羅似乎有些不知所措。他環顧了房子，然後溫和而不好意思地說：「他菸抽得很兇，這位先生。」

確實如此。壁爐裡全是菸蒂，一把大椅旁的茶几上的菸灰缸也是如此。

「昨天晚上他一定抽了有二十支菸。」傑派說，一邊彎下腰察看壁爐裡的東西。然後又把他的注意力轉向菸灰缸。「全是一個牌子的菸，」他說，「而且是同一個人抽的。此外什麼東西也沒有，白羅先生。」

「我並沒有說有什麼東西啊。」我的朋友低語道。

「啊，」傑派叫道，「這是什麼？」

他猛撲向死者身旁地板上一個閃閃發光的東西。

「是顆襯衫袖口的破鈕釦。我不知道這是誰的，賈爾斯大夫，請你下樓叫管家上來，不勝感激。」

「那帕克夫婦呢？他們迫切想離開這幢房子，說他們在倫敦有要緊的事。」

「我想，他們在倫敦的那件事也只好在沒有他們的情況下進行了。照現在的發展看來，很可能這兒有更緊急的事務要他們處理。叫管家上來。別讓帕克夫婦甩掉你和波拉德。今天早晨，這家人裡面有沒有人進來這個房間過？」

醫生想了一下說：「沒有，我和波拉德進來時，他們就站在外邊的走廊裡。」

「確定嗎？」

「絕對確定。」

醫生下樓去完成任務了。

「那是位好人，」傑派讚許地說，「愛好運動的醫生很多是很好的人。唉，我不知道是誰殺了這傢伙。看起來像是住在這裡那三個人之一。我無法懷疑管家，如果她想殺他，她有八年的時間。我不知道這兩位帕克是什麼人，他們可不是一對給人好感的夫婦。」

這時候，克萊格小姐出現了。她是一位瘦削的女人，整齊的灰髮從中間分開，舉止十分端莊、沉著，她那種極有效率的樣子實在讓人尊重。在回答傑派的問題時，她解釋說，她和死者在一起有十四年了。他是一位慷慨大方、考慮周到的主人。三年前，她才第一次見到帕克夫婦。他們是不期而至，順便住下來的。她同意他們曾經問起的那個問題，那就是，她的主人見到他們時確實顯得不高興。傑派拿鈕釦給她看，問是不是普瑟羅先生的，這一點她能肯定不是。問及那支手槍時，她說她認為她的主人是有這樣一件武器，他一直把它鎖起來。幾年前，她曾見到過一次。但並不能肯定那是同一把槍。她昨天晚上沒有聽見槍聲，但這一點並不奇怪，因為這是一幢雜亂無章的大宅院，她的房間以及為帕克夫婦準備的房間，都在這幢建築的另一端。她不知道普瑟羅先生是何時入睡的，她九點半離開時他還沒睡。他的習慣並不是到房間就立即上床的。通常他會坐上半宿，邊看書邊吸菸。他是個抽很多菸的人。

然後白羅插問了一個問題。

「通常來說，你的主人是開窗還是關窗入睡的呢？」

「通常是開著的，但那只是頂部的一個窗戶。」

「但現在它是關著的，你能解釋這點嗎？」

「不能。除非他感到有風，所以把它關上了。」

傑派又問了她幾個問題才讓她走。接下來他分別與帕克夫婦面談。帕克太太有些歇斯底里，淚流滿面；帕克先生則氣勢洶洶，罵聲不絕。他否認那鈕釦是他的，但是由於他妻子早些時候已認出了那個鈕釦，所以他不利的處境完全沒有獲得改觀；而且他也否認曾在普瑟羅的房間裡待過，因此，傑派認為他有足夠的證據申請逮捕令。

傑派留下波拉德看守現場，自己匆忙趕回村子，用電話和總部取得聯繫。白羅和我散步回小酒館。

「你異乎尋常地沉默。」我說，「這案件不吸引你嗎？」

「恰恰相反，它十分有趣。但它也讓我迷惑不解。」

「目的不清楚。」我沉思著說，「但是我確定那位帕克恐怕命運不濟。很明顯這個案件對他不利。只是沒有動機。不過以後總會明瞭的。」

「有沒有什麼特別重要的線索傑派忽略了，卻給你留下深刻的印象？」

我好奇地望著他。

「你的袖子裡是什麼，白羅？」

「那死者的袖子裡是什麼？」

「噢，那條手帕。」

「正是，那條手帕。」

「水手都把手帕放在自己的袖子裡。」我深思道。

「很好，海斯汀。但這並不是我腦子裡所想的。」

「還有什麼別的嗎？」

「是的，我一遍又一遍地聞著菸味。」

「我什麼也沒聞到。」我疑惑不解地大聲說。

「我也沒聞到，親愛的朋友。」

我熱切地注視著他。很難知道白羅什麼時候是在跟別人開玩笑。但他似乎完完全全是認真的，而且緊鎖著眉頭。

§

驗屍審訊在兩天後開始。同時，其他證據也有了。一個流浪漢承認他曾經翻牆進到櫐舍花園，他經常在裡面那個沒有上鎖的牲口棚過夜。他說十二點時，聽到一樓有兩個男人在大聲爭吵。其中一個在要一筆錢；另一個則很氣憤地予以拒絕。流浪漢藏在灌木叢後，看到兩個人在亮著燈的窗前走來走去。他認得其中一人是普瑟羅先生，這個宅院的主人；另一個，他想可能是帕克先生。

現在事情清楚了，帕克夫婦到櫐舍來是敲詐普瑟羅先生的。死者的真名叫溫德弗，他曾經是海軍中尉，涉嫌參與一九一〇年炸毀一等巡洋艦「暢思號」的案件。這時案件已露出曙光。據猜測，那位帕克先生知道當時溫德弗所擔任的任務。他找到溫德弗，並索求一筆錢，說這筆錢可以讓他閉嘴，但是被溫德弗拒絕了。在爭執過程中，溫德弗拿出他的左輪手槍，帕克從他手中奪過槍，並打死了他。

帕克先生被提交審訊，保留抗辯權。我們旁聽了違警法庭的訴訟過程。當我們離開時，白羅點點頭。

「一定是這樣，」他自言自語道，「是的，一定是這樣。我不能再耽擱時間了。」

他走進郵局，寫了一張便條，叫一個快遞送走。我沒有看到便條是送給誰的。然後我們回到讓我們度過了一個難忘週末的旅館。

白羅有些焦躁不安，在窗戶前走來走去。

「我在等一位客人，」他解釋說，「不可能……當然不可能是我錯了。不，她來了。」

使我萬分驚訝的是，一分鐘後，克萊格小姐走進房間。她不像以往那樣鎮定自若了，而像剛剛跑完步那樣氣喘吁吁。當她注視著白羅時，我看到她目光中的恐懼。

「請坐，小姐。」白羅溫和地說，「我猜對了，是不是？」

她的回答則是爆發的哭泣聲。

「你為什麼會那樣做呢？」白羅和藹地問，「為什麼？」

「我非常愛他，」她回答說，「他還是個小男孩時，我就是他的保母了。噢，可憐可憐我吧！」

「我會盡力。但是請你明白，我不能放任一個無罪的人被送上絞刑台——即使他是個令人厭惡的無賴。」

她坐直身子，低聲說：「或許我也不能允許這樣的事情發生。就請您做該做的事吧！」

然後，她站起身來，匆匆離開了房間。

「是她開槍打死他的嗎？」我完全迷惑了。

白羅微笑著搖搖頭。

「他是開槍自殺的。你還記得他把手帕放在他右邊的袖口裡嗎？這就表明他是個左撇子。他和帕克先生有過那次爭執後，他害怕事情敗露，就開槍自殺了。早晨克萊格小姐像往常一樣來叫他，發現他躺在地上已經死了。正如她剛剛跟我們說的，從他是個小男孩時，她就已經照顧他了。由於帕克夫婦使他死得這麼不體面，她對他們充滿了怨恨。她把他們看作是凶手。這時她突然發現了一個可以讓他們自作自受、受到懲罰的機會。只有她一人知道普瑟羅是個左撇子。她把手槍放到他的右手裡，把窗戶插好，把她在樓下房間撿到的小顆鈕釦丟在房間裡，然後出去，鎖上門，並拿走了鑰匙。」

「白羅，」我說，突然感到興致盎然。「你真是太棒了！這一切都得自於手帕這一條小線索。」

「還有香菸的味道。如果窗子是關著的，吸了那麼多菸，這房間應該充滿了菸味。然而房間的空氣相當新鮮，所以我立刻得出結論，推斷出窗子一定是整晚都開著的，只是在早晨時被關上了。這就給我一條十分有趣的啟示。我無法想像一個謀殺者會在什麼情形下想關上窗子。讓窗子開著對他有利。如果自殺這個結論不能成立，可以假設謀殺者是從那兒逃跑。

當然，當我聽到那個流浪漢的證詞時，就證實了我的懷疑。除非窗子是開著的，否則他永遠也無法聽到那番對話。」

「太棒了！」我由衷地說，「現在，喝點茶怎麼樣？」

「說得還真像個英國人。」白羅嘆口氣說道，「我想，在這兒想要討一杯糖汁是不太可能了。」

15

蜂窩謎案

Poirot's Early Cases

約翰·哈里森走出屋子，在露台上站了一會兒，並朝花園望去。他塊頭很大，臉龐卻很瘦削憔悴。他的臉色平常有些陰沉，但如果——就像現在——布滿皺紋的面容溫和地笑起來，他這人還是有一些迷人的地方。

約翰·哈里森很鍾愛他的花園。在這個八月的夜晚，花園比什麼時候都美，一派夏季的景色，讓人慵懶洋洋的。蔓生的薔薇十分嬌美；空氣裡瀰漫著豌豆花的香味。

一個很熟悉的吱嘎聲使得哈里森迅速轉過身來。是誰從花園的門進來了呢？一會兒，他的臉上露出相當驚訝的表情，沿小徑走來那個衣冠楚楚的人，是他在這個地方怎麼也想不到會見到的人。

「太棒了，」哈里森喊道，「白羅先生！」

的確是著名的赫丘勒·白羅。這個私家偵探業已揚名全世界。

「是的，」白羅說道，「是我。你曾說過：『如果你到這地方來的話，來看看我。』於是我就來了。」

「非常感激，」哈里森熱誠地說道，「請坐，喝點什麼？」

他很熱情地指著陽台上一個放滿各色瓶子的桌子。

「謝謝你，」白羅在一把柳條椅上坐下來，說，「我想，你沒有糖水吧？哦，哦，我想是沒有的。那就來點純蘇打水——不要威士忌。」在哈里森將杯子放到他身邊時，他又動情地加上一句：「哎呀，我的鬍子都鬆塌了，太熱了，這鬼天氣！」

「是什麼風把你吹到這個僻靜的地方？」哈里森一邊坐下來一邊問道，「度假嗎？」

「不，我的朋友，是公事。」

「公事？在這個偏僻的地方？」

白羅嚴肅地點點頭。「是呀，我的朋友，你知道，犯罪不會在眾目睽睽之下進行的。」

哈里森笑起來。「我想我說的話很愚蠢。不過你在這裡調查什麼案子呢？是不是我不應該問？」

「你可以問，」偵探說道，「事實上，我希望你問。」

哈里森奇怪地看著他。他感到對方的態度有些不尋常。

「你說，你是來調查一個案子？」哈里森十分猶豫地繼續道，「很嚴重的案子嗎？」

「是一樁非常嚴重的案子。」

「你是說……」

「謀殺。」

赫丘勒說話的時候相當嚴肅，哈里森十分吃驚。偵探直直看著他，目光仍然有些異樣，哈里森不知道怎麼說下去了。最後，他說道：「但我沒聽說過這裡有謀殺啊！」

「不，」白羅說道，「你不可能聽說的。」

「誰被殺了？」

「還沒有人被殺。」赫丘勒．白羅說道。

「什麼？」

「那就是為什麼我說你不可能聽說過了。我正在調查一起還沒有發生的案子。」

「那不是廢話嗎？」

「絕不是廢話。能在謀殺發生之前調查，總比在發生之後調查要好。那樣就可以用一個小辦法……阻止它發生。」

哈里森盯著他說：「你在開玩笑吧，白羅先生。」

「我是嚴肅的。」

「你真的相信會有謀殺案發生嗎？噢，太荒謬了！」

赫丘勒．白羅沒有理會他的叫嚷，繼續說完後半句話：「如果我們阻止它發生，那當然就不會有了。是的，我的朋友，這就是我的意思。」

「我們？」

「我是說我們。我需要你的合作。」

「那就是你到這兒來的原因嗎？」

白羅又一次看著他，一種莫名的感覺使哈里森很不安。

「我來這兒，哈里森先生，是因為我，嗯……喜歡你。」然後他用完全不同的口吻加上一句：「哈里森先生，我看到你那兒有一個黃蜂窩，你應該弄掉它。」

白羅突然轉變話題，使得哈里森皺起眉頭，感到很不解。他順著白羅的目光，疑惑地說道：「事實上，我正準備把它弄掉。或者說，年輕的蘭頓要把它弄掉。你記得克勞德·蘭頓嗎？那次我吃飯碰見你的時候，他也在現場。他今天晚上要來把蜂窩弄掉。他認為這方面他自己很在行。」

「啊，」白羅說道，「他準備怎麼做？」

「用汽油和園林噴射槍。他會把自己的噴射槍帶過來，他的比我的使用起來更方便。」

「還有另一種方法，是不是？」白羅問道，「用氰化鉀？」

哈里森看上去有些驚訝。「是的，但那東西很危險。用它總是一件危險的事情。」

白羅嚴肅地點點頭。「是的，它是致命的毒藥。」

他等了一會兒，然後又嚴肅地重複道：「致命的毒藥。」

「如果你想除掉丈母娘的話，那就有用了，是不是？」哈里森笑著說。

然而赫丘勒·白羅仍很嚴肅。「你確定，哈里森先生，蘭頓先生會用汽油來打掉你的蜂窩嗎？」

「很確定。你為什麼問這個？」

「我搞不懂。今天下午我到巴切斯特的藥局。因為我買了一種東西，得在毒品記錄本上簽名，我簽名時發現最後一欄填的是氰化鉀，簽名的是克勞德·蘭頓。」

哈里森眼睛瞪得很大。

「那就奇怪了，」他說道，「蘭頓前幾天告訴我，他再怎麼樣也不會用那玩意兒；事實上，他說那玩意兒不應該賣給要拿來消滅蜂窩的人。」
白羅望著花園。他問了一個問題，聲音很輕。「你喜歡蘭頓嗎？」
哈里森頗為吃驚，對這個問題，他好像沒有準備。
「我……我……嗯，我是說，當然，我喜歡他。為什麼不喜歡呢？」
「我只是想知道，」白羅平靜地說，「你是不是喜歡他。」
哈里森沒有回答，白羅繼續說：「我也想知道他喜不喜歡你？」
「你想知道什麼，白羅先生？你心裡想什麼我搞不懂。」
「我就直言無諱了。你訂了婚，就要結婚了，哈里森先生。我認識莫莉．迪恩，她很迷人，很漂亮。在和你訂婚之前，她曾和克勞德．蘭頓訂婚。她為了你而甩了他。」
哈里森點點頭。
「我沒問她原因，」白羅說道，「她說她有充分的理由這樣做。但我跟你說，蘭頓，他沒有忘掉這件事，也不曾原諒你——我說這些絕不過分。」
「你錯了，白羅先生，我保證你錯了。蘭頓是個行事光明磊落的人，為人處事十足男子漢氣魄。他對我是驚人的寬容——他主動向我表示友好。」
「那你不覺得有些奇怪嗎？你用了『驚人』這個字眼，但你好像沒有感到吃驚啊。」
「你是什麼意思，白羅先生？」
「我的意思是，」白羅的口氣變了。「一個人可以將他的仇恨隱藏起來，等待合適的時機再報復。」

「仇恨？」哈里森搖搖頭，笑起來。

「英國人很笨，」白羅說道，「他們以為他們可以欺騙任何人，而別人卻騙不了他們。『這個光明磊落的人，這個好人』——他們絕不會把人往壞處想。因為他們常常有勇無謀，所以有時候死得很不必要。」

「你是在警告我……」哈里森低聲說，「本來我一直迷惑不解，現在我明白了，你在告誡我，要我小心克勞德．蘭頓；你今天來這裡是告誡我……」

白羅點點頭。哈里森突然跳起來。

「但你瘋了，白羅先生。這是英格蘭。在這兒不會發生那種事情。失戀的人不會在人家背後刺上一刀或者給他們下毒。你看錯蘭頓了，他連一隻飛蟲也不會傷害。」

「飛蟲的命我不管，」白羅平靜地說道，「雖然你說蘭頓先生不會傷害一隻飛蟲，但你忘了，他現在正準備殺死數千隻黃蜂。」

哈里森沒有立刻回答。這位小個子偵探站了起來，走到他朋友身邊，將手放在他的肩膀上。他是如此不安，以致他這樣做的時候，幾乎將這個大個子男人搖動起來。他低聲對著他的耳朵說道：「振作起來，我的朋友，振作起來。看……看我指的方向。在河岸上，在樹根邊，你看見了嗎？黃蜂回家來了，一天結束了，十分平靜；一小時後，牠就會被消滅了。但牠們不知道，沒人會告訴牠們。牠們可能沒有一個赫丘勒．白羅。我跟你說，哈里森先生，我來這兒是為了公事。謀殺案就是我的公事。在它發生之前和發生之後都是我的事。蘭頓先生什麼時候來弄掉蜂窩？」

「蘭頓絕不會……」

「什麼時候？」

「九點。但我告訴你，你大錯特錯了，蘭頓絕不會……」

「這些英國人！」白羅生氣地嚷嚷起來。他抓起他的帽子和手杖沿著小徑走著，突然他停下來扭頭說道：「我不在這兒跟你吵，這樣我會生氣。但你明白嗎？我九點會回來的！」

哈里森張開嘴想說話，但白羅沒有給他機會。

「我知道你要說什麼『蘭頓絕不會』等等的話。啊，『蘭頓絕不會』！但不管如何，我九點會回來的。是的，我感到好玩——暫且這麼說吧，看見人家怎麼弄蜂窩是很好玩的。這是你們英國人喜愛的另一項體育活動！」

他沒等回答就很快穿過小徑，並走出了吱嘎吱嘎響的門。走到大路上的時候，他的腳步慢了下來，也沒有那麼活潑輕快了。他的臉變得很嚴肅，很不安。有一次他從口袋裡拿出錶看時間。指針指向了八點十分。

「三刻鐘之後。」他喃喃道，「我不知道我是不是應該等著。」

他的腳步慢了下來，幾乎就要轉回身去了。一個模糊的不祥之兆困擾著他。然而他下定決心將它擺脫，繼續朝著村子的方向走去。但他仍舊很不安，有一兩次他像一個不知足的人那樣搖搖頭。

當他再次回到花園的門口時離九點還差幾分。夜晚很晴朗，很寧靜，一絲微風也沒有。這萬籟俱寂的夜空也許有點什麼不祥的東西隱藏著，這種寧靜，就像暴風雨前的寧靜。

白羅的腳步加快了，很輕。他突然緊張、茫然起來，不知怎的他非常害怕。

就在那時，花園的門打開了，克勞德·蘭頓快步走上大路。他看見白羅時，有些驚訝。

「噢，呃……晚安。」

「晚安，蘭頓先生，你來早了。」

蘭頓瞪著他。「我不知道你在說什麼。」

「你把蜂窩弄掉了嗎？」

「事實上，還沒有。」

「噢，」白羅輕聲說道，「那麼說，你沒弄掉蜂窩？那你幹了什麼？」

「噢，只是坐著和老哈里森聊了聊。我現在真的得快點走了。白羅先生，沒想到你會出現在這地方。」

「我在這兒有點公事。」

「噢！好吧，你會在露台上看到哈里森的。很抱歉我得走了。」

他匆匆走了。白羅望著他。這個小夥子很緊張，他長得不錯，只是嘴巴很笨。

「那麼說，我會在露台上看到哈里森，」白羅喃喃道，「我懷疑。」

他穿過花園的門，穿過小徑。哈里森正坐在桌邊的一把椅子上，一動也不動，當白羅走上前去的時候，他甚至都沒有轉一下頭。

「啊！我的朋友，」白羅說道，「你還好嗎？」

停了好長時間，哈里森用一種奇怪而茫然的聲音說道：「你說什麼？」

「我說……你還好嗎？」

「還好？是的，我很好。為什麼不好？」

「你沒感覺到副作用嗎？那好。」

「副作用？什麼副作用？」

「蘇打水。」

哈里森突然振奮起來。「蘇打水？你什麼意思？」

白羅做了個手勢表示抱歉。「我非常後悔必須這麼做——我在你的口袋裡放了一些。」

「你在我的口袋裡放了一些？你究竟要幹什麼？」

哈里森盯著他。白羅輕聲而毫無表情地講起來，就像一名老師對一個小孩子一樣。

「你知道，做偵探的一個好處，或者壞處，就是它可以使你接觸罪犯。而犯罪的人，他們可以教你一些很有趣、很奇怪的事情。有個小偷有一次——從某種意義上來講——他沒做他們說他做的事情，我對他從輕發落了。因此他很感謝我，他以他唯一想得出的方式報答我——那就是把他那行的技巧展示給我看。

「因此如果我想扒竊的話，就可以神不知鬼不覺完成。我將一隻手放在他的肩上，自己不斷動著，他什麼也沒有感覺到。但我還是設法將他口袋裡的東西轉到我的口袋裡來，將蘇打水放進他的口袋。

「你知道，」白羅出神地繼續說道，「如果某人想把毒藥快速而無聲地放進別人的杯子裡，毫無疑問，他一定將它放在自己右手的外衣口袋裡，不會在別的地方。我知道一定會放在那兒。」

他將手伸進口袋，拿出一些白色的塊狀晶體。

「很危險，」他喃喃道，「將它那樣……散放著。」

他不慌不忙地從另一個口袋裡掏出了一個廣口瓶。他將晶體塞進去，走到桌邊，在瓶子裡倒滿水，然後小心蓋上，他搖著瓶子直至晶體溶解。哈里森好像著魔似地看著。

溶液做得很成功，白羅走到蜂窩邊，打開瓶塞，將頭扭向一邊，將溶液倒進蜂窩裡，然後退後一兩步看著。

一些回窩的黃蜂落在上面了，顫動了一下，然後就躺著不動了。另一些黃蜂從洞裡爬出來，結果也死了。白羅看了一兩分鐘，然後點點頭回到陽台上。

「死得很快，」他說道，「死得真快。」

哈里森恢復了說話的能力。「你知道多少？」

白羅眼睛看著前方。

「就像我所告訴你的，我在那個本子上看見克勞德．蘭頓的名字。我沒告訴你的是，就在之後不久，我碰巧遇見了他。他告訴我，他應你的要求買了一些氰化鉀——為的是將一個蜂窩弄掉。我覺得有些奇怪，朋友，因為我記得在你說過的那頓飯局上，你大談特談汽油的好處，並且譴責人們購買氰化物，認為這玩意兒危險而且沒有必要。」

「繼續說。」

「我還知道一些事情。我看見克勞德．蘭頓和莫莉．迪恩在一起，他們不知道有人看見他們。我不知道什麼樣的吵架讓他們分開，並且使她投入了你的懷抱，但我了解那誤會已經消除，莫莉小姐又回到了她的情人那裡。」

「繼續說。」

「我還知道另外一些事情，我的朋友。幾天前我在哈利街，看見你從一個診所出來。我知道這個醫生，也知道人們都找他看什麼病，並且我看透你臉上的表情。我一生中只有一兩次見過這樣的表情，那是不容易錯認的——那是一個瀕死的人的臉。我是對的，不是嗎？」

「很對，他說我只有兩個月的時間了。」

「你沒看見我，我的朋友，因為你在想別的事情。在你臉上我還看到其他東西——那種我下午說過人們想隱藏的東西。我看見了仇恨，我的朋友。你沒有試著去隱藏它，因為你認為沒人會看見。」

「繼續說。」哈里森說道。

「沒什麼可說了。我來到這裡，如我所說，碰巧在毒品記錄本裡看見了蘭頓的名字，並碰到了他，又來這兒找你。我設了一個陷阱。你否認要求蘭頓去買氰化物，你聽說他去買氰化物時表現得相當驚訝。一開始，我的出現你很意外，但很快，你發覺我來得正好，你這樣的情緒加深了我的懷疑。我從蘭頓本人那兒得知他八點半會來。而你卻告訴我是九點鐘，心想我來的時候一切都已結束了。於是我明白了一切。」

白羅立起身。

「你為什麼要來？」哈里森喊道，「你要是不來多好啊！」

「我跟你說過，」他說道，「謀殺案是我的公事。」

「謀殺？你是說我想自殺吧？」

「不。」白羅的聲音很響亮也很清晰，「我是說謀殺……你希望透過你的自殺以使蘭頓獲罪致死——這就是謀殺。你會死得很快並且很輕鬆，但你為蘭頓設計的死卻是最糟糕的死法。他買了毒藥，他來看你，他和你單獨在一塊兒；你突然死去，在你的杯子中發現了氰化物，杯子上有他的指紋——於是克勞德．蘭頓被吊死。那就是你的計畫。」

哈里森又一次呻吟起來。

「你為什麼要來？你為什麼要來？」

「原因我告訴過你了，但還有另一個原因：我喜歡你。聽著，我的朋友，你是個垂死的人，你也失去了你愛戀的女孩，但你不是——你不是一個殺人犯。現在你告訴我，我來了，你高興？還是遺憾？」

沉默了一會兒，哈里森直起身來。他臉上又有了一種新的尊嚴——那是征服了卑劣自我的表情。他將手伸過桌子。

「感謝上帝，你來了！」他喊道，「噢，感謝上帝，你來了！」

16

蒙面女人

Poirot's Early Cases

已經有好一段時間了，我發現白羅變得愈來愈憤世嫉俗，愈來愈煩躁不安。近來我們一直沒有什麼有趣的案件，沒有可以讓我們的小個子朋友運用他智慧和非凡推斷力的案件。今天早晨他不耐煩地「嘖」一聲，把報紙丟到一旁。這是他最喜歡的一種感嘆詞，聽起來就像是一隻貓在打噴嚏。

「他們害怕我，海斯汀；你們英格蘭的罪犯害怕我！貓在這兒的時候，小老鼠們就不再靠近乳酪了！」

「我認為他們絕大部分應該都不知道你的名字，更不知道你在這兒呢。」我邊說邊笑。

白羅責備地望著我。他總是以為整個世界都在想著、談論著赫丘勒．白羅。他確實已在倫敦出了名，但我不相信他的存在能給犯罪世界帶來什麼嚴重打擊。

「那麼，那樁光天化日之下在龐德街發生的搶劫珠寶事件，怎麼說呢？」我問。

「那是一次乾淨俐落的行動。」白羅讚許地說，「但不是我喜歡處理的案件。手段過於魯莽！一個拿著鉛頭拐杖的男人擊碎了一家珠寶店的玻璃窗，拿走一些寶石，一些殷實的市民立刻抓住他；一位警察趕到現場，罪犯被逮著時是人贓俱獲，身上就帶著那些寶石被押送到警察局；後來發現那些寶石是人造的，真寶石已被他轉交給另一位同夥——是前面提到那些殷實市民中的一位。他會入獄的，這是當然；但當他出獄後，就會有一筆不錯的小財等著他。是的，一切都設想得很不錯，但我會做得比那更好。有時，海斯汀，我真後悔我是一位如此有道德感的人。換換口味，與法律作作對，應該滿不錯的。」

「振作起來吧，白羅，你知道，在你這一行當中，你是最優秀的。」

「但我這一行的人，現在都在處理些什麼案件呢？」

我拿起報紙。

「啊！有一位英國人，他在荷蘭被神祕地殺害了。」我說。

「他們總是那樣說……後來他們又發現他吃了魚罐頭，完全是自然死亡的。」

「好吧，你就一直抱怨下去好啦！」

「看！」白羅邊說邊漫步到窗口，「街上有一位小說中會稱為『面紗裏得很密實的女士』。她上了台階，按了門鈴——她是來向我們諮詢的。可能是些有趣的事情。一個像她那樣年輕又漂亮的人是不應該戴面紗的，除非有大事發生了。」

一分鐘後，我們的來訪者被領進來。正如白羅所說，她確實裹得密密實實的。在她揭開那飾有西班牙黑色花邊的面紗前，是不可能辨清她的五官。然而我發現白羅的直覺是正確的。這位女士相當漂亮，金黃色的頭髮，藍眼睛，從她那簡潔卻很貴重的服飾來看，我立刻推斷出她屬於上流社會。

「白羅先生，」這女士用音樂般的輕柔聲音說，「我遇到很大的麻煩。我甚至也不敢指望你能幫助我。但是我聽說過你一些了不起的事蹟。所以我來找你，不誇張地說，是抱著最後一線希望求你承辦這件不可能的任務。」

「『不可能的任務』，聽到這種話最讓我高興！」白羅雀躍地說，「請繼續說，小姐。」

我們這位有教養的客人遲疑了一下。

「但是你必須坦誠，」白羅補充道，「在任何一點上，你都不能把我蒙在鼓裡。」

「我保證會向你交代清楚。」這女孩又突然說，「你聽說過沃恩城堡的米利森女士嗎？」

我極感興趣地抬起頭。幾天前報紙刊登了米利森小姐和年輕的紹斯夏公爵訂婚的消息。我知道米利森女士是個一貧如洗的愛爾蘭貴族，而紹斯夏公爵則是英國最有價值的單身漢。

「我就是米利森小姐，」那女孩繼續道，「你們可能讀到了我訂婚的消息。我理應是世上最幸福的女孩。但是，噢，白羅先生，我遇上大麻煩了！有個人，一個可怕的人，他的名字是拉文頓。他……我不知道該怎樣對你說。我曾寫過一封信……那時我才十六歲，他……他……」

「是你寫給這位拉文頓先生的嗎？」

「噢，不，不是給他的。是寫給一位年輕的軍人，我很喜歡他，可是他陣亡了。」

「我明白了。」白羅和藹地說。

「那是一封愚蠢的信，輕率的信。但真的，白羅先生，裡面沒有什麼別的東西，只是信中有些詞句，可能會引起誤解。」

「我明白了，這封信落到了拉文頓先生手裡了？」

「是的，他威脅說，除非我付給他一筆鉅款——這筆錢我是完全不可能籌到的——否則他會把信交給公爵。」

「這個下流坯子！」我脫口而出。「對不起，米利森小姐。」

「那向你的未婚夫坦白一切不是比較明智嗎？」

「我不敢，白羅先生。公爵是個相當古怪的人，嫉妒心強，好猜疑，容易相信不好的事情。那樣的話，我還不如立刻解除婚約呢。」

「親愛的，親愛的，」白羅扮了一個極富表情的鬼臉說，「那麼你希望我為你做些什麼呢，我的女士？」

「我想也許我可以讓拉文頓先生來拜訪你，我會告訴他我雇用你來商榷此事。也許你能幫我壓壓價。」

「他的要價是多少？」

「兩萬英鎊，這根本不可能，我甚至懷疑我能否籌集到一千英鎊。」

「也許你可以用你這樁婚姻帶來的優勢去借錢。但我懷疑你是否能借到一半的數目。另外，嗯，我也反對你支付這筆錢！不，足智多謀的赫丘勒・白羅會擊敗你的敵人！叫這位拉文頓先生來我這兒吧。他會不會帶著信來呢？」

女孩搖搖頭。「我想不會的，他十分謹慎。」

「我想不用懷疑他真否有那封信吧？」

「我去他家時，他把那封信給我看了。」

「你去過他家了？這太輕率了，我的小姐。」

「是嗎？我太絕望了，我本來希望我的乞求會感動他。」

「噢，唉，唉，世上的人們是不會為懇求所感動的。但他當然歡迎你來乞求，因為那表明你對那封信是多麼重視。他住在哪兒呢，我們的這位好紳士？」

「在溫布敦的波那威斯達。我是在天黑之後去那兒的。」她說，白羅哼了一聲。「我說最終我會告訴警察的，但他只是恐怖的狂笑。『當然了，我親愛的米利森小姐，你想這樣做就儘管做好了。』他說。」

「是的，這確實不是警察可以處理的事。」白羅低聲說。

「『但是我想你很聰明，不會那樣做的。』他接著說，『看，這就是你的那封信——放在這個小小的中國魔術盒裡！』他拿起那封信以便讓我看得清楚些。我試圖抓住它，但他的動作太快了，我根本來不及。他獰笑著，把信摺起來又放回到那個小木盒裡。『它放在這兒會很安全的，我向你保證。』他說，『這個盒子會放在一個你永遠也找不到的地方。』我的眼睛轉向那個小保險箱，他搖了搖頭，大笑起來。『我有個比那更好的地方。』他說。噢，他真可惡！白羅先生，你認為你可以幫助我嗎？」

「對老白羅要有信心。我會找到一個好辦法。」

在我看來，這些保證說得是不錯。但是當白羅殷勤地引導我們這位皮膚白皙、滿頭金髮的委託人下樓時，我認為我們遇到難題了。白羅回來時，我盡可能地向他表明我的看法，他懊悔地點點頭。

「是的，解決辦法還未浮現。這位拉文頓先生控制了局面。目前我還不知道我們該如何以智取勝。」

那天下午拉文頓先生如期拜訪了我們。米利森小姐把他描繪成一位可惡的人，她真是說對了。我感到我的靴子頂端有一種衝動——極想把他踢下樓去。他來勢洶洶，態度傲慢，對於白羅的委婉建議，先是大笑，繼而又露出鄙夷的神情。看來他把自己當成是這個事件的主宰者。我感到白羅簡直無法表現出應有的態度。他看來已經洩氣甚至是垂頭喪氣。

「好吧，先生們，」他邊拿起帽子邊說，「我們似乎沒有任何進展。情況是這樣的，我可以放過她，算便宜些，因為她是位如此迷人的年輕小姐。」他令人作嘔地斜眼看著我們，「我們說定了，一萬八千英鎊。今天我動身去巴黎，那兒有件小事要處理。週二我回來，除非週二晚上付錢，否則我就把信交給公爵。別告訴我米利森小姐不能籌到這筆錢。如果她找對門路的話，她的一些紳士朋友會十分願意幫助這樣一個漂亮女人。」

我的臉脹紅了，向前走了一步，可是這句話一說完，拉文頓就飛快地離開我們的房子。

「我的上帝！」我叫道，「一定得做些事情。你似乎有些屈從於他了。」

「你的心腸一向很好，我的朋友，但是你的腦子好像總不怎麼靈光。我只是不想讓他留下我很精明幹練的印象。他愈認為我怯懦愈好。」

「為什麼？」

「很奇怪，」白羅回想著低語道，「我竟會在米利森小姐到來之前，說出我要違背法律這一願望。」

「你會在他離開期間破門盜竊嗎？」我倒吸一口氣。

「有時，海斯汀，你的腦子動得倒是驚人的快。」

「如果他把信帶走了呢？」

白羅搖搖頭。

「那不太可能。很明顯他的房間裡有一隱藏處是他認為絕對安全的。」

「我們什麼時候……嗯，做那件事呢？」

「明天晚上。我們大約十一點從這兒出發。」

§

到了約定時間我已準備好出發了。我穿上一套深色衣服，戴一頂柔軟的深色帽子。白羅和藹地對我微笑著。

「我看出來了，你的衣著和你的角色很配。」他對我說，「來，我們乘地鐵去溫布敦。」

「我們什麼東西也不帶嗎？比如破門而入的工具？」

「我親愛的海斯汀，赫丘勒・白羅不會使用這種野蠻的方法。」

我閉上嘴，不再作聲。但我的好奇心一直存在。

當我們進入位於波那威斯達的那座郊區花園時，正好是午夜時分。整幢房子又黑又安靜。白羅直直走到房子後面的一扇窗戶前，很輕易地抬起框格窗，叫我進去。

「你怎麼知道這扇窗戶會是開著的呢？」我輕聲問，因為這真是很怪異。

「因為今天早晨我用鋸子把窗鉤鋸開了。」

「什麼？」

「是的，這十分簡單。我來這兒，出示了一張偽造的證件和一張傑派探長的官方證件。我說我是由蘇格蘭警場推薦來的，任務是負責安裝在拉文頓先生離開期間新裝的防盜扣栓。管家很熱情地歡迎我，好像是最近他們發生過兩起竊盜未遂案——很顯然，我們這個小小的主意，拉文頓先生的其他客戶也想到了——沒有什麼有價值的東西被偷。我檢查了所有窗戶，做些小小的安排，禁止僕人在明天之前碰這些窗戶，因為這些窗戶全通了電，然後很優雅地告辭。」

「真的，白羅，你太棒了。」

「我的朋友，這極為簡單，現在，開始工作！僕人們睡在頂層，所以我們吵到他們的機會是很小的！」

「我認為保險櫃安置在牆上的什麼地方。」

「保險櫃？胡扯！根本沒有保險櫃。拉文頓先生是個聰明人，你待會就會知道，他會設計一個比保險櫃聰明得多的藏匿處，保險櫃是每個竊賊要找的第一件東西。」

於是我們開始對整個地方進行系統式搜尋。但在對房子進行了七個小時的仔細搜索後，我們一無所獲。我看到白羅的臉上開始顯露出氣憤的表情。

「啊，見鬼！赫丘勒．白羅會被擊敗嗎？永遠不會的！我們平靜一下，讓我們想一想。讓我們……好吧，用用我們的小小灰色腦細胞！」

他稍停片刻，皺著眉頭集中精神，然後他的眼中隱約閃爍起我十分熟悉的目光。

「我是個笨蛋！去廚房！」

「廚房？」我叫道，「不可能，那是僕人做事的地方呀！」

「正是。一百個人中有九十九個人都會這麼說！正因為如此，廚房是個理想的藏匿之所。那裡全是些家用物品。走，去廚房！」

我跟在他身後，完全不解。看著他把手伸進麵包箱，又拍拍燉鍋，把頭伸進煤氣灶，最後我不想再看他了，又溜回書房。我確信在這兒，只有在這兒，我們才會找到那個藏匿處。我又進一步做了一次小小的搜尋。發現已經是四點十五分，天就快亮了，於是又回到廚房。

使我十分驚訝的是，白羅正站在煤箱裡，他那套整潔的衣服已經全毀了。他扮了個鬼臉說：「是的，是的，我的朋友，破壞自己的外表的確完全違背我的天性，但換作是你，你又會怎麼做呢？」

「但拉文頓不可能把信埋在煤炭底下呀。」

「如果你用用你的眼睛，就會發現我檢查的不是煤。」

我看到在煤箱後面的一個架子上疊著一些木柴。白羅敏捷地把木柴一根根地拿下來，突然，他低聲驚呼了一聲。

「你的刀子，海斯汀！」

我把刀子遞給了他，他似乎是想要把刀子插到手中的那根木柴裡去。突然，那根木柴裂成兩半。這根木柴被很均勻地鋸成了兩半，露出中間一個被掏空的洞。白羅從洞中取出一個小小的中國木盒。

「做得好！」我大叫道。

「小聲點，海斯汀！聲調不要太高。來，在日光照到我們身上之前，離開這裡。」

他把盒子偷偷塞進口袋，然後輕輕地跳出煤箱，盡可能把身上弄乾淨，然後按我們來的路線離開這幢房子，急速朝倫敦方向走去。

「那是一個多特別的地方啊！」我說，「任何人都可能用到那些木柴。」

「在七月嗎，海斯汀？而且它在一疊的最底層——是個十分巧妙的藏匿處。啊，計程車！現在回家，洗個澡，睡個解除疲勞的好覺。」

§

經過那樣一個令人激動的夜晚，我很晚才起床。就在一點鐘之前，當我漫步到我們的客廳時，我很吃驚地看到白羅坐在一張扶手椅裡，他的旁邊放著那個打開的中國盒子，他正平靜地閱讀著從盒中取出的信。

他親切地衝我微笑，拍了拍他手中的那張紙。

「她是對的，那位米利森小姐。公爵是永遠也不會原諒的！這封信中寫著一些熱情過頭的甜言蜜語，我聽都沒聽過呢。」

「真的嗎，白羅？」我感到十分厭惡，「我認為你不應該讀那封信。這樣做是不對的。」

「另外一件事，」我說，「我認為昨天你用傑派的官方證件也不算正當。」

「但我並不是在遊戲，而是在辦案。」

我聳聳肩，人是無法與一個觀點爭論的。

「有人在上樓，」白羅說，「是米利森小姐。」

我們那位金髮碧眼的委託人，臉上帶著焦急的神色走進來，當她看到白羅手中的那封信時，神情又轉為愉悅。

「噢，白羅先生，你真是太棒了！你是怎麼做到的？」

「以該受譴責的方法，我的小姐，但拉文頓先生是不會提出指控的。你的信，是嗎？」

她很快地掃視了一遍。

「是的，噢，我該怎麼感謝你呢？你是個很棒很棒的人。它藏在哪兒了？」

白羅告訴了她。

「你真聰明！」她從桌上拿起那個小盒子，「我要把它當作紀念品。」

「我原希望，我的女士，你會允許我留下它作為紀念。」

「我想送你一個比這更好的紀念品——在我婚禮那天——我會感激不盡，白羅先生。」

「對我來說，為你服務非常愉快，遠勝過一張支票，所以請你允許我留下這個盒子。」

「噢，不，白羅先生，我必須拿回來。」她大笑著叫道。

她伸出手，可是，白羅比她還快。他的手按在她的手上面。

「我不這樣認為。」他的聲音變了。

「你是什麼意思？」她的聲音似乎也尖銳起來。

「無論如何，請允許我取出它裡面的其他東西，你了解，除了那封信，還有……」

他敏捷地做了手勢，然後張開手，手掌中有四顆閃閃發亮的大寶石、兩顆奶白色珍珠。

「這是那天在龐德街被偷的寶石，我想，」白羅低聲道，「傑派會告訴我們是不是！」

使我十分驚訝的是，傑派這時從白羅的臥室走了出來。

「我想，這是你的一個老朋友。」白羅禮貌地對米利森小姐說。

「被活逮了！」米利森小姐的態度完全變了，「你這個吝嗇鬼！」她幾乎是帶著敬畏望著白羅。

「好了，格蒂小姐，我親愛的，」傑派說，「我想這會兒遊戲該結束了。真沒想到這麼快又見到你。我們也已經逮捕了你的同夥，那位那天來這兒自稱是拉文頓先生的人。至於拉文頓先生本人，綽號叫克羅克，還叫里德，我不知道那天在荷蘭用刀子殺死他的人是屬於哪一幫。你認為他身上帶著貨，是吧？他沒帶。他巧妙地欺騙了你，他把寶石藏在自己家裡。你找兩個傢伙去找寶石，然後又與這兒的白羅先生交涉。靠著天上掉下來的好運，竟讓他找到了。」

「你真是話很多，是不是？」原來自稱是米利森小姐的人說，「不用過來，我會安靜地走，你們不能說我不是位淑女了吧。再見，所有的人！」

「是她的鞋穿錯了。」白羅睡意朦朧地說。而我仍然是糊里糊塗。「我對你們英國人做了小小的觀察。一位小姐，尤其是名門貴胄的小姐，總是特別注意她的鞋子。她的衣服可以粗俗破爛，但是她的鞋一定要很講究。你或我都不太可能見到真正的米利森小姐，她很少在倫敦。而這個小女子與她在外表上有些相似，這一點倒是可以蒙混過關。正如我所說，她穿的那雙鞋子首先讓我疑惑，然後是她的故事，還有她的面紗……有些誇張，啊？那幫人都知道那個中國盒子的頂部有一封損害名譽的偽造信，但是放在柴木裡是已故拉文頓先生的主意。嗯，對了，海斯汀，我希望你以後不要再像昨天那樣傷害我的感情，說那些罪犯竟然不知道我是誰。事實上，甚至在他們自己失敗時，他們也還想利用我呢！」

17

海上謎案

Poirot's Early Cases

「克拉柏頓上校！」福布斯將軍說道。

他說此話時既像是悶哼，又像是吸氣聲。

艾莉・亨德森小姐俯身向前，一縷柔軟的灰白頭髮被風吹散在額前。她的黑眼睛一眨一眨地，掩不住頑皮的快意。

「真是一個有軍人風度的男人！」她帶著惡意，一邊理順額前的頭髮，一邊等著結果。

「軍人風度！」福布斯將軍勃然大怒。他拽著那很有軍人威嚴的八字鬍，臉變得通紅。

「他曾在近衛軍待過，是不是？」這回亨德森小姐只是隨口喃喃地說，因為她的任務完成了。

「近衛軍？近衛軍？全是廢話。這傢伙曾是個戲子！這是事實！後來加入軍隊，到法國做買賣去了。德國佬胡亂扔了一顆炸彈，他就帶著手傷回家了。不知怎的，最後竟進了卡林頓夫人的醫院。」

「原來他們就是這樣認識的。」

「這是事實！這傢伙裝成受傷的英雄。卡林頓夫人什麼也不懂，卻有花不完的錢。老卡林頓一直在賣軍火。她守寡才六個月，這傢伙很快就和她勾搭上了。她為他在國防部謀到一份差事。克拉柏頓上校！哼！」他輕蔑地哼了一聲。

「戰爭之前，他曾從事歌舞表演。」

亨德森小姐若有所思地說道，試著想將尊貴而滿頭灰髮的克拉柏頓上校，和那種塗著一個紅鼻子、唱著歌逗人笑的喜劇演員聯繫起來。

「這是事實！」福布斯將軍說道，「我是從巴辛頓・弗倫奇那兒聽說的，他是從巴傑爾・科特里爾那兒聽來的，而老巴傑爾又是從斯努克思・帕克那兒聽說的。」

亨德森小姐快活地點點頭。「那可不容質疑了。」

坐在他們附近的一個小個子男人，臉上掠過一絲微笑。亨德森小姐注意到了。她對周遭事物總是很敏銳。那微笑是對她最後那句嘲諷表示欣賞——而將軍永遠也不會對這種嘲諷有所察覺。

將軍本人沒有注意到這絲微笑。他看了看錶，站起身說：「運動去。在船上也得保持健康。」說完他就打開門上了甲板。

亨德森小姐掃了一眼那個露出笑意的男子。這一眼是很有教養的，表明她願意和這位同行的旅客交談。

「他精力很充沛，是不是？」那小個子男人說道。

「他會繞著甲板走整整四十八圈。」亨德森小姐說道，「真是個愛說閒話的人，他們還說我們女人喜歡傳播醜聞哩。」

「多不禮貌啊！」

「法國人倒是非常彬彬有禮。」亨德森小姐說道，她的話音裡有一絲疑問。

小個子男人很快回答說：「我是比利時人，小姐。」

「噢！是比利時人。」

「赫丘勒．白羅。請多指教。」

這名字有點耳熟，她以前一定聽說過。她問道：「您還喜歡這次旅行嗎，白羅先生？」

「說實話，我不喜歡。我很蠢，別人勸我來，我就來了。我討厭大海，它才不寧靜，是呀，是呀，沒有一刻寧靜。」

「哼，你得承認它現在很寧靜。」

白羅先生很不情願地承認了。「這一會兒，是的。這就是為什麼我又活過來了。我再次對身邊的事物產生了興趣——比如，你很擅長對付福布斯將軍。」

「你是說……」亨德森小姐停了一下。

赫丘勒．白羅鞠了一躬。「你打聽八卦的方法，真是令人佩服！」

亨德森小姐放聲大笑起來。「你是指近衛軍的事嗎？我知道那會使那個老傢伙氣急敗壞的。」

她俯身向前，以信任的口吻說道：「我承認我喜歡八卦醜聞——愈惡毒愈好。」

白羅若有所思地看著她——她有保養得很好的苗條身材，敏銳的黑眼睛，灰白的頭髮；是一位滿意自己年齡的四十五歲女人。

亨德森突然說道：「我想起來了！你不就是那個大偵探嗎？」

白羅鞠了一躬。「你太客氣了，小姐。」但他沒有否認。

「真讓人興奮，」亨德森小姐說，「就像書裡說的，你是在『窮追線索』嗎？我們當中有罪犯嗎？我太輕率了是不是？」

「不，不。很抱歉讓你失望，但我，和其他人一樣，到這兒來是讓自己放鬆的。」

他說這話的時候，情緒不高，這使得亨德森小姐笑了起來。

「噢！明天你就可以在亞歷山大城上岸了。你以前去過埃及嗎？」

「沒有，小姐。」

亨德森小姐站起身來，顯得有些突兀。

「我想我得和將軍一起去做些保健運動了。」她說道。

白羅禮貌地站起來。

她對他微微點了點頭，就走上了甲板。

白羅的眼裡掠過一絲疑惑，一會兒，他的嘴唇露出了笑意，他站起身，探出頭去，朝甲板上張望。亨德森小姐正倚著欄杆和一位個子高高、軍人模樣的人說話。

白羅笑得更開心了。他小心地回到了吸菸室，那份小心很是誇張，就好像一隻烏龜縮回牠的殼裡一樣。這會兒，吸菸室裡就他一個人，雖然他覺得這不會持續太長時間。

果真，克拉柏頓夫人從酒吧過來了。她那仔細燙成波浪的銀灰色頭髮由一個髮網保護著，她那按摩過的、按規定進食的身體穿著一套運動服。她故意做出那麼一種樣子，讓人感覺她可以買得起她所需要的任何東西。她說道：「約翰……噢！早安，白羅先生……你有沒有看見約翰？」

「他在右舷甲板上，夫人。要不要我……」

她用手勢制止了他。「我在這兒坐一會兒。」

她在他對面的椅子上緩緩坐下。從遠處看，她看上去像二十八歲。而現在，儘管她的臉精心化妝過，她的眉毛仔細修過，看上去卻不像她實際四十九歲的年齡，倒像是有五十五歲了。她的眼睛是淡藍色的，很亮，瞳孔很小。

「很遺憾，昨天晚餐時沒見到你，」她說道，「波浪有些大，當然……」

「的確是這樣。」白羅很同意。

「幸運的是，我是一個很棒的水手。」克拉柏頓夫人說道，「我說幸運是因為，我的心臟很不好，暈船可能會要了我的命。」

「你的心臟不好嗎，夫人？」

「是的，我得非常小心。我不能太勞累自己！所有的醫生都這麼說！」克拉柏頓夫人又談起對她來說永遠著迷的話題——她的健康。「約翰，我可憐的先生，為了讓我少做點事而累壞了。我活得真是緊張。你明白我的意思嗎，白羅先生？」

「明白，明白。」

「他總是對我說：『再懶散一點，艾德琳。』但我做不來。我感覺生活就是做事。事實上，戰爭期間，我還是個女孩，那時我累壞了。我的醫院——你聽說過我的醫院嗎？當然我有護士，有護士長，什麼都有……但事實上還是我在進行管理。」她嘆了口氣。

「你真是精力過人，親愛的夫人。」白羅說道，話有些僵硬，好像是受暗示而說的。

克拉柏頓夫人笑了起來，像個女孩似的。

「大家都說我有多年輕！這很荒唐。我從不假裝我不到四十三歲，」她繼續撒謊，「但很多人都很難相信。『你這麼有活力，艾德琳！』他們總這麼對我說。但真的，白羅先生，如果人沒有活力，那會是什麼樣子呢？」

「死了。」白羅說。

克拉柏頓夫人皺了皺眉頭，她不喜歡這個回答。她覺得，這個男人只是想尋人開心。她站起身，冷冷地說道：「我得去找約翰。」

她邁出去的時候，手提包掉下來並且打開了，裡面的東西散落一地。白羅殷勤地跑上前去幫忙。忙了好幾分鐘，才將唇膏、小梳妝盒、菸盒、打火機以及一些零碎東西全收拾好。克拉柏頓夫人禮貌地向他表示了感謝，然後就跑上甲板並喊道：「約翰……」

克拉柏頓上校和亨德森小姐正談得起勁。他迅速轉過身來，到他妻子跟前。他彎下腰，十分關切愛護。她的甲板椅放得好不好？要不要再更好？他的態度很禮貌，充滿了溫柔的呵護。很明顯，她是一個被體貼丈夫深愛並寵壞了的妻子。

艾莉·亨德森小姐望著遠處的水平線，彷彿什麼東西使她感到很噁心。

白羅站在吸菸室的門邊，冷眼瞧著。

一個沙啞的、顫抖的聲音在他後面響起：「我要是她的丈夫，就會帶把斧頭砍了她。」

船上稍稍年輕一些的人，都不客氣地稱這位老先生為「茶葉種植之祖」，他剛剛拖著腳走了進來。

「孩子！」他喊道，「給我來一杯威士忌。」

白羅俯身撿起一張撕下來的便條紙，它是克拉柏頓夫人手提包裡的東西，剛才沒有撿起來。他注意到那是一張處方的一部分，上面有洋地黃啟。他將它放進口袋，想以後把它還給克拉柏頓夫人。

「是的，」這位年長的乘客繼續道，「討厭的女人。我記得在浦納那個地方有個女人很像她。那是一八八七年。」

「有沒有人帶斧頭去砍她？」白羅問道。

老先生很是悲傷地搖了搖頭。

「她那年就把丈夫給煩死了。克拉柏頓應該堅守自己的權利，他在妻子身上花的心思太多了。」

「她掌握著錢袋。」白羅嚴肅地說。

「哈哈！」老先生笑道，「言之有理。掌握著錢袋。哈哈！」

兩個女孩衝進了吸菸室。其中一個圓臉，有雀斑，黑黑的頭髮被風吹亂了。另一個也有雀斑，和一頭栗色鬈髮。

「救命啊，救命啊！」基蒂・穆尼喊道，「帕梅拉和我要去援救克拉柏頓上校。」

「把他從他妻子那裡救出來。」帕梅拉・克雷根喘著氣說道。

「我們覺得他是個寶貝……」

「而她真是太糟了，什麼也不讓他做。」兩個女孩大聲喊道。

「如果他不和她在一起，他也總是被亨德森那個女人霸占著……」

「她挺不錯的，但太老了……」

她們跑了出去，一邊笑著一邊喘著氣嚷道：「救命……救命……」

§

當天晚上，十八歲的帕梅拉・克雷根走到赫丘勒・白羅跟前，說明了「援救克拉柏頓上校」不是一次突然的行動，而是一個制定下來的計畫。她低聲道：「聽著，白羅先生，我們會在她的鼻子底下將他弄出來，帶他上甲板，在月光下散步。」

就在這時他們聽見克拉柏頓上校在說：「我給你一輛勞斯萊斯汽車的錢，這輩子都用得著。現在我的車——」

「我想是我的車，約翰。」克拉柏頓夫人的話音很尖銳。

對她的粗魯，他沒有生氣，或許是他對此已經很習慣了，抑或是——

「抑或是？」白羅陷入了沉思。

「當然，親愛的，是你的車。」克拉柏頓向妻子鞠了一躬，不再說了，十分平靜。

「他真是一位紳士啊，」白羅想到。「但福布斯將軍說克拉柏頓根本就不是一個紳士。我現在有些懷疑了。」

有人建議打橋牌。克拉柏頓夫人、福布斯將軍和一對目光銳利如鷹的夫婦坐了下來。亨德森小姐說了聲「請原諒」就出去，上了甲板。

「你丈夫呢？」福布斯將軍問道，有些猶豫。

「約翰不打橋牌，」克拉柏頓夫人說道，「他是相當無趣的。」

四個人開始洗牌了。

帕梅拉和基蒂走到克拉柏頓上校跟前，一人抓住他的一個胳膊。

「你得和我們一起去！」帕梅拉說道，「去甲板，天上有月亮。」

「約翰，別胡來，」克拉柏頓夫人說道，「你會凍著的。」

「跟我們一起去，不會的，」基蒂說道，「我們很熱的。」

他和她們一同走了，一路笑著。

白羅注意到了克拉柏頓夫人在開始叫了九墩梅花之後，便沒再叫牌了。

他踱步出去，上了上層甲板。亨德森小姐正站在欄杆邊四下看著，好像在期待什麼。他走過去站在她身邊，他看得出她的情緒一下子低落了不少。

他們聊了一會兒。不久當他沉默的時候，她問道：「你在想什麼？」

白羅答道：「我正在琢磨我的英語。克拉柏頓夫人說：『約翰不打橋牌。』通常不是說『不會打』嗎？」

「我想，他不打橋牌對她而言是一種侮辱。」艾莉乾澀地說道，「他跟她結婚真是傻透了。」

黑暗中，白羅笑了。「你不覺得這個婚姻很可能會白頭偕老嗎？」他問道，有點心虛。

「和那樣的一個女人？」

白羅聳聳肩。「很多令人作嘔的妻子都有個很忠實的丈夫。這是人性令人費解的部分。你得承認她說的話、做的事好像都不會使他惱火。」

亨德森小姐正在考慮該如何回答，這時克拉柏頓夫人的聲音從吸菸室的窗戶傳了出來。

「不，我不想再打了。很悶。我想我得上去甲板呼吸呼吸新鮮空氣。」

「晚安，」亨德森小姐對白羅說，「我得睡覺了。」她很快就消失了。

白羅踱步來到娛樂室——裡面除了克拉柏頓上校和那兩個女孩之外，沒有別人。他正在為她們表演紙牌的魔術。看到他在靈巧地洗牌、做牌，白羅想起了將軍講過，他曾經做過歌舞雜耍。

「看得出你雖然不打橋牌，但你很喜歡玩牌。」白羅道。

「我不打橋牌是有原因的，」克拉柏頓說道，臉上露出迷人的微笑。「我這就讓你看。

我們來打一盤牌。」

他飛快地發了牌。

「把你們的牌拿起來。哼，怎麼樣？」

看到基蒂臉上迷惑不解的神情，他笑了。他將手中的那手牌攤出來，大夥兒也跟著做。基蒂是整組梅花，白羅一手紅心，帕梅拉方塊，而克拉柏頓上校則全部是黑桃。

「看到了嗎？」他說道，「一個能夠隨心所欲發給同伴和對方任何一手牌的人，最好不要參加朋友的牌局！他的運氣要是太好了，別人就會說些很惡毒的話。」

「噢！」基蒂喘著氣說道，「你怎麼做到的？看上去很尋常啊。」

「敏捷的手能夠欺騙眼睛。」

白羅一針見血地說道，並且注意到了他的表情瞬間變化。好像他突然意識到他一時放鬆了警惕。

白羅微微一笑，紳士形象背後那魔術師的一面露了出來。

§

第二天拂曉，船抵達亞歷山大城。

吃完早飯，白羅走到甲板上，發現那兩個女孩正準備上岸。此時她們正在和克拉柏頓上校說話。

「我們現在就該走了，」基蒂催促道，「海關的人一會兒就會下船了。你不和我們一起去嗎？你不會讓我們自己上岸的，對吧？會發生可怕的事情。」

「我當然覺得應該要有人和你們一起上岸，」克拉柏頓微笑著說道，「但我不知道我太太想不想上岸去。」

「那太糟了，」帕梅拉說道，「但她可以好好休息一下。」

克拉柏頓上校看起來有些猶豫不決，很明顯他非常想開溜一下。這時他看到了白羅。

「你好，白羅先生，你上岸去嗎？」

「不，不。」白羅先生答道。

「我……我……去跟艾德琳說一聲。」克拉柏頓上校下了決心。

「我們和你一起去。」帕梅拉對白羅眨了一下眼睛。「也許我們能勸她一塊來。」她又嚴肅地加了一句。

克拉柏頓上校似乎很贊成這個建議，他好像鬆了一口氣。

「那就一塊兒來吧，你們兩個一起來。」他愉快地說道。

他們三個一起沿著第二層甲板的通道走著。

白羅的船艙就在克拉柏頓的對面，出於好奇，他也跟著走。

克拉柏頓上校敲船艙門的時候，有些緊張。

「艾德琳，親愛的，你起床了嗎？」

裡面傳出克拉柏頓夫人睡意矇朧的聲音。「噢，討厭！什麼事？」

「是我，約翰。上岸去玩玩怎麼樣？」

「絕不。」聲音很尖銳也很堅決，「我昨晚睡得很不好，我今天得補眠。」

帕梅拉很快地插話：「噢，克拉柏頓夫人，太遺憾了。我們真的很希望你能和我們一起去。你真的不行嗎？」

「我很肯定。」克拉柏頓夫人的聲音聽起來更加尖銳了。

上校轉轉門把，卻是徒勞。

「幹什麼，約翰？門關著呢！我不想讓乘務員打擾我。」

「對不起，親愛的，對不起。我只是想拿我的旅遊指南。」

「哼，你別拿了，」克拉柏頓夫人厲聲說道，「我不會起床的。走開，約翰，別吵我。」

「當然，當然，親愛的。」上校從門口退了回去。帕梅拉和基蒂緊緊跟著他。

「我們現在就走吧。感謝上帝，你的帽子在頭上。噢，天啊……你的護照該不會在船艙裡吧？」

「事實上，它在我的口袋裡……」上校說道。

基蒂掐了掐他的胳膊。

「太棒了，」她喊道，「好了，走吧！」

白羅俯身靠著欄杆，看著他們三個離去。他聽見身邊一個輕輕的吸氣聲，轉身看見了亨德森小姐。她的眼睛正盯著那三個離去的身影。

「他們上岸了。」她毫無表情地說道。

「是的，你要去嗎？」

他注意到她戴著遮陽帽，皮包和鞋子都很漂亮，一副要上岸的樣子。然而極短暫的猶豫之後，她搖了搖頭。

「不，」她說道，「我想我還是待在船上吧。我有好多信要寫。」

她轉身離開了。

福布斯將軍在做完甲板上的四十八圈晨間運動之後，喘著氣，走了過來。

「啊哈！」當他注意到上校和那兩個女孩離去的身影時，喊道，「原來如此！夫人在什麼地方？」

白羅說克拉柏頓夫人想在床上靜靜躺一天。

「你別信她！」這位老戰士閉上一隻眼睛，「她會起來吃午飯的——如果那時那個可憐的傢伙在現場，可有頓架好吵了。」

但將軍的話沒有應驗。克拉柏頓夫人午飯時間沒出現，等到上校和那兩個女孩四點鐘回到船上的時候，她也沒出現。

白羅待在他的船艙裡，聽見這位丈夫有些歉意地敲著他們的艙房門。他聽見他敲了好長一會兒，也試著將門打開，最後聽見他喊乘務員。

「這邊，我聽不見回答。你有鑰匙嗎？」

白羅立刻從他的床上起來，走到通道。

§

消息很快就在船上傳遍了。人們驚愕地聽說克拉柏頓夫人死在她的床上——一把土著用的刀穿透了她的心臟，在她船艙的地上則發現了一串琥珀珠子。

流言不斷。那天所有上船賣過珠子的人都被抓起來接受盤問！船艙抽屜裡一大筆錢不見了！錢已經找到了！錢還沒有找到！價值連城的珠寶丟了！根本沒有丟什麼珠寶！一個乘務員被逮捕了，承認了謀殺罪行……

§

「真相究竟如何呢？」艾莉．亨德森小姐攔住白羅問道。她的臉很蒼白，顯得很不安。

「親愛的小姐，我怎麼會知道？」

「你當然知道。」亨德森小姐說道。

夜已深，大多數人都已經回到了他們的艙房。亨德森小姐領著白羅，走到船上有頂蓋的幾把甲板椅旁。

「現在告訴我。」她要求道。

白羅若有所思地看看她。「這案子很有趣。」

「她的一些昂貴珠寶被偷了，是不是真的？」

白羅搖搖頭。「不，沒有珠寶被偷，但抽屜裡為數不多的現金不見了。」

「我再也不會感到船上是安全的了，」亨德森小姐顫抖了一下，「有沒有線索？是哪個棕皮膚的土人幹的？」

「沒有，」赫丘勒·白羅說道，「整件事情非常奇怪。」

「你是什麼意思？」她尖聲問道。

白羅攤開手。「好了，接受事實吧。克拉柏頓夫人被發現時至少已經死了五個小時一些錢丟了，一串珠子在她床邊的地上。門是鎖著，鑰匙不見了。對著甲板的窗戶——是窗戶，不是舷窗——是開著的。」

「那又怎樣？」這個女人有些不耐煩了。

「你不覺得謀殺發生在這些特定的情況下有點奇怪嗎？記住，警察對那些上船賣明信片的人、換錢的人、賣珠子的人都是瞭如指掌的。」

「儘管這樣，通常還是由乘務員負責關艙房的門。」她指出。

「是的，那是為了防止小偷，但這是謀殺。」

「你究竟在想什麼，白羅先生？」她好像有些喘不過氣來。

「我在想那扇關著的門。」

亨德森小姐也想了想。「我沒看出什麼。那個人從門出去，鎖上了，並且把鑰匙帶走，這樣謀殺案就不會太快被發現。他很聰明，這件謀殺案直到下午兩點才被發現。」

「不，不，小姐，你不明白我的意思。我才不管他是怎麼出去的，我在意的是他怎麼進去的。」

「當然是從窗戶了。」

「這是可能的。但太難了，總是有人在甲板上來來往往，這一點不能忘記。」

「那就是門了。」亨德森小姐不耐煩地說道。

「可是你忘了，小姐，克拉柏頓夫人把門從裡面鎖了起來。在克拉柏頓上校早晨離船之前，她就這樣做了。他還試了試，所以我們知道情況是這樣的。」

「胡說，門也許卡住了，或者他把手轉得不對。」

「但不是他說這樣就這樣。事實上我們聽見克拉柏頓夫人自己這麼說的。」

「我們？」

「穆尼小姐，克雷根小姐，克拉柏頓上校，還有我自己。」

艾莉·亨德森小姐輕輕跺著腳，腳上的鞋很漂亮。有一陣子她沒說話。然後，她有些惱怒地說道：「好了，你究竟推斷出什麼了？我想如果克拉柏頓夫人可以關門，她當然也可以開門。」

「正是，正是。」白羅望著她，滿面笑容，「所以你認為，克拉柏頓夫人打開門，讓凶手進房去。她可能會給一個賣珠子的人打開門嗎？」

她反對道：「也許她不知道是誰。他可能敲門了，她起來開了門，然後他硬擠進來殺了她。」

白羅搖搖頭。

「正好相反。她被殺的時候，正靜靜地躺在床上。」

亨德森小姐盯著他。

「你的意思是──」她突然問道。

白羅微笑道：「哼，好像她認識那個進來的人，難道不是嗎？」

「你是說，」亨德森小姐說道，她的聲音有些刺耳，「凶手是船上的一個乘客？」

白羅點點頭。「好像是這樣。」

「丟在地上的珠子只是一個煙幕彈？」

「正是。」

「錢失竊了也是？」

「正是。」

稍稍停了一下，亨德森小姐慢慢說道：「我認為克拉柏頓夫人非常令人討厭，而且我覺得這個船上沒有人真正喜歡她，但沒有人有任何動機要殺了她。」

「也許，除了她的丈夫之外。」白羅說道。

「你不是真的以為——」她停了下來。

「這個船上的每個人都認為克拉柏頓上校很有理由『用斧頭把她給砍了』。我想，那是他們的說法。」

艾莉．亨德森看著他，等著。

「但我得說，」白羅繼續道，「我自己沒有注意到這位好上校有什麼生氣的機會。而且更重要的是，他有不在場證明。他整天和那兩個女孩在一起，直到四點才回到船上，那時候，克拉柏頓夫人已經死了好多小時了。」

又沉默了一會兒。艾莉．亨德森輕聲說：「但你還是認為……是船上的一個乘客？」

白羅點了點頭。

艾莉．亨德森突然笑了，一種肆無忌憚、目空一切的笑。「你的理論可能很難證明，白羅先生，船上有好多乘客。」

白羅鞠了一躬。

「我得用一個貴國偵探小說中的說法：『我有我自己的辦法，華生。』」

第二天吃晚餐時，每個乘客都在碟子邊發現一張列印的紙條，要求他們在八點半時到主休息室去。當人們到齊之後，船長站到通常是樂隊表演的凸台上向大家講話：「女士們，先生們，你們都聽說了昨天發生的悲劇。我相信你們都願意合作，將這件慘案的凶手繩之以法。」他停下來，清清嗓子，「在船上和我們在一起的有赫丘勒．白羅先生，你們大家很可能都知道了，他在……哦，這些事情上很有經驗。我希望你們仔細聽他講講。」

就在這時，克拉柏頓上校進來了，坐在福布斯將軍的身邊，他沒有去吃晚飯。看起來他很悲傷茫然，根本不像感到解脫的樣子。要不然他就是一個很好的演員，再不然，就是他真的很喜歡他那很難相處的妻子。

「赫丘勒．白羅先生。」船長說著，從台上下來了。

白羅走上去，他對大家笑著，一副充滿自信的樣子，看上去很可笑。

「先生們，女士們，」他開始說道，「你們能夠如此包容地聽我說話，我不勝感激。船長先生告訴你們，我在這方面有些經驗。事實上，我的確在偵辦這個案子方面有一些自己的想法。」

他做了一個手勢，一名乘務員走上前去，遞給他一個包在床單裡、很大、看不出形狀的東西。

「我要做的事情可能會使你們大吃一驚，」白羅提醒道，「也許你們會覺得我很古怪，或許，很瘋狂。然而我向你們保證，在我的瘋狂背後有——正如你們英國人所說的——一個方法。」

他和亨德森小姐對視了一會兒，才動手打開那個很大的包包。

「這兒，先生們，女士們，我有個很重要的證人，可以證明是誰殺了克拉柏頓夫人。」

他靈巧的手將蒙著的最後一塊布迅速拿開，露出了裡面的東西：一個幾乎和真人一樣大的木玩偶，穿著一件絲絨西服，上面有花邊的領子。

「好了，阿瑟，」白羅說道，他的聲音有了些微妙的變化，不再是外國味道，相反的，是一口很自信的英語，聲調帶著倫敦佬的抑揚頓挫，「你能告訴我──我重複一遍，你能告訴我有關克拉柏頓夫人死亡的事嗎？」

玩偶的脖子擺動了一下，它的木頭下巴動了動、晃了晃，就聽見一個尖銳的女高音在說：「幹什麼，約翰？門關著呢！我不想讓乘務員打擾我……」

只聽得一聲尖叫，一張椅子倒了，一個男人站在那裡，身子歪向一邊，他的手放在脖子上，努力著想說話，努力著……突然，他的身子癱成一團，一頭栽倒在地。

是克拉柏頓上校。

白羅和船上的醫生從俯伏在地的人身邊站起身來。

「我想是沒救了，心臟病。」醫生的話很短。

白羅點點頭。「把戲被人戳穿了，嚇死了。」

他轉身對福布斯將軍說道：「是你，將軍，給了我一個很有用的暗示，你提到了戲劇舞台。我一直不了解，後來我想起了這個。假設戰前克拉柏頓是個口技藝人，那樣的話，三個人在克拉柏頓夫人已經死了的時候，還能夠聽到她從船艙裡面說話，那是完全有可能的……」

艾莉．亨德森站在他身邊。她的雙眼暗沉，充滿了痛苦。

「你知道他心臟不好嗎？」她問道。

「我猜到了。克拉柏頓夫人說到自己的心臟不好，但我感覺她是那種喜歡讓人覺得她有病的女人。後來，我撿到了一張撕碎了的處方，上面開了很大劑量的洋地黃啟。洋地黃啟是一種治療心臟病的藥，但不可能是克拉柏頓夫人的，因為這種藥會使瞳孔放大。我從沒發現她有這種情況；但當我看他的眼睛時，立刻就看出了這種跡象。」

艾莉喃喃道：「所以你認為，事情可能會……這樣結束？」

「這是最好的結局，不是嗎，小姐？」他輕聲說道。

他看見她眼裡湧出淚水。她說道：「你知道，你一直都知道……我愛……但他不愛我。是那些女孩，是她們的年輕，使他感到他受到奴役；他想獲得自由，要不然就太晚了……是的，我想是那樣的……你什麼時候猜到是他的？」

「他的自制力太強了，」白羅三言兩語地說道，「不管他妻子的所作所為是多麼讓人惱怒，好像他都無動於衷。這表明要不就是他習慣了，這不會刺痛他；要不就是——好了，我決定是後者，我對了……

「然後，他堅持要表演他變戲法的能力——案發前一天，他假裝露出真面目。但像克拉柏頓這樣的人是不會露出真面目的，所以他那樣做必然有原因：只要人們認為他是魔術師，就不會認為他是個口技藝人。」

「那個聲音，克拉柏頓夫人的聲音是——」

「有個乘務員的聲音和她很像。我讓她躺在後台，教她說這些話。」

「這是個詭計，一個殘酷的詭計。」亨德森喊出聲來。

「我不認同謀殺。」赫丘勒·白羅說道。

18

花園疑案

Poirot's Early Cases

赫丘勒．白羅將面前的信整齊地放成一疊，拿起最上面的一封，研究了一會兒上面的地址，然後用放在早餐桌上的專用拆信刀，將信封背面縱向裁開，把裡面的東西拿出來。在裡面還有一個信封，用紫色的蠟仔細封好，上面有「非本人勿啟」的字樣。

赫丘勒．白羅那蛋形臉上的眉毛向上揚了揚。他喃喃道：「耐心點，這就來了！」再一次用上那把拆信刀。這一次信封裡掉出一封信——字跡顫巍巍的，又長又尖，好些字重重地畫上了線。

赫丘勒．白羅打開信讀起來。信的上端又寫了「非本人勿啟」。右邊是地址和日期。地址：玫瑰岸，查曼草原，巴克斯；日期：三月二十一日。

親愛的白羅先生：

我一位正派的老朋友知道我最近的煩惱和痛苦，他向我推薦了你。這位朋友不知道真實的情況——我誰也沒說——這件事要嚴格保密。我的朋友向我保證，說你行事謹慎，這樣的話我就不必擔心警察插手了。如果我的懷疑是正確的，我會感到相當痛心。但當然也有可能我完全錯了。這些日子以來，我感覺自己的腦子有些糊塗，這是因為我失眠，加上去年冬天患了重病的緣故。我想調查這個案子，但力不從心，我既沒有方法也沒有能力。另一方面，我得再次重申，這是一樁很微妙的家庭事務，並且基於很多原因，我希望此事不要張揚。一旦我對事實很有把握，我自己會處理這件事。我希望在這點上我已經說清楚了。如果你同意調查此事，希望你會按以上的地址通知我。

謹此

阿米莉亞．巴羅比

白羅將這封信讀了兩遍。他的眉毛又一次向上揚了揚，然後將它放在一邊，又拿起那堆信中的下一封。

十點整，他走進了機要祕書萊蒙小姐的房間，她正坐在那兒等著今天的指示。萊蒙小姐四十八歲，外表平凡，她給人的總體感覺是：好多骨頭被隨意扔到一塊兒。她愛好整潔，這點幾乎可以和白羅相提並論；雖然她具備思考能力，但她從不使用，除非要求她去使用。

白羅將上午的郵件遞給她時說：「小姐，請用合適的詞句回絕所有這些請求。」

萊蒙小姐瀏覽了一下各種各樣的信，依次在上面草草寫上難解的符號。這些符號只有她一個人懂，而且有她自己的一套體系：「勸誘」、「耳光」、「呼嚕呼嚕」、「簡明扼要」等等。做完了這些，她點點頭，然後抬起頭等待進一步的指示。

「好了，白羅先生。」

她的鉛筆準備好了，在她的速記簿上懸著。

「你看那封信如何，萊蒙小姐？」

對萊蒙小姐來說，信的用途除了詳細回覆來函之外，沒有別的作用。她的雇主很少會依賴她的人情歷練，而通常只是求助於她的辦事能力。當他這樣做的時候，她會有些慍怒。她幾乎就是一台完美的機器，對所有世間人事漠不關心，她生活中真正的興趣，是將文件歸檔方法臻於完美，而認為別的文件歸檔方法都應該銷聲匿跡。她晚上作夢都在研究這些方法。然而，正如赫丘勒．白羅所知道的那樣，萊蒙小姐對人情世故還是有相當的理解。

「怎麼樣？」他問道。

「老夫人，」萊蒙小姐說道，「十分緊張。」

「還有呢？」

「很保密，」她說道，「什麼也沒說。」

「是的，」赫丘勒．白羅說道，「我注意到了。」

萊蒙小姐的手又一次放在速記簿上等著。這一次赫丘勒．白羅說話了：「告訴她，如果她不能到這兒來找我，那麼，看看能在什麼時間去拜訪她，我都會感到很榮幸。不要用打字機，用手寫。」

「好的，白羅先生。」

白羅又拿出一些郵件。「這些是帳單。」

萊蒙小姐的手很快將它們整理出來，效率很高。

她說：「除了這兩份之外都可以付款。」

「這兩份怎麼了？它們沒錯啊！」

「它們是你剛開始打交道的公司。才剛開新帳戶就很快付錢是不好的。好像是你打定主意日後要從他們那兒貸款似的。」

「啊！」白羅喃喃道，「有關你對英國商人深刻的認識，我深表折服。」

「對他們我沒什麼不清楚的。」萊蒙小姐板著臉說道。

§

給阿米莉亞．巴羅比小姐的信如期寫好並寄出了，卻沒有回音。赫丘勒．白羅想，也許這位老夫人她自己解了謎。但若是那樣，她竟然沒寫一句客氣話來說不再需要他的幫助了，對此他感到有一絲驚訝。

五天後，當萊蒙小姐接受完指示後說道：「我們去信的那位巴羅比小姐，難怪沒回信。她死了。」

赫丘勒．白羅很輕聲地說道：「啊——死了。」

聽起來不像個問題，倒像個答案。

萊蒙小姐打開皮包，拿出一張剪報。「我在地鐵裡看見的，就把它撕了下來。」

白羅在心裡暗自表示讚許，雖然萊蒙小姐用了「撕」這個詞，但她是用剪刀將它整齊地剪下來。白羅讀著從《早間郵報》的「出生、死亡、婚姻」欄裡剪下來的那個通告：

三月二十六日，阿米莉亞・珍・巴羅比逝世於查曼草原玫瑰岸，享年七十三歲。根據她的要求，謝絕鮮花敬辭。

白羅讀完之後，輕聲喃喃道：「突然死亡。」然後他輕快地說道：「請你記下一份口授信稿，萊蒙小姐，好嗎？」

鉛筆還懸著。萊蒙小姐的心思還在文件歸檔方法那錯綜複雜的細節上面，但她聽到吩咐後，馬上用速記的方法，迅速而準確地記下了白羅口授的內容。

親愛的巴羅比小姐：

我沒有從你那兒收到回信，但因我星期五要去查曼草原附近，我將於那天拜訪你，並與你詳細討論你在信中提到的事情。

謹此

赫丘勒・白羅

「請把這封信打出來。如果立刻寄出的話，今晚可以到查曼草原。」

第二天早上一封緄著黑邊的來信隨第二班郵件來了。

親愛的先生：

來信收悉，我的姑媽巴羅比小姐，二十六日去世了，因此你所提到的事情不再重要了。

謹此

瑪麗．德拉方丹

白羅暗自笑道：「不再重要了……啊，我倒要看看。出發，去查曼草原。」

玫瑰岸是一幢別墅，頗為名副其實，若其他類似的別墅叫這名字則有些不妥。

當他沿著小徑走向前門時，赫丘勒．白羅停了下來，讚許地看著兩邊規畫整齊的花壇。玫瑰本身預示著今年稍晚會有一個好收成，正在盛開的則有黃水仙、鬱金香、藍色風信子——最後一個花壇用貝殼鑲邊，但沒鑲全。

白羅喃喃自語道：「孩子們唱的那個英語歌曲，怎麼說來著？」

瑪麗太太，唱反調，

你的花園種什麼？

種鳥蛤殼，種銀鐘花，

漂亮女僕排一行。

「也許不是一行，」他考慮，「但至少要有一個漂亮的女僕能讓這個歌謠說得過去。」

前門開了，一個戴著帽子、穿著圍裙的整潔小女僕，疑惑地看著那個留鬍子的外國人在花園大聲地自言自語。正像白羅所期望的，她是個很漂亮的女孩，有著圓圓的藍眼睛和紅潤的臉龐。

白羅禮貌地舉起帽子，對她說：「對不起，是不是有一個阿米莉亞．巴羅比夫人住在這裡？」

小女僕倒吸了一口氣，她的眼睛變得更圓了。「噢，先生，你不知道嗎？她死了。很突然，星期二晚上。」

她猶豫著，在兩種本能之間舉棋不定：第一種，是對外國人的不信任；第二種，她這一階層的人在談論疾病和死亡時的那種快感。

「你在嚇我，」赫丘勒．白羅不是很誠實地說道，「我今天與夫人有約會。不管怎樣，也許我可以見見住在這裡的另外一位夫人。」

這個小個子女僕還是有些不相信。

「是太太嗎？嗯，也許你可以見她，但我不知道她想不想見任何人。」

「她會的。」白羅說道，並遞給了她一張名片。

他威嚴的語氣發揮了效果。這位臉紅撲撲的女僕退後兩步，並將白羅帶進了門廳右邊的一個客廳，然後拿著名片去找她的太太。

赫丘勒四下看看。這間房間是個很傳統的客廳，米灰色的牆紙上面是起絨粗呢，模糊的大花型印花裝飾布，玫瑰色的座墊和窗簾，很多瓷器小玩意兒和裝飾品。屋裡沒有什麼特別引人注目的東西，也不能確切表現主人的品味。

突然，十分敏感的白羅感覺有人在看著他。他急轉過身來。一個女孩站在落地窗的進口處。她個子不大，臉色灰黃，留著黑黑的長髮，還有一雙懷疑的眼睛。

她走了進來，正當白羅微微鞠躬時，她突然喊道：「你來做什麼？」

白羅沒有回答，只是揚了揚眉毛。

「你不是一個律師，不是嗎？」

她的英語不錯，但別人絕不會把她當作英國人。

「我為什麼得是一個律師呢，小姐？」

女孩惱怒地瞪著他。

「我以為你是呢。我以為你來這裡也是要說『她不知道自己在做什麼』。我聽說過『不正當影響』這樣的名詞，他們這樣稱呼，不是嗎？但那不對。她想給我那筆錢，我也會擁有那筆錢。如果需要，我也要請自己的律師。錢是我的，她這麼寫的，也就應該是這樣。」

她看上去很醜，下巴突出，兩眼閃光。

門開了，一個高個子女人走了進來並喊道：「卡翠娜。」

女孩退縮了，臉紅了起來，嘟囔了些什麼，然後從落地窗出去了。

白羅轉身面對這個新來的人，她只說了一句話就卓有成效地將這個情況處理了。她的聲音很有威嚴，但帶有輕蔑和一絲禮貌的譏諷。他立刻了解到這是屋子的主人——瑪麗・德拉方丹。

「白羅先生嗎？我給你寫信了。你不可能沒有收到我的信。」

「哎呀，我一直不在倫敦。」

「噢，我明白，那就對了。我得介紹一下自己，我叫德拉方丹。這是我的丈夫。巴羅比夫人是我的姑媽。」

德拉方丹先生進房間的時候步履很輕，所以他的到來誰也沒注意到。他個子很高，頭髮花白，舉止沒有個性。他用手指摸下巴的樣子十分緊張。他時常看著自己的妻子，可以很明顯看出，他希望她在任何場合都能代表發言。

「很遺憾在你們這種悲痛時刻不請自來。」赫丘勒・白羅說道。

「我很清楚這不是你的錯，」德拉方丹夫人說道，「我姑媽星期二晚上去世了。這非常意外。」

「非常意外，」德拉方丹先生說道，「很大的打擊。」

他的眼睛看著那個外國女孩剛才離去的落地門。

「我向你們道歉，」赫丘勒・白羅說道，「我告辭了。」

他向門移了一步。

「等一會兒，」德拉方丹先生說道，「你說，你……呃，和阿米莉亞姑媽有個約會，是嗎？」

「是。」

「也許你可以跟我們談一談，」他的妻子說道，「有沒有什麼我們可以做的……」

「這是需要保密的。」白羅說道，「我是個偵探。」他又簡單加了一句。

德拉方丹先生打翻了他正拿著的一個小瓷人。他的妻子看上去有些迷惑。

「一個偵探？你和姑媽有個約會？多奇怪啊！」她盯著他，「能不能多說一點，白羅先生？這……這好像很荒誕。」

白羅沉默了一會兒。他小心地斟酌著用詞。

「夫人，我也不完全知道該怎麼做。」

「聽著，」德拉方丹先生說道，「她沒有提到俄國人，是嗎？」

「俄國人？」

「是的，你知道，布爾什維克、紅軍什麼的。」

「別荒唐了，亨利。」他的妻子說。

德拉方丹先生立刻退縮下來，忙說道：「對不起，對不起，我只是揣測。」

瑪麗·德拉方丹不稍掩飾地看著白羅。她的眼睛很藍，是勿忘我的顏色。

「如果你把什麼都跟我們講的話，白羅先生，我會很高興。我向你保證我有一個——一個理由這樣要求。」她說。

德拉方丹先生的表情看起來很驚愕，無疑意味著：「小心，老婆，你知道，或許什麼事也沒有。」

他的妻子又一次用目光將他壓了回去。

「怎麼樣，白羅先生？」

赫丘勒・白羅慢慢、嚴肅地搖搖頭。看得出他深覺遺憾，但他還是搖了搖頭。

「目前，夫人，」他說道，「我想我什麼也不能說。」

他鞠了躬，拿起帽子，向門口走去。瑪麗・德拉方丹和他一起走進門廳。在門階上，他停下來看著她。

「我想你很喜歡你的花園，夫人？」

「我？是的，我花很多時間整理花園。」

「我向你表示我的讚美。」

他又鞠了一躬，走向大門。當他穿過門向右轉去的時候，他往後掃了一眼，產生兩個感覺：一個臉色灰黃的人從一樓的窗戶看著他；還有一個腰板很直、像戰士一樣的男子在街的那一邊來回踱步。

赫丘勒・白羅暗自點頭。

「毫無疑問，」他說道，「這洞裡有一隻老鼠！貓下一步該怎麼走？」

他決定走進最近的郵局。在這兒他打了幾個電話，結果好像很滿意。他轉身去了查曼草原警察局，在那兒他找到西姆斯警官。

西姆斯警官高大魁梧，十分熱忱。

「白羅先生嗎？」他說，「我想是的，警察局長剛打電話來談起你。他說你會來。進我的辦公室吧！」

關上門，警官揮手讓白羅在椅子上落座，自己在另一張椅子上坐下來，目光注視著來訪者，露出急切探問的神色。

「你找尋目標的速度真快啊，白羅先生。在我們知道這是個案件之前，就來查這個玫瑰岸的案子了。是什麼驚動了你的大駕？」

白羅掏出他收到的那封信，把它遞給了警官。警官饒有興趣地讀起來。

「有意思，」他說道，「問題是，它可能意味著很多事情。很遺憾，她沒有再說得明確一點，那樣的話會對我們很有幫助的。」

「那就沒有必要請求幫助。」

「你是說——」

「她還會活著。」

「你這麼認為，是嗎？嗯……我不能說你錯了。」

「警官，我請你將情況再為我說明一下。我什麼也不知道。」

「那很容易。星期二晚上老夫人病了，十分嚇人，驚厥、痙攣等等。他們叫了醫生。等醫生趕到時，她已經死了。醫生認為她是因痙攣而死。嗯，他覺得事情不太對勁。他說話吞吞吐吐，閃爍其詞，最終他拒絕出具死亡證明。而對這家人來說，問題就在這兒，他們在等著驗屍結果。我們得知道多一點，醫生立刻將內部情況告訴了我們——他和法醫一起做了屍體解剖——結果很確定，老夫人死於大劑量的番木鱉鹼。」

「啊哈！」

「是的。不是好玩的工作。問題在於，是誰把這個給她的？下毒一定是在她死前不久。我們首先想到的是，毒藥是在吃晚飯時放進她的食物裡。但老實說，那好像是不對的。他們吃了魚排，蘋果餡餅，還有洋薊湯，那是用砂鍋端上桌的。

「同桌有巴羅比夫人，德拉方丹先生和德拉方丹夫人。巴羅比夫人有個看護——一個有一半俄國血統的女孩——但她不和這家人一起吃飯。她都是在他們從餐廳出來後吃剩下的飯菜。有個女僕，但那天晚上她不當班。她將湯放在爐子上，魚排放在烤箱裡，蘋果餡餅是涼的。他們三人都吃了一樣的東西。除此之外，我想你不能把番木鱉鹼送進任何人的嗓子裡。那東西味道跟膽汁一樣苦。醫生告訴我在千分之一的溶液中，或者別的什麼東西裡，你都可以嘗出來。」

「咖啡？」

「咖啡是有可能，但老夫人從不喝咖啡。」

「我明白了。是的，這像是一個沒辦法解決的問題。她晚飯時喝了什麼？」

「水。」

「更不可能了。」

「有些棘手，是不是？」

「老夫人她有錢嗎？」

「很闊綽，我想，當然我們還沒有準確的數目。根據我們掌握的情況，德拉方丹一家經濟很窘迫，是老夫人幫他們維持這個家的。」

白羅笑了笑說道：「所以你懷疑德拉方丹一家。他們當中的誰呢？」

「我還不能說我懷疑他們當中確切的哪一個。但事實是，他們是她唯一的近親，而她的死會帶給他們一筆可觀的財產，這一點毫無疑問。我們都知道人性啊！」

「人有時候是沒有人性的，是的，真的。那老夫人沒有吃別的東西嗎？」

「嗯，事實上——」

「啊，哦！就像你所說的，我感到你自有錦囊妙計。湯、魚排、蘋果餡餅，無聊！現在我們談談重要的事情。」

「我也不清楚。但事實上，吃飯之前她總要吃一個扁形『膠囊』。你知道，不是真的膠囊，也不是藥片；是那種米紙包裝的東西，裡面有一些藥粉，一種有助消化的無害粉末。」

「妙極了。在一個扁形膠囊裡放進番木鱉鹼，然後將其中一個替換掉，喝口水，就順著喉嚨送下去了，不會嘗出它的味道。」

「是這樣。問題是，是女僕把這個給她的。」

「那個俄國女孩？」

「是的，卡翠娜。對巴羅比夫人來說，她是一個幫手，一個看護。我想她經常被巴羅比夫人使來喚去。給我拿這個，給我拿那個，給我拿另一個，給我捏捏背，把藥給我倒出來，去一趟藥房如此等等。你知道跟這些老婦人在一塊兒會是什麼感覺——她們沒有惡意，但她們需要的是一個黑奴！」

白羅笑了。

「你知道，你是對的，」西姆斯警官繼續說道，「這不是很合乎情理。為什麼這個女孩要毒死她呢？巴羅比夫人死了，這個女孩就會失去一份工作，而現在工作是很不容易找的，她又沒有受過訓練或是其他教育。」

「還有，」白羅建議道，「如果扁形膠囊盒到處亂放，屋裡的任何人都可能有機會。」

「自然我們也在調查——悄悄地進行，如果你能理解我的話。例如，上次配藥方是在什麼時候，它一般放在什麼地方等等。這需要耐心和進行很多艱巨的準備工作，這樣最後才能做好工作。還有巴羅比小姐的律師。我明天要和他見面。還有銀行經理。需要做的事情還有很多。」

白羅站起身。

「請幫我一個小忙，西姆斯警官，請將事情的進展告訴我一聲。我會不勝感激。這是我的電話號碼。」

「噢，當然，白羅先生。兩個人總比一人強，此外，你有了那封信也應該參與進來。」

「你真好，警官。」白羅禮貌地和他握手告辭了。

第二天下午有電話找他。

「是白羅先生嗎？我是西姆斯警官。事情開始變得引人關注了。」

「真的？請告訴我。」

「嗯，第一項，很大的一項：巴羅比夫人給她的侄女留了一小筆遺產，而其他的都留給了卡翠娜。贈與動機是：『考慮到她的善意和周到』，遺囑是這樣說的。這就使事情發生了變化。」

白羅的心中立刻浮現了一幅圖畫：一張灰黃的臉和一個情緒激昂的聲音在說「錢是我的。她這麼寫的，也就應該是這樣」。這份財產對卡翠娜來說不是一個意外，她在之前就知道了。

「第二項，」警官的聲音在繼續，「除了卡翠娜之外，誰也沒有動過扁形『膠囊』。」

「你確定嗎？」

「女孩自己沒有否認這點。你怎麼看？」

「非常有意思。」

「我們只需要再知道一件事——番木鱉鹼是怎麼到她手上的。那不會太困難。」

「但到目前為止還沒找到，是嗎？」

「我還沒開始呢。今天早上才審訊。」

「審訊結果如何？」

「延期一週再繼續。」

「那位年輕女士——卡翠娜呢？」

「她已涉嫌，被我拘留了。我不想冒什麼風險。她在這個國家可能會有一些不是善類朋友將她弄出去。」

「不，」白羅說道，「我想她沒有朋友。」

「真的嗎？你怎麼會這樣說呢，白羅先生？」

「這只是我的一個想法。沒有你所說的——別的『項目』了嗎？」

「沒有特別相關的。巴羅比夫人最近好像一直在出售她的股票，一定是損失了不小一筆錢。這是些相當見不得人的勾當，但我看不出它會和主要問題有什麼關係，目前沒有。」

「不，也許你是對的。嗯，非常感謝。謝謝你給我打電話。」

「沒什麼。我是說話算話的人。我可以看出你對這案子很感興趣。天知道，在結束之前也許你能幫助我。」

「那我會很榮幸。也許會對你有幫助，比如說，如果我能抓住那個女孩卡翠娜的一個朋友的話。」

「我想你剛說過她沒有朋友，不是嗎？」西姆斯警官很詫異地說。

「我錯了，」赫丘勒．白羅說道，「她有一個朋友。」

在警官追問之前，白羅掛了電話。

他一臉嚴肅地走進了萊蒙小姐的房間，她正坐在打字機旁打字。看到她的雇主進來，她從鍵盤上抬起手來，看著他，露出探問的神色。

「我想讓你，」白羅說道，「推斷一個故事。」

萊蒙小姐的手垂到了膝上，一副無可奈何的樣子。她很喜歡打字，付帳，將文件歸檔，還有登記約會。讓她設想自己在一個假設的情景當中，她感到乏味透了，但她還是把它當作份內的事去做。

「你是一個俄國女孩。」白羅開始道。

「是的。」萊蒙小姐雖然這樣答應著，但從神態到口音仍是個道地的英國人。

「在這個國家你很孤單，也沒有朋友。你有理由不想回俄國去。你的工作是為一位老太太做傭人，作伴，當看護。你很溫順，從不抱怨。」

「是的。」萊蒙小姐順從地說道，但怎麼也看不出她會對天底下哪個老太太溫順。

「老太太喜歡你。她決定將她的錢留給你。她這麼對你說的。」白羅停了下來。

萊蒙小姐又說了一個「是的」。

「後來老太太發現了什麼事情，也許是錢的問題；她也許發現你對她不誠實，或者更嚴重——藥吃起來味道不一樣，食物吃起來也不合胃口。不管怎麼說，她開始懷疑你，並且向一個很著名的偵探寫了一封信……好吧，向一個最著名的偵探寫了一封信——那就是我！我不久就要去拜訪她。然後，就像你所說的『油滴掉進了火裡』，重要的是要趕快行動。於是，在大偵探到來之前，老夫人就死了，錢就到了你手裡……告訴我，這些對你來說合情合理嗎？」

「很合理，」萊蒙小姐說道，「我是說，對一個俄國人來說很合情合理。我個人是絕不會做侍伴這樣的工作。我喜歡我的職責明明白白。當然我作夢也想不到要去殺人。」

白羅嘆息道：「我多想念我的朋友海斯汀啊。他想像力豐富，他多浪漫啊！雖然他總是推斷錯誤——但那本身就是一個導向。」

萊蒙小姐沒有說話。她渴望地看著她面前那張打字打了一半的紙。

「那麼對你來說這都很合情合理？」白羅沉吟道。

「你不這麼認為嗎？」

「我想是的。」白羅嘆息道。

電話響了，萊蒙小姐走出房間去接電話。她回來說：「又是西姆斯。」白羅匆匆跑到電話前，「你好，你好。你說什麼？」

西姆斯重複道：「我們在女僕的臥室發現了一包番木鱉鹼，藏在床墊下面。警佐剛剛回來通報了這個消息。我想那差不多就可結案了。」

「是的，」白羅說道，「我想可以結案了。」

他的語調變了，突然充滿了信心。

他掛了電話，坐在寫字檯邊，機械地整理著桌上的東西。他自己喃喃道：「有什麼東西不對。我感覺到了，不是感覺到了，一定是我看見的什麼東西。向前推，我的腦子。想想，再想想。是不是所有東西都合乎邏輯，都理所當然？那個女孩，她對錢焦慮；德拉方丹夫人，她的丈夫——他提到了俄國人——笨蛋，他是一個笨蛋；那個房間；那個花園——啊！是的，那個花園。」

他坐起身，但身子僵直，他的眼裡閃著綠光。他跳起來，走進隔壁的房間。

「萊蒙小姐，請停一停你手上的工作，替我做個調查好嗎？」

「調查，白羅先生？我擔心我不是很擅長……」

白羅打斷了她。「你說過你對商人很熟悉。」

「我的確說過。」萊蒙小姐自信地說。

「那麼事情就簡單了。你去一趟查曼草原，找一個魚販子。」

「一個魚販子？」萊蒙小姐問道，十分驚訝。

「正是。給玫瑰岸提供魚的魚販子。你找到他時問他一個問題。」

他遞給她一張紙條。萊蒙小姐接過來，不經意地看了一眼，然後點點頭，將打字機的蓋子蓋上。

「我們一塊兒去查曼草原，」白羅說道，「你去找魚販子，我去警察局。從貝克街去只要半小時。」

到達目的地，西姆斯警官驚訝地迎上來。

「真快啊，白羅先生。一小時之前我還在跟你通電話呢！」

「我有個請求，請你讓我見一見這個女孩卡翠娜。」

「嗯，我不反對。」

這個叫卡翠娜的女孩看上去臉色黃極了，而且一臉怒氣。

白羅輕聲對她說：「小姐，我想讓你相信我不是你的敵人。我想讓你告訴我事實。」

她的眼裡露出輕蔑的神色。「我把事實告訴了你們，我把事實告訴了所有的人！如果老太婆是被毒死的，也不是我下的毒。這是個錯誤。是你們不想讓我得到那筆錢罷了。」

她的聲音很刺耳。在他看來，她像一隻走投無路的可憐小老鼠。

「那些藥，除了你，沒人動過嗎？」

「我已經說過了，不是嗎？那是那天下午在藥局配的。我用提包把它們裝著帶了回來——那是晚飯之前。我打開盒子，和一杯水一起交給了巴羅比夫人。」

「除了你沒人碰過嗎？」

「沒有！」她像一隻走投無路的老鼠吱吱叫著，很有勇氣。

「巴羅比夫人晚飯只吃了我們聽說的湯、魚排以及餡餅嗎？」

「是的。」說這話時，她十分絕望，黑黑的眼睛裡充滿了不悅和無望。

白羅拍拍她的肩膀。「勇敢點，小姐。也許還有自由……是的，還有錢……一個悠閒自在的生活。」

她懷疑地看著他。

他走出去時，西姆斯對他說：「電話裡你說的我不太明白，你說這女孩有個朋友。」

「她有一個朋友。我！」赫丘勒·白羅說道。

在警官恢復神智之前，他已離開了警察局。

在綠貓茶屋，萊蒙小姐沒有讓她的雇主等得太久。她直截了當地把情況說了出來。「那男子的名字叫拉奇，住在海伊街。你非常正確，確實是十八個。他說的我都記了下來。」她遞給他一份記錄。

「啊。」這聲音低沉、圓潤，像貓的呼嚕聲。

赫丘勒·白羅向玫瑰岸走去。當他站在前面的花園時，夕陽正在他的身後落下，瑪麗·德拉方丹走出來迎接他。

「白羅先生？」她的聲音聽上去很是詫異，「你又回來啦？」

「是的，我又回來了。」他停了停說道，「當我第一次來這兒時，夫人，我就想起了孩子們的童謠：

瑪麗太太，唱反調，
你的花園種什麼？
種鳥蛤殼，種銀鐘花，
漂亮女僕排一行。

「只不過不是鳥蛤殼，是不是，夫人？它們是牡蠣殼。」他用手指著。

他感覺到她屏住了呼吸，呆在那裡一動也不動。她的眼睛問了一個問題。他點點頭。

「是這樣的，我知道！女僕將晚飯準備好了——她會發誓，卡翠娜也會發誓你們吃的就是這些。只有你和你的丈夫知道你帶回了十八隻牡蠣……稍稍款待一下姑媽。將番木鱉鹼放進一個牡蠣當中是非常容易的。它是吞下去的，像這樣！但還有殼，它們不能放在桶裡，女僕會看見的。因此你就想到用它們來圍一個花壇。但不夠，因此沒有圍完整，效果很差……這破壞了本來很迷人的花園對稱感。那幾個牡蠣殼讓我覺得很怪……我第一次來看到它們，就使我感到很不對勁。」

瑪麗．德拉方丹說道：「我想你是從信上猜出來的。我知道她寫了——但我不知道她說了多少。」

白羅含糊其辭地說道：「我至少知道這是一個家庭事務。如果是卡翠娜的問題，就沒必要保密了。我想你或你的丈夫為了自己獲利，而出售巴羅比夫人的股票，而她發現了……」

瑪麗・德拉方丹點點頭。「很多年來我們一直這樣做——這兒弄點，那兒弄點。我從沒想到她還那麼機敏，會發覺。後來我得知她找了一個偵探；我也發覺她把她的錢留給了卡翠娜——那個卑劣的小東西！」

「於是就將番木鱉鹼放到了卡翠娜的房裡？如果沒讓我發現，那你和你丈夫就僥倖逃脫了，卻將謀殺之罪強加給一個無辜的孩子。你沒有一點憐憫之心嗎，夫人？」

瑪麗・德拉方丹聳聳肩，她那勿忘我的藍眼睛，緊緊盯著白羅。他記起了第一天他來的時候，她的完美演技和她丈夫那拙劣的表演。一個不平凡的女人——卻沒有人性。她說：「憐憫？為了那個卑劣、騙人的小老鼠？」她的輕蔑溢於言表。

赫丘勒慢慢說道：「我想，夫人，生活中你只在乎兩件東西。一個是你的丈夫——」

他看見她的嘴唇在顫抖。

「而另一個，是你的花園。」

他環顧一下四周。他的目光好像是為他所做的和將要做的事情向花木道歉。

專文推薦

藏在日常細節中的冒險

楊照（作家）

一開始，就都在那裡了。

一九二〇年，阿嘉莎．克莉絲蒂出版了《史岱爾莊謀殺案》，神探白羅就已經退休了。而且在這個案子裡，藉由敘述者海斯汀的轉述，就鋪陳出克莉絲蒂小說最基本的偵探原則：

「那些看來或許無關緊要的小細節……它們才是重要的關鍵，它們才是偉大的線索！」

「豐富的想像力就像洪水一樣，既能載舟亦能覆舟，而且，最簡單直接的解釋，往往就是最可能的答案。」

「沒有任何謀殺行為是沒有動機的。」

還有，一個不討人喜歡的死者，一群各有理由不喜歡死者、因而也就都有殺人動機的人，這些人彼此之間構成複雜的關係，有的互相仇視，有的互相愛戀，麻煩的是，有些愛人其實貌合神離，有些仇人其實私下愛慕；更麻煩的是，不論是愛或是仇，都有可能是扮演出來的。

一個外來的偵探必須周旋在這些嫌疑者之間，從他們口中獲取對於案情的了解，換句話說，他必須在很短的時間內，搞清楚誰是誰、誰跟誰吵架、誰跟誰偷情，然後判斷誰說的哪一句是實話、哪一句是謊言。常常謊言比實話對於破案更有幫助。

再偷偷透露一下，如果要和小說裡的凶手及小說背後的作者鬥智，就像克莉絲蒂對英國社會的了解，祕訣就在於要去追究小說裡的人物背景，尤其是他們的階級地位。基本上，階級地位愈高、權力愈大、愈有錢者，說的話就愈不要相信。例如在《史岱爾莊謀殺案》中，僕人、園丁說的話遠比有頭有臉的人說的要可信多了。就算要說謊，他們的謊言也比較天真，而且往往出於善良動機。當你歸納線索時，就會知道他們並非故意說謊，那是因為他們的認知受到蒙蔽或誤導，而你慢慢就從這蒙蔽或誤導中被引導到真相。

《史岱爾莊謀殺案》出版那年，克莉絲蒂三十歲，但書稿其實早在五年前就寫好了，畢竟要找到有人願意出版一個看來再平凡不過的家庭主婦寫的小說，並不是那麼容易。

所有和克莉絲蒂接觸過的人，都對於她的「正常」留下深刻印象。她看起來就和她那個年紀的典型英國家庭主婦一樣，害羞、靦腆，只能在社交場合勉強跟人聊些瑣事話題，完全無法演講，甚至連只是站起來對眾賓客說幾句客套話，請大家一起舉杯，她都做不到。她不演講，也很少答應接受採訪，就算採訪到她也很難從她口中得到有趣的內容。她會講的，幾乎都是記者本來就知道、或者自己就可以想得出來的。

例如說白羅這個神探的來歷。克莉絲蒂回答：他應該是個外國人，這樣就能在英國日常生活中看出英國人自己看不出的線索。她自己碰過的外國人，只有第一次大戰剛爆發時到英國避難的比利時人。比利時警察怎麼能跑到英國來？那一定是因為他已經退休了。他有潔癖，所以對於現場會有特殊的直覺，馬上感受到不對勁的地方。一個有潔癖的人，好像應該長得矮小些才相稱，一個矮小有潔癖的人最適當的名字，就是希臘神話裡的大力士「赫丘勒斯（Hercules）」，製造出荒唐的對比趣味。那白羅這個姓是怎麼來的呢？克莉絲蒂很誠實地說：「我不記得了。」

一切都如此順理成章，一切都如此合邏輯，不是嗎？有記者問她怎麼看自己的舞台劇〈捕鼠器〉，創下了英國劇場、甚至全世界劇場連演最多場紀錄的名劇？克莉絲蒂的回答也還是中規中矩，合理合節：那是一齣小戲，在一個小劇院演出，成本很低，任何人想到了都可以帶家人或朋友去看，老少咸宜，並不恐怖，也不特別荒謬打鬧，可是又什麼都有一點，包括恐怖和荒謬打鬧的成分。

她的身上找不出一點傳奇、怪誕色彩，那她為什麼能在五十年間持續寫偵探小說，創造了那麼多謀殺，還創造了那麼多詭計？

首先因為她是女性，以及她的身世，包括她的階級身分，使得她在描寫故事場景時比一般男性作者來得敏感。因為在她之前的偵探推理小說男性作家的階級身分都是高高在上，基本上他們會從較高的角度看社會，比較看不到底層的感受。

而她的婚變以及婚變中遭逢的痛苦，都使她更能體會與觀察，將英國社會的複雜細節融入小說的核心情節，讓探案與線索分析結合在一起。

克莉絲蒂一生結過兩次婚，第一次在一九一四年，婚後不久，丈夫就參加了歐戰，是英國皇家空軍最早一批飛行員。一九二六年，這個丈夫有了外遇，直率地向克莉絲蒂要求離婚，在那之前，克莉絲蒂的媽媽才剛過世，雙重打擊之下，又遇到車子無法發動，克莉絲蒂崩潰了，她棄車而走，忘記了自己究竟是誰，躲進一家鄉間旅館，登記時寫了她心裡唯一有印象的名字——她丈夫情婦的名字。

離婚後，一次在晚宴中，有人提起近東烏爾考古的最新收穫，克莉絲蒂就取消了原定要去西印度群島的計畫，改訂了跨越歐洲到君士坦丁堡的「東方快車」，是的，就是這趟旅程給了她寫《東方快車謀殺案》的靈感。不過更重要的是，在烏爾，她認識了一位年輕的考古學家，比她小十四歲，這個人後來成了她的第二任丈夫。

這位考古學家陪她去參觀在沙漠中的烏克海迪爾城，卻在沙漠中迷路困陷了。幾小時中克莉絲蒂卻沒有一點驚慌不安，當下考古學家就決定要向她求婚。

原來，克莉絲蒂的內心是有這種冒險成分的。要不然她不會兩次選到的，都是喜愛冒險的丈夫，而她本身大概也不會吸引一個在各種危險情境下挖掘古代寶藏的人，讓他願意向一個大他十四歲的女人求婚。

這樣說吧，維多利亞時代後期的英國環境，壓抑限制了克莉絲蒂冒險、追求傳奇的內在衝動，她只好將這樣的衝動寄託在丈夫和寫作上。她一邊陪著第二任丈夫在近東漫走，一邊在小說中寫各式各樣的謀殺與探案。謀殺和探案都是冒險，還有，偵探偵查中做的事——蒐集線索，還原命案過程——其實和考古學家的考掘，如此相似！

克莉絲蒂寫得最好的，正是「藏在日常中的冒險」。她個性中的雙面成分，造就了特殊的偵探魅力。既嚮往非常傳奇，卻又有根深柢固的日常邏輯信念，兩者都在克莉絲蒂的小說中扮演了重要角色。她的謀殺案幾乎都和日常習慣緊密編織在一起，日常環境成了凶手最重要的掩護。有些日常規律明顯地被破壞了，讓我們很自然以為那會是謀殺的線索，沿著這些線索形成了閱讀中的推理猜測，然而白羅早就提醒了，真正重要的反而是那些「細節」，也就是看來像是依隨日常邏輯進行的事，或說藏在日常邏輯中因而不被看重的事，那裡要嘛藏著凶手的核心詭計、煙幕，要嘛藏著凶手致命的破綻。

凶案的構想，就是如何讓異常蓋上日常、正常的面貌，又如何故意將日常、正常予以扭曲，製造假象；那麼偵探要做的，就是如何準確地在日常中分辨出真正的異常，將假的、明顯的異常撥開來，找出細節堆疊起來的異常真相。

此外，克莉絲蒂的小說裡隱藏著極其曖昧的情感價值觀，最典型、最有名的就是《東方快車謀殺案》。透過追查過程，讓讀者知道為什麼凶手要訴諸於這種手段，其動機具有可同情之處，再加上克莉絲蒂對身分階級的觀察，她比較相信或讓讀者相信那些沒有權力、地位的人，隨著偵查節奏去認識可能或必須懷疑的人。克莉絲蒂最擅長營造「多重嫌疑犯」的小說特質，因為讀者在閱讀時必須被迫去認識很多不一樣的人。在她最受歡迎的作品，大概都具備這樣的特質。

當然，她的作品中還有兩個最突出的神探，即白羅和瑪波。白羅是比利時人，但為什麼必須是外國人？這是因為英國人具有高度階級意識，這種觀念一路滲透到所有互動細節，包括人與人之間如何說話。而白羅因為不是英國人，他會發現一般英國人不太看得出來的東西，以及兩個人互動的方法哪裡不正常。至於瑪波為什麼得是老太太？她一如那個年代的老人家，總是靜靜坐著打毛線，因為不起眼，自然讓人放鬆防備，所以瑪波探案的線索都是來自於這樣的互動模式。

然而，白羅有很明顯的優勢，瑪波的身分使她基本上只能進行「靜態」的辦案，案子的空間受到侷限，白羅卻可以跨越各種空間，恣意揮灑。而且白羅擁有警官身分，可以合理出現在各種犯罪現場，瑪波能出現的地方，相形之下就勉強、不自然多了。白羅是明白的outsider，在英國，只要他出現，就會覺得有外人在而感到緊張，於是很容易露出平常不會表現的行為；瑪波則看起來是insider，但實質上是outsider，因為總是沒人發現她、當她空氣人。這兩人的探案，是兩個極端。雖然讀者最愛白羅，但克莉絲蒂自己偏愛瑪波勝於白羅。

不管後來的偵探、推理小說發展了多少巧妙詭計，克莉絲蒂卻不會過時，因為她的推理如此密切地和日常纏繞在一起；活在日常中，我們就無可避免被克莉絲蒂的「日常細節推理」吸引，隨時讀來都充滿驚奇趣味。

名家盛讚克莉絲蒂（依推薦時間排序）

金庸（作家）

克莉絲蒂的寫作功力一流，內容寫實，邏輯性順暢，也很會運用語言的趣味。閱讀她的小說，在謎底沒有揭露之前，我會與作者鬥智，這種過程非常令人享受。其作品的高明之處在於：布局的巧妙完全意想不到，而謎底揭穿時又十分合理，讓人不得不信服。

詹宏志（作家、PChome 網路家庭董事長）

推理小說在從先輩柯南・道爾等人的發明中出現力量時，誕生了一位《天方夜譚》故事中每天說故事說個不停的王妃薛斐拉・柴德，也就是「謀殺天后」克莉絲蒂，整個世界對聽這些故事才有如此的熱情。他們捨不得睡覺，每天問後來還有嗎、還有嗎，永遠不肯離去，這就是克莉絲蒂對推理小說的最大貢獻。

可樂王（藝術家）

所謂「克莉絲蒂式」的推理小說，就是一場和一個天才的寫作者或高明的恐怖份子在紙上捕掠捉殺的戰事。即便是一列火車、一處飯店或一間酒吧，在克莉絲蒂寫來皆充滿神祕和猜謎。在人生適合的下午裡，我總是一面嚼著口香糖，一面跟著矮子偵探白羅穿梭謀殺現場，克莉絲蒂的推理作品無疑是推理世界中最充滿「魔術性」的小說。

吳若權（作家、節目主持人）

我從小就對推理小說情有獨鍾，克莉絲蒂一系列的作品尤其令我愛不釋手。多年來，閱讀推理小說的經驗讓我覺悟：讀者在文字情節中推展開來的驚嘆，不只是因緣於故事的本身，而是自我性格的投射。從這個觀點來看克莉絲蒂一系列的作品，她簡直就是洞徹人性的算命師。而讀者，在她的文字中，發現了自己無可奉告的命運。

藍祖蔚（國家電影及視聽文化中心董事長）

做過藥劑師，難免懂得毒藥；嫁給考古學家，難免也就嫻熟文明的神祕；再加上曾經失蹤九天，一切不復記憶的離奇經驗，的確提供了寫作靈感，但若少了想像力，那些片羽靈光縱使辛辣如辣椒，卻不足以成菜。

推理小說重布局、重人物描寫，克莉絲蒂最厲害的卻是犀利的人性觀察，她一手創造的白羅探長，潔癖個性完全和她相反，更將她所憎厭的人格特質集於一身，殊不知，唯有不對著鏡子寫作，才能夠跳出框架與制式反應，開闢無限寬廣的新世界，建構多面向的詭異迷宮。

看完她的小說，你只會更加訝異，到底是什麼樣的心靈才能成就這般視野？

李家同（作家、前暨南大學校長）

克莉絲蒂的整體布局十分細膩，最後案情也都講解得非常詳細，回頭去看，在書中都找得到線索。故事的情節與內容也很好看，不是像一個流氓在街上被殺掉那麼單調。……看小說應該要花腦筋、要思考，從小就要養成思辨的能力，看她的小說，就是對邏輯思考能力極佳的訓練。

袁瓊瓊（作家）

雖然被公認是冷靜理性的謀殺天后，但是在理性之下，克莉絲蒂的底色依舊是感情。克莉絲蒂很明白，所有的慾望之後，都無非是某種愛情。在以性命相搏的犯罪世界裡，凶手以終結他人的性命來遂私欲，不過是為了成全自己的愛，或者是成全自己的恨。

鄧惠文（精神科醫師）

以推理小說作家而言，克莉絲蒂的風格相當獨樹一格。她的偵探在辦案時，靠的不光是科學證據的搜集，而是大量運用犯罪心理學，及對人性的深刻了解。例如在《五隻小豬之歌》中，白羅便是藉由聽取嫌疑犯訴說案情時所不自覺顯露的主觀意識及中心思想，而看出其中破綻，找出真凶。白羅是靠腦袋辦案，以心理層面去剖析案情，即使人們敘述的是同一件事，他可以聽出不同角色因出發點及看待角度不同所透露的情緒觀感，從而抽絲剝繭，還原事實真相。

克莉絲蒂所塑造的人物也生動且各具特色，不同個性所出現的情緒反應描寫，皆細膩而準確，讓讀者產生豐富的想像空間，一展卷便欲罷而不能。

吳曉樂（作家）

克莉絲蒂使用的語言平易近人，主要是以角色與情節的對應來斧鑿出故事的深度，堆疊出讓讀者回味的迂迴空間。而她筆下的角色往往性別、階級、性格、族群各異，塑造出多元又豐富的人物群像。

文學作品不問類型，若要流傳於世，最終仍得上溯至「人性」的理解與反思。而阿嘉莎·克莉絲蒂的作品中，我們可以看到人類屢屢得和自己的人生討價還價，或千方百計讓主觀意識與客觀條件達成某種程度的整合，讀者在重建人物的心理軌跡時，也見識到自身的是非成敗，我認為，這也是克莉絲蒂的作品能夠璀璨經年、暢銷不衰的主因。

許皓宜（心理學作家）

克莉絲蒂筆下的故事看似在談人性的醜惡，實則像一位披著小說家靈魂的心靈引導者，用她的文字訴說著人們得不到「愛」時的痛苦。於是在故事終了的剎那，你不得不對人生多了幾分「看透感」：原來，我們心裡的那些痛苦、報復與自我折磨的慾望，不是因為「憤恨」，而是起於對「愛的失落」。這或許是我們在情感世界中最珍貴且深刻的一種覺察了。

推理小說荒謬驚悚嗎？不，它其實很寫實。它幫我們說出心裡的苦、怨、醜陋的慾望，於是，我們可以重新學習愛了。

一頁華爾滋 Kristin（影評人）

從有記憶以來，閱讀克莉絲蒂最迷人之處往往不在真正的凶手是誰，而是在於「Why」（為什麼）與「How」（如何進行），在於人性與心理描摹的故事肌理。依循其書寫脈絡，會發覺不只是邏輯清晰、布局縝密、著重細節，她總能完美掌握敘事節奏，書中人物彷彿真實存在般鮮明躍然紙上，讀者情緒會隨精準文字保持流轉、跳動、收放，掩卷時並無太多真相水落石出的暢快，反倒淡淡的惆悵化為餘韻襲上心頭，原來還是種種意料之外，卻屬情理之中的人性盲目使然。私以為，那成就了克莉絲蒂的推理故事之所以無比迷人的主因之一。

冬陽（推理評論人）

雖然阿嘉莎．克莉絲蒂的作品並非我的推理閱讀啟蒙，卻是養成閱讀不輟的重要推手。首先，她無庸置疑是個說故事能手，打開我名為好奇的開關；其次是設計犯罪事件的巧妙多元，既日常又異常，凶手更是叫人意想不到。沒錯，我相信每個當讀者的都忍不住想破案，想早偵探一步識破詭計，或者像考試結束鈴響前一秒，瞎猜都要指著某個角色大喊「你就是犯人」！然後會忍不住作弊——不是翻到最後幾頁窺探真凶身分，而是往前翻查讓人起疑的段落、偵探顯然掌握重要線索的時刻，直到忍不住豎白旗投降，看神探（我知道啦，真正把我耍得團團轉的聰明人是作者）頭頭是道地分析我遺漏錯置的片片拼圖，終於看清真相全貌。這，就是偵探推理，我因此熟悉遊戲規則、沉醉在每一場迷人故事裡，成為這個類型書寫的俘虜，享受至今不疲的美好滋味。

石芳瑜（作家、永樂座書店店主）

布局細膩、處處留下線索，破案解說詳細，說明了這位安靜、害羞的推理小說女王心思縝密，且充滿想像力。密室殺人，完美犯罪，《東方快車謀殺案》不愧為古典推理小說的經典。再加上神祕的東方色彩，隨著火車抵達的迫切時間感，連非推理小說迷都會神經拉緊，讀完大呼過癮。

家庭主婦缺少人生經驗？處女座的阿嘉莎・克莉絲蒂充分展現她過人的寫作天分，靠得是從小開始的閱讀，以及對偵探小說的著迷。三十歲寫下第一本偵探小說《史岱爾莊謀殺案》的克莉絲蒂，在那個時代並不能說是「早慧」，但寫作生涯五十五年中，共創作了八十部偵探小說，卻令人難以企及。這位害羞靦腆的小說女神，大概是相信只要有足夠的理由，每個人都有殺人的可能！

余小芳（暨南大學推理研究社指導老師、台灣推理作家協會常務理事）

學生時代加入推理社團，社課指定讀物便是經典作品《一個都不留》，成為我對克莉絲蒂的初步印象，自此沉浸於推理小說的世界。隔年寒假陪同學參與轉學考，在斜風細雨的走廊中，滿足讀完《東方快車謀殺案》。隨著歲月遠走，已昇華成趣味回憶。

踏入推理文學領域需要認識的作家，阿嘉莎・克莉絲蒂絕對名列其中，她的作品常有英國小鎮風光、莊園式的謀殺、設備豪華的交通工具等，還有特色鮮明的偵探活躍其中。書中少有血腥、暴力的橋段，布局巧妙且結構嚴密，手法純粹、知性，故事內容與人物性格融為一體，以高超的想像力結合說好故事的能耐，為推理小說開創新局面。克莉絲蒂推理全集重編改版，值得新舊讀者一起探索。

林怡辰（國小教師、教育部閱讀推手）

多年後，還是難忘第一次閱讀阿嘉莎．克莉絲蒂作品的感動和激動。

這套將近一世紀的作品，文筆流暢，邏輯縝密，過程中不斷與作者較量、猜出凶手，直到最後解答不禁佩服，蛛絲馬跡處處展現作者的精妙手法，於是又拿起另一部作品，再次沉溺在謀殺天后所編織的日常世界中的奇幻，無可自拔。犯罪動機和手法穿越時空限制，如今讀來合理且依舊令人感動，閱讀中趣味橫生，難怪成為後來諸多偵探小說的原型。

克莉絲蒂創作生涯中產出的八十部推理作品，至今多部躍上大銀幕，無怪乎被稱之為「經典」，喜愛推理偵探作品的人不可不讀，你會驚異於她在文字中施展的魔法！

張東君（推理評論家、科普作家）

我愛克莉絲蒂！這位在台灣有時會被稱為克奶奶的超級暢銷推理小說家，即使是自認沒讀過她的書的人，也都會在各種書籍或影視作品中看到對她致敬的片段。由於她喜歡旅行和冒險，那些經驗與體驗都成為書中的場景，因此閱讀她的作品時，不只是雀躍地跟著偵探推理，也有了虛擬的旅行體驗。或者當成旅遊導覽書，在出發去尼羅河、去英國鄉間、去搭船搭火車時，就塞一本克奶奶的作品到隨身背包中。

我還是大學新生時，就聽學姐說她哥哥經常看克奶奶的小說，而且邊看邊狂笑。於是我跟著效仿，在某次搭飛機之前買了第一本小說當旅伴，不只看得超開心，看完後還到處找尋書中出現的那種有兜帽的斗篷，當成出門時的必備用品。克奶奶的作品是跨越文字、國界的。只要看過一本，就會不停地追下去。還好，真的是還好只有八十本。何況這次是全新校訂的紀念珍藏版，當然不能錯過！

發光小魚（呂湘瑜）（文史作家、助理教授）

一部好的偵探小說，除了情節設計巧妙之外，還需要洞悉人性，如此方能合理地交代人物的言行舉止與動機。阿嘉莎．克莉絲蒂便是其中翹楚，她的作品不管是偵探、愛情小說或戲劇，必要元素都是謎題與人性。在寧靜無波的場景下暗潮洶湧，永遠都有意料之外，讀者的情緒也會隨著劇情的進行起伏糾結。克莉絲蒂觀察到時代的變化，將犯罪心理融入作品中，於是，看她的小說不只能得到解謎的快樂，同時對人性也能夠有所省思。

此外，克莉絲蒂豐富的人生歷練及旅行經歷，例如一九二二年的環球之旅、居住過也旅行過的巴黎和埃及，甚至是追隨考古學家丈夫前往的中東，都讓她的小說讀來更加充滿異國情調。如果你也愛旅行，不如就讓我們一同搭上那一班南法的藍色列車，或由伊斯坦堡出發的東方快車，跟著白羅鑽進一樁奇案，一嘗旅程中破解謎題的快感吧。

盧郁佳（作家）

國小時，家裡買了一套阿嘉莎．克莉絲蒂全集，從此成了我的毒品，在白癡課本將我的腦袋啃嚙成海綿般空洞時，撫慰受創的心靈，那時我仍對人心險惡一無所知。

數學課教你列算式，樂趣遠不如克莉絲蒂教你住宅平面圖、偷換時序的密室魔術，你從庭園長窗進房間，我從房門直通鄰房，他從走廊進房……從而學會故事是建構邏輯。她文風多變，時而《四大天王》中讓神探白羅向助手海斯汀大賣關子，眉頭緊皺，山雨欲來，預示天翻地覆，只能靠他拯救世界；時而用維吉尼亞．吳爾芙《自己的房間》中俏皮的語言，讓貧苦村姑安妮在《褐衣男子》中回憶南非出生入死的冒險，竟源於她耽讀村裡圖書館爛舊的冒險愛情小說，還有戲院每週末放映〈帕米拉歷險記〉，帕米拉每集從飛機跳落高空、搭潛艇、爬上摩天大樓，每次被黑幫老大抓到總不一刀斃命，卻老要用瓦斯毒死她，暗示續集又會逃出生天。

長大才發現，克莉絲蒂小說就是我的〈帕米拉歷險記〉：它以歌劇般輝煌龐大的天真陰謀、精細的人際觀察（一句話重音放在哪個字、從膝蓋鑑定女人的年齡等），召喚年輕讀者抱持浪漫精神投入未知的壯遊，瘋魔、衝撞、冒犯，傷痕累累毫無懼色。正如瓦斯在冒險片中太多、現實中卻太少；陰謀在現實中沒有克莉絲蒂寫得那麼複雜，但她刻畫的心理卻是現實中解謎的試金石。

賴以威（臺灣師範大學電機系副教授）

或許可以為經典下幾個定義：該領域的愛好者更都讀過；不是這個領域的愛好者，許多人也都聽過；影響後續的作品，在很多著作中都可以看到它的影子；值得反覆再三閱讀，每隔一陣子再讀都可以獲得閱讀的樂趣，有更多的體悟。我永遠記得第一次讀克莉絲蒂的作品時，被那宛如嚴謹設計數學謎題的鋪陳、推進給深深吸引、震撼。從這幾個角度來說，克莉絲蒂的推理小說被稱之為「經典」，可說是當之無愧。

謝哲青（作家、旅行家、知名節目主持人）

克莉絲蒂小說的魅力在於透過每個角色的對白，藉由不斷的說話來表現人物的個性，以彰顯其人格特質中一些無法被忽略的事實。我們從他們的言語、講話的過程和字裡行間，竟然就能知道誰是兇手。

我從克莉絲蒂的小說學到很多，除了推理小說有趣的事實之外，最重要的是，我在工作的職場跟人應對的時候，如何從語言和對話裡去捕捉某些隱而不顯的事實。許多人們欲蓋彌彰的東西，無論心事也好、祕密也好，克莉絲蒂都會用文學的手法，讓你理解語言的奧妙和魅力。

克莉絲蒂的書寫會讓你覺得彷彿自己也在現場，你可以從聽到的對話當中，學會如何理解人心的一些小技巧，這是小說家最出色、最偉大的地方。我們必須學習傾聽別人說話——這些人講話是真誠的嗎？他想要跟你分享什麼資訊？這些資訊可靠嗎？——這是我在閱讀推理小說時，最大的收穫和理解。

阿嘉莎・克莉絲蒂大事記

1890		• 九月十五日出生於英格蘭德文郡托基鎮。
1894	4 歲	• 開始在家自學，父母親、姊姊教導閱讀、寫作、算術和彈鋼琴。
1895	5 歲	• 家中經濟走下坡，舉家搬至法國，學會流利的法語。
1905	15 歲	• 在巴黎寄宿學校學鋼琴和聲樂，但生性極度害羞，未成為職業鋼琴家，最終回到英國。
1907	17 歲	• 陪同母親前往埃及調養身體，對社交活動充滿興趣，但尚未對日後感興趣的埃及古物點燃熱情。 • 回英國後繼續寫作、參與業餘戲劇表演。
1908	18 歲	• 寫出第一篇短篇小說〈麗人之屋〉，同時也寫出第一部愛情小說《白雪黃漠》，以筆名向出版社投稿，但屢遭退稿。
1912	22 歲	• 與英國皇家軍官亞契・克莉絲蒂（Archibald Christie）熱戀。 • 八月爆發第一次世界大戰，亞契奉派到法國作戰。
1914	24 歲	• 耶誕夜結婚，亞契隨即返回戰場。克莉絲蒂參與紅十字會工作，在醫院擔任護士和藥劑師，因此對藥理和毒物非常熟悉，造就後來多部推理小說情節都以毒藥殺人。
1916	26 歲	• 開始嘗試寫推理小說，寫出第一部小說《史岱爾莊謀殺案》，主角偵探赫丘勒・白羅的靈感，來自於大戰期間英國鄉間的比利時難民營。本書歷經數家出版社退稿後，終獲柏德雷・海德（The Bodley Head）圖書公司的出版機會，之後並簽下另五本小說的合約。
1919	29 歲	• 前一年亞契返回英國，八月生下女兒露莎琳。

1920	30 歲	• 出版《史岱爾莊謀殺案》。
1922	32 歲	• 出版第二部小說《隱身魔鬼》，主角是夫妻檔偵探湯米和陶品絲。 • 與亞契至南非、澳洲、紐西蘭、夏威夷和加拿大等國旅行十個月，在南非得到《褐衣男子》的靈感。
1923	33 歲	• 三月出版第三部小說《高爾夫球場命案》，白羅再度登場。
1926	36 歲	• 四月母親過世，克莉絲蒂陷入憂鬱。 • 六月在「威廉・柯林斯父子出版社」出版《羅傑艾克洛命案》。 • 八月亞契因外遇提出離婚，十二月初一次爭吵後，克莉絲蒂離家棄車失蹤，消息登上全國新聞。
1927	37 歲	• 一月在悲痛心情中寫出《藍色列車之謎》，第一次創造出聖・瑪莉米德村，即後來瑪波小姐居住的村子。 • 分居期間在雜誌刊登以白羅為主角的短篇小說，後來集結出版《四大天王》。 • 十二月在雜誌刊登短篇小說〈週二夜間俱樂部〉，瑪波小姐初登場，後來收錄在一九三二年出版的短篇小說集《十三個難題》。
1928	38 歲	• 十月正式離婚，仍保留「克莉絲蒂」姓氏。 • 秋天搭乘「東方快車」前往土耳其的伊斯坦堡，再轉往伊拉克首都巴格達，參觀考古現場烏爾，認識考古學家伍利夫婦（Leonard and Katharine Woolley）。
1930	40 歲	• 二月應伍利夫婦之邀再訪烏爾，認識考古學家麥克斯・馬龍（Max Mallowan），九月於英國愛丁堡結婚。這段婚姻開啟克莉絲蒂旺盛的創作生涯，兩人到中東考古現場的旅行為許多作品帶來靈感。

- 婚後克莉絲蒂開始維持固定的寫作行程。十月出版《牧師公館謀殺案》，是第一部以瑪波小姐為主角的小說。
- 出版第一部以「瑪麗·魏斯麥珂特」(Mary Westmacott)為筆名的《撒旦的情歌》，並陸續發表了五部非犯罪小說。

1932 **42 歲**
- 出版《危機四伏》。

1934 **44 歲**
- 出版《東方快車謀殺案》，是白羅海外辦案三部曲之一，故事靈感來自中東的旅行經歷。一九七四年第一次改編成電影大獲好評。

1936 **46 歲**
- 出版《美索不達米亞驚魂》，白羅海外辦案三部曲之二。

1937 **47 歲**
- 出版《尼羅河謀殺案》，白羅海外辦案三部曲之三，故事背景是年輕時與母親同遊的埃及。一九七八年第一次改編成電影大受歡迎。

1939 **49 歲**
- 二次大戰期間，克莉絲蒂在大學學院醫院擔任義務藥師，學習到最新的毒藥知識，對於推理小說寫作大有助益。
- 出版《一個都不留》，是克莉絲蒂最著名作品之一。

1941 **51 歲**
- 出版《密碼》，呈現出克莉絲蒂對戰爭的看法。
- 出版《豔陽下的謀殺案》。

1942 **52 歲**
- 出版《藏書室的陌生人》、《五隻小豬之歌》等名作。

1944 **54 歲**
- 以「瑪麗·魏斯麥珂特」為筆名出版第三部作品《幸福假面》，被美國書評人發現是克莉絲蒂的作品，讓她從此失去匿名創作的自在樂趣。

1950 60 歲 • 獲選為皇家文學學會的會員。

1953 63 歲 • 出版《葬禮變奏曲》。

1956 66 歲 • 一月獲頒大英帝國爵級大十字勳章（GBE）。
• 十一月以「瑪麗·魏斯麥珂特」為筆名出版《愛的重量》，是這個筆名的最後一部作品。

1958 68 歲 • 成為「偵探作家俱樂部」主席。

1960 70 歲 • 馬龍獲頒大英帝國爵級大十字勳章。

1961 71 歲 • 獲得艾克塞特大學頒發榮譽文學博士學位。

1968 78 歲 • 馬龍獲封為爵士，克莉絲蒂亦被稱為馬龍爵士夫人。

1971 81 歲 • 獲頒大英帝國爵級司令勳章（DBE），獲封為女爵士。

1973 83 歲 • 出版最後一部創作《死亡暗道》，亦為湯米和陶品絲最後一次辦案。

1974 84 歲 • 最後一次公開露面，出席電影《東方快車謀殺案》首映會。

1975 85 歲 • 八月六日，白羅成為有史以來第一次在《紐約時報》頭版刊出訃聞的小說主角，宣傳九月即將出版的《謝幕》，這也是白羅最後一次辦案。

1976 86 歲 • 一月十二日去世。
• 十月出版《死亡不長眠》，瑪波小姐的最後一次辦案。

克莉絲蒂推理原著出版年表

1920 史岱爾莊謀殺案 The Mysterious Affair at Styles（神探白羅系列）
1922 隱身魔鬼 The Secret Adversary（神探湯米＆陶品絲系列）
1923 高爾夫球場命案 The Murder on the Links（神探白羅系列）
1924 白羅出擊 Poirot Investigates（神探白羅系列）
1924 褐衣男子 The Man in the Brown Suit（神探雷斯上校系列）
1925 煙囪的祕密 The Secret of Chimneys（神探巴鬥主任系列）
1926 羅傑艾克洛命案 The Murder of Roger Ackroyd（神探白羅系列）
1927 四大天王 The Big Four（神探白羅系列）
1928 藍色列車之謎 The Mystery of the Blue Train（神探白羅系列）
1929 七鐘面 The Seven Dials Mystery（神探巴鬥主任系列）
1929 鴛鴦神探 Partners in Crime（神探湯米＆陶品絲系列）
1930 牧師公館謀殺案 The Murder at the Vicarage（神探瑪波系列）
1930 謎樣的鬼豔先生 The Mysterious Mr. Quin（神探鬼豔先生系列）
1931 西塔佛祕案 The Sittaford Mystery
1932 十三個難題 The Thirteen Problems（神探瑪波系列）
1932 危機四伏 Peril at End House（神探白羅系列）
1933 十三人的晚宴 Thirteen at Dinner（神探白羅系列）
1933 死亡之犬 The Hound of Death
1934 三幕悲劇 Three Act Tragedy（神探白羅系列）
1934 李斯特岱奇案 The Listerdale Mystery
1934 帕克潘調查簿 Parker Pyne Investigates（神探帕克潘系列）
1934 東方快車謀殺案 Murder on the Orient Express（神探白羅系列）
1934 為什麼不找伊文斯？ Why Didn't They Ask Evans?
1935 謀殺在雲端 Death in the Clouds（神探白羅系列）
1936 ABC 謀殺案 The A.B.C. Murders（神探白羅系列）
1936 底牌 Cards on the Table（神探白羅系列）
1936 美索不達米亞驚魂 Murder in Mesopotamia（神探白羅系列）

1937 巴石立花園街謀殺案 Murder in the Mews（神探白羅系列）
1937 尼羅河謀殺案 Death on the Nile（神探白羅系列）
1937 死無對證 Dumb Witness（神探白羅系列）
1938 白羅的聖誕假期 Hercule Poirot's Christmas（神探白羅系列）
1938 死亡約會 Appointment with Death（神探白羅系列）
1939 一個都不留 And Then There Were None
1939 殺人不難 Murder Is Easy/Easy to Kill（神探巴鬥主任系列）
1940 一，二，縫好鞋釦 One, Two, Buckle My Shoe（神探白羅系列）
1940 絲柏的哀歌 Sad Cypress（神探白羅系列）
1941 密碼 N Or M?（神探湯米＆陶品絲系列）
1941 豔陽下的謀殺案 Evil Under the Sun（神探白羅系列）
1942 五隻小豬之歌 Five Little Pigs（神探白羅系列）
1942 藏書室的陌生人 The Body in the Library（神探瑪波系列）
1943 幕後黑手 The Moving Finger（神探瑪波系列）
1944 本末倒置 Towards Zero（神探巴鬥主任系列）
1945 死亡終有時 Death Comes As the End
1945 魂縈舊恨 Remembered Death（神探雷斯上校系列）
1946 池邊的幻影 The Hollow（神探白羅系列）
1947 赫丘勒的十二道任務 The Labours of Hercules（神探白羅系列）
1948 順水推舟 Taken at the Flood（神探白羅系列）
1949 畸屋 Crooked House
1950 謀殺啟事 A Murder Is Announced（神探瑪波系列）
1951 巴格達風雲 They Came to Baghdad
1952 殺手魔術 They Do It with Mirrors（神探瑪波系列）
1952 麥金堤太太之死 Mrs. McGinty's Dead（神探白羅系列）
1953 黑麥滿口袋 A Pocket Full of Rye（神探瑪波系列）
1953 葬禮變奏曲 After the Funeral（神探白羅系列）

1954 未知的旅途 Destination Unknown
1955 國際學舍謀殺案 Hickory, Dickory, Dock（神探白羅系列）
1956 弄假成真 Dead Man's Folly（神探白羅系列）
1957 殺人一瞬間 4:50 from Paddington（神探瑪波系列）
1958 無辜者的試煉 Ordeal by Innocence
1959 鴿群裡的貓 Cat Among the Pigeons（神探白羅系列）
1960 哪個聖誕布丁？ The Adventure of the Christmas Pudding（神探白羅系列）
1961 白馬酒館 The Pale Horse
1962 破鏡謀殺案 The Mirror Crack'd from Side to Side（神探瑪波系列）
1963 怪鐘 The Clocks（神探白羅系列）
1964 加勒比海疑雲 A Caribbean Mystery（神探瑪波系列）
1965 柏翠門旅館 At Bertram's Hotel（神探瑪波系列）
1966 第三個單身女郎 Third Girl（神探白羅系列）
1967 無盡的夜 Endless Night
1968 顫刺的預兆 By the Pricking of My Thumbs（神探湯米＆陶品絲系列）
1969 萬聖節派對 Hallowe'en Party（神探白羅系列）
1970 法蘭克福機場怪客 Passengers to Frankfurt
1971 復仇女神 Nemesis（神探瑪波系列）
1972 問大象去吧！ Elephants Can Remember（神探白羅系列）
1973 死亡暗道 Postern of Fate（神探湯米＆陶品絲系列）
1974 白羅的初期探案 Poirot's Early Cases（神探白羅系列）
1975 謝幕 Curtain: Hercule Poirot's Last Case（神探白羅系列）
1976 死亡不長眠 Sleeping Murder（神探瑪波系列）
1979 瑪波小姐的完結篇 Miss Marple's Final Cases（神探瑪波系列）
1991 情牽波倫沙 Problem at Pollensa Bay
1997 殘光夜影 While the Light Lasts

國家圖書館出版品預行編目（CIP）資料

白羅的初期探案 / 阿嘉莎．克莉絲蒂（Agatha Christie）著；許愛軍、宋新譯. -- 二版. -- 臺北市：遠流出版事業股份有限公司, 2022.06
面； 公分.
譯自：Poirot's early cases.
ISBN 978-957-32-9538-9(平裝)

873.57 111005118

克莉絲蒂繁體中文版 20 週年紀念珍藏 06

白羅的初期探案

作者 / 阿嘉莎．克莉絲蒂
譯者 / 許愛君、宋新

主編 / 陳懿文、余式恕 校對 / 呂佳眞
封面、內頁設計 / 謝佳穎 排版 / 連紫吟、曹任華
行銷企劃 / 舒意雯 出版一部總編輯暨總監 / 王明雪

發行人 / 王榮文
出版發行 / 遠流出版事業股份有限公司
地址 / 104005臺北市中山北路一段11號13樓
電話 / (02)2571-0297 傳眞 / (02)2571-0197 郵撥 / 0189456-1
著作權顧問 / 蕭雄淋律師

2002年4月1日 初版一刷
2022年6月1日 二版一刷
定價 / 新臺幣380元 (缺頁或破損的書，請寄回更換)

ISBN 978-957-32-9538-9

ylib遠流博識網 http://www.ylib.com E-mail: ylib@ylib.com
遠流粉絲團 https://www.facebook.com/ylibfans